Vem comigo

KARMA BROWN

Vem comigo

Tradução
Mauricio Tamboni

1ª edição
Rio de Janeiro-RJ / Campinas-SP, 2019

**VERUS
EDITORA**

Editora
Raïssa Castro

Coordenadora editorial
Ana Paula Gomes

Copidesque
Lígia Alves

Revisão
Cleide Salme

Capa, projeto gráfico e diagramação
André S. Tavares da Silva

Imagens da capa
goffkein.pro/Shutterstock (mulher)
apertism/Unsplash (onda)

Título original
Come Away with Me

ISBN: 978-85-7686-432-5

Copyright © Karma Brown, 2015
Todos os direitos reservados.
Edição publicada mediante acordo com Harlequin Books S.A.

Tradução © Verus Editora, 2019
Direitos reservados em língua portuguesa, no Brasil, por Verus Editora.
Nenhuma parte desta obra pode ser reproduzida ou transmitida por qualquer forma
e/ou quaisquer meios (eletrônico ou mecânico, incluindo fotocópia e gravação)
ou arquivada em qualquer sistema ou banco de dados sem permissão escrita da editora.

Verus Editora Ltda.
Rua Benedicto Aristides Ribeiro, 41, Jd. Santa Genebra II, Campinas/SP, 13084-753
Fone/Fax: (19) 3249-0001 | www.veruseditora.com.br

CIP-BRASIL. CATALOGAÇÃO NA FONTE
SINDICATO NACIONAL DOS EDITORES DE LIVROS, RJ

B897v

Brown, Karma
    Vem comigo / Karma Brown ; tradução Mauricio Tamboni. - 1. ed.
- Campinas [SP] : Verus, 2019.
    ; 23 cm.

Tradução de: Come Away with Me
ISBN 978-85-7686-432-5

1. Romance canadense. I. Tamboni, Mauricio. II. Título.

18-53428
    CDD: 819.1
    CDU: 82-31(71)

Vanessa Mafra Xavier Salgado - Bibliotecária - CRB-7/6644

Revisado conforme o novo acordo ortográfico.

Seja um leitor preferencial Record.
Cadastre-se no site www.record.com.br e receba
informações sobre nossos lançamentos e nossas promoções.

Atendimento e venda direta ao leitor:
mdireto@record.com.br ou (21) 2585-2002

Para Adam e Addison, os maiores amores da minha vida.

Aqueles que já fizeram uma limonada com os famosos limões que receberam da vida, este livro também é para vocês.

A morte deixa uma dor que ninguém consegue curar. O amor deixa uma lembrança que ninguém é capaz de roubar.
— DE UMA LÁPIDE NA IRLANDA

PARTE 1
Chicago

1

Até hoje o cheiro de hortelã me faz chorar...

2

De carro, seguimos pelas ruas escuras, meio que acelerando demais para o clima. Ao meu lado, Gabe mastiga uma bengala doce e bate os polegares no volante, cantarolando sua canção natalina favorita, que toca no rádio.

Ele estende uma das mãos para pegar a segunda metade do doce e usa a outra para aumentar o volume da música. Digo a ele para manter as mãos no volante, mas, com o som alto, não sei se me escuta.

Quem dera tivesse escutado, quem dera ter falado mais alto.

São 18h56. Observo o relógio com nervosismo... 18h57. Vamos nos atrasar, e minha sogra detesta atrasos.

A esta hora, o céu já escureceu, um dos detalhes particularmente deprimentes do inverno em Chicago. Contudo, as luzes dos postes na lateral da rua quase compensam esse fato infeliz. Em férias do escritório de advocacia, com seis dias inteiros de liberdade, Gabe se mostra cheio de vida, em clima festivo. Além do mais, é véspera de Natal e este ano temos muitos motivos para comemorar. Ele mastiga a bengala doce com entusiasmo, impaciente demais para saboreá-la. O aroma adocicado e mentolado se espalha pelo carro.

— A sua mãe vai surtar — comento, olhando para o relógio no painel do Jetta. — Vamos chegar superatrasados.

— Cinco minutos. Dez no máximo — Gabe responde. — Ela vai sobreviver.

— Só me pergunto se a gente também vai.

Olho torto para ele. Depois de oito anos fazendo parte da família Lawson, sei que posso dar três coisas como certas. Primeira, eles adoram comer, e "dar uma passadinha para almoçar" geralmente significa uma refeição de seis pratos, preparada do zero pela mãe italiana. Segunda, Gabe herdou do pai o amor pela vida e o otimismo inabalável, ainda bem. E terceira, você nunca, nunca mesmo, deve se atrasar para um evento da família Lawson... ou aparecer sem uma garrafa de um bom vinho tinto.

— Você precisa relaxar, meu amor.

Gabe afasta a mão direita do volante e a descansa brevemente sobre o meu joelho antes de deslizá-la pela minha coxa. Sua palma calejada — grossa depois de passar um tempo lixando o antigo berço que ele vem reformando, no qual eu dormia quando bebê — arranha minha meia-calça, enquanto percorre minha perna. A garrafa de vinho vira em meu colo.

— Gabe! — Ofereço uma risada e, com bom humor, dou um tapinha na mão dele. Ajeito a garrafa no chão, entre minhas botas de inverno de camurça. — Ponha essas mãos no volante. Se a garrafa quebrar, vai ser o seu fim.

Mas ele continua com a mão onde está.

— Confie em mim — murmura, seu sorriso crescendo. — Eu sou bom nisso.

— Já estamos quase chegando — protesto, pressionando a mão com força, temporariamente impedindo a dele de continuar subindo. — Vamos deixar isso para mais tarde, está bem? Para quando não estivermos atrasados e você não estiver dirigindo.

— Não se preocupe. Sou especialista em dirigir com uma mão só — afirma, levando a mão um pouquinho para cima, apesar do meu esforço. — Além do mais, não quero que você chegue toda nervosa na casa dos meus pais. Você sabe que a minha mãe consegue farejar o medo no ar.

Gabe vira o rosto e pisca para mim, me fazendo derreter. Como sempre.

Seus dedos enganchem no cós largo da minha meia-calça, logo abaixo da barriga inchada, e eu paro de protestar.

Rockin' around the Christmas tree... have a happy holiday...

Prendo a respiração quando os dedos dele ultrapassam a cintura da meia-calça e tocam minha lingerie de gestante, muito prática, porém nada sensual. Eu o observo, mas ele continua olhando para a frente, um sorriso lhe dançando nos lábios. Fecho os olhos e apoio a cabeça no encosto do banco conforme sua mão desce...

E aí, de repente, excesso de movimentos em todas as direções erradas. Como andar em uma montanha-russa de olhos fechados, incapaz de prever qual curva está por vir. Só que aqui não há alegria nenhuma — apenas pânico ao perceber que Gabe perdeu o controle do carro. Os pneus se descolam do asfalto e os dedos do meu marido se afastam violentamente do meio das minhas pernas. Assopro seu nome e agarro as laterais do meu banco. Derrapamos de um lado para o outro. Eu me permito sentir alívio por uma fração de segundo. Penso rapidamente que, no fim das contas, chegar tarde para um jantar não é o pior que pode acontecer. Um instante para contemplar como sempre temos sorte.

E então, com um solavanco nauseante, o carro guina para o lado. A força é tão grande que me arremessa para a lateral como se eu fosse uma boneca de pano, fazendo minha cabeça bater na janela. Estrelas explodem atrás dos meus olhos, se mesclando aos pisca-piscas nos postes de luz e criando um caleidoscópio vertiginoso. Sinto como se estivesse assistindo a uma roda-gigante iluminada girar bem alto no céu noturno.

Quando nosso carro atinge um poste, aço colide com aço e tudo se torna mais lento. Eu me pergunto como está a garrafa de vinho. Acho que agora pelo menos temos uma boa desculpa para chegar atrasados ao jantar. Fico impressionada com o rádio, que continua tocando, como se nada tivesse acontecido.

Depois do impacto vem o grito do metal, quando nosso carro robusto praticamente se parte ao meio. E ainda assim a música continua tocando. Quando o airbag se abre na direção do meu rosto e peito, chego a pensar que vai me sufocar. Então um golpe de dor, profundo e assustador, comprime minha barriga — onde se aninha o que é mais importante para nós dois — e me deixa sem ar.

Segundos depois, tudo fica em silêncio.

Tento chamar Gabe, mas não tenho ar nos pulmões para emitir som algum. Estendo a mão esquerda na esperança de senti-lo ao meu lado. Preciso dizer a ele que tem algo errado acontecendo. Sinto uma dor terrível na cabeça.

Gabe vai saber o que fazer.

Mas não tem nada ao meu lado, nada além de um espaço vazio e frio.

E aí me dou conta de que está nevando dentro do carro.

Desta vez não vamos ter sorte.

3

O biscotto se esfarela em um milhão de pedaços, e a faca de manteiga atinge o prato de porcelana fina que eu planejava usar na ceia de Natal. Na época em que eu esperava ansiosamente a chegada do Natal. Ou qualquer coisa. Encarando as migalhas, me dou conta de como elas se parecem com a vida. Não há nenhum pedaço grande o bastante para satisfazer; tem pedaços demais e, mesmo se você tentar juntar todos, alguns ficarão para trás. Perdidos para sempre.

— Não sei por que você insiste em cortar essa coisa. — Gabe apoia o corpo no batente entre a cozinha e o corredor.

— Porque só quero metade — retruco. — Por que esses biscoitos precisam ser grandes assim?

— Para não queimar os dedos quando mergulhar um deles no café — ele responde, dando de ombros.

É óbvio, sua expressão acrescenta, embora ele não pronuncie essa parte em voz alta.

Bufo, empurrando uma mecha de cabelo bagunçado para trás da orelha.

— Aliás, por que você ainda está aqui?

São quase duas da tarde de uma quarta-feira, no meio de um dia útil. Muito tempo já se passou desde a última vez que fui trabalhar, quase três meses. Pego um pedaço pequeno do biscotto quebrado e o mergulho no café, apreciando o calor do líquido quente em minha pele. Dor física é bom. Entorpece a dor que não sai do meu peito.

Gabe entra na cozinha e se senta no banco vazio ao meu lado na ilha.

— Eu moro aqui — responde, com um tom propositalmente leve. Está tentando me fazer sorrir, eu sei, como costumava fazer com tanta facilidade. O canto encharcado do biscoito cai dos meus dedos e desaparece sob a superfície do café. Com um suspiro resignado, Gabe acrescenta: — Além do mais, você precisa de mim. Daqui eu não saio.

Olho outra vez para minha xícara, observo os pontinhos oleosos brotando na superfície e pego outro pedaço de biscotto. Rosa, minha sogra, os trouxe mais cedo, uma bandeja inteira, porque acredita que comer ameniza a dor. Só que esses biscoitos são os favoritos de Gabe, não os meus. Para ser sincera, não me importo muito com eles, mas me faltou coragem para dizer isso a ela. Especialmente em um momento como este.

Coloco o biscoito espesso e seco no prato e pego a faca outra vez. Gabe arqueia uma sobrancelha, mas eu o ignoro. Tento cortar o biscotto ao meio, e mais uma vez não tenho sucesso.

Minha mãe aparece na cozinha e eu ergo o olhar na direção dos pequenos cobertores dobrados que ela traz nos braços, com tartarugas verdes e ursinhos felpudos estampados.

— O que você quer que eu faça com isso?

Parece incomodada por ter de fazer essa pergunta, embora eu tenha lhe pedido especificamente para ajudar a desmontar o quartinho do bebê — algo que Gabe e eu somos incapazes de enfrentar sozinhos.

— Livre-se deles, por favor — respondo, como se estivesse falando de jogar uma lata de sopa de tomate na lixeira. — Coloque para doação ou algo assim.

Minha mãe abre e então fecha a boca conforme toca o cobertorzinho de musselina no topo da pilha — aquele com o qual imaginei envolver nosso filho antes de embalá-lo para dormir.

— Posso deixar guardados até você ter certeza.

— Não — retruco, negando também com a cabeça. O ar da cozinha quase estala com a tensão. Ninguém sabe como lidar comigo ultimamente; não posso dizer que os culpo. Se eu pudesse escapar do meu corpo e da minha mente, não olharia para trás. — Dê para alguém. Ou jogue no lixo. Não me importa o que você vai fazer, contanto que eles sumam.

— Tem certeza? — Gabe pergunta, parecendo triste.

Mas sei que minha aparência está pior. Empurro outra vez o cabelo para trás da orelha, sentindo o cheiro denunciar o tempo que se passou desde meu último banho.

Minha mãe ainda não se mexeu. Continua parada do outro lado da ilha olhando para os cobertores, passando a mão sobre o que está por cima para tentar alisar as rugas. Neste momento me dou conta de que ela também pensou que protegeria o neto com aquele cobertorzinho.

— Livre-se deles — repito, desta vez com irritação na voz. Mas fico de olho em Gabe, que se levantou e agora está ao lado da minha mãe. Estou desafiando-o a discordar de mim. — Por favor, não me faça falar outra vez.

— Tudo bem, filha, tudo bem — ela responde, soando pesarosa, antes de nos deixar para terminarmos a conversa que não quero ter.

— Sinto muito, Tegan. — A voz de Gabe transmite uma tristeza que eu entendo, mas não quero enfrentar.

Pego outro biscotto e o coloco no prato cheio de pedaços de massa quebrada.

— Eu sei — respondo, ajeitando a faca bem no meio. Aperto-a firme e um pedaço enorme voa para longe do prato, ainda intacto. Finalmente. — Mas agora não importa mais, importa?

4

— *E*u nunca te vi tão linda.

Gabe está ao meu lado no nosso sofá. Estou olhando a coleção de fotografias em meu colo, que ainda precisam ser organizadas em um álbum. Passo as fotos e paro em uma de Gabe comigo no Millenium Park, em frente à *Cloud Gate*, ou, como os moradores de Chicago chamam, "The Bean", o feijão. Na imagem, Gabe beija minha bochecha, meu pé está erguido e minhas mãos seguram as camadas delicadas de tecido do meu vestido, em um movimento pomposo e casual ao mesmo tempo. Aparecemos também refletidos na superfície lisa de aço da escultura, com a paisagem de Chicago e um grupo de estranhos, agora parte das nossas lembranças. Um dia que jamais vou esquecer.

— Exceto pelo tom esverdeado no meu rosto — comento. Lembrando. Apenas seis meses se passaram, mas parece uma vida.

Nós nos casamos ao crepúsculo, durante uma onda de calor no início de setembro. A cerimônia aconteceu na cobertura do hotel Wit, sob o telhado de vidro, que, combinado com os vasos de magnólias florescendo apesar da estação, transmitia a sensação de estarmos dentro de um terrário. Luminárias se alinhavam no corredor, e os convidados se acomodavam em sofás brancos e baixos, que posteriormente viriam a se tornar os assentos da recepção. Era muito mais do que podíamos pagar — eu, uma professora de escola infantil, e Gabe, recém-formado em direito. Mas os pais dele, que têm boas condições financeiras, insistiram — e arcaram com os custos —, então foi no Wit que aconteceu.

Eu me senti terrivelmente nauseada no casamento, vomitei a maior parte do dia — inclusive logo após a foto no Bean, em um saco que Gabe sabiamente colocara no bolso do terno, "só por precaução", e apenas cinco minutos antes de passar pelo corredor iluminado. Por sorte, minha melhor amiga e dama de honra, Anna, pegou um balde de vinho bem na hora. Minha sogra culpou os comes e bebes do jantar de ensaio na noite anterior, que meus pais haviam patrocinado. Minha mãe, irritada com a implicância da mãe de Gabe, sugeriu que era nervosismo, contando a quem quisesse ouvir que eu sempre passo mal quando fico nervosa. Na infância, isso era bem verdade. Muitas vezes vomitei antes de provas importantes no colégio, sempre que tinha de falar em público e, muito infelizmente, no palco quando fui um dos três porquinhos em uma peça da escola. No entanto, eu havia domado meu "estômago nervoso" e imaginei que era só uma virose adquirida no trabalho. Quando você passa o dia dando aulas a alunos de cinco ou seis anos, fica boa parte do ano doente.

Gabe foi extremamente doce naquela manhã. Me enviou como presente antecipado de casamento um buquê de rosas amarelas, um antiácido para o estômago e um cartão, que dizia:

Você sempre ficou linda de verde — haha. Minha para sempre.
Beijos,
G

Apesar da náusea, foi o melhor dia da minha vida.

Uma semana depois, descobrimos que o enjoo não tinha nada a ver com intoxicação alimentar, nervosismo ou qualquer vírus. Eu estava grávida. Nunca vi Gabe mais feliz do que quando abriu o envelope que lhe entreguei. Falei que era um dos cartões de casamento que recebemos que havia ficado para trás, esquecido. Quando ele abriu o cartão, que tinha um chocalho e "parabéns" impressos na frente, pareceu confuso. Então eu lhe entreguei o teste de gravidez com um sinal de positivo estampado, e ele começou a chorar. Gabe me puxou e me fez girar, rindo e gritando de alegria até eu não conseguir enxergar direito. Não existe nada no mundo como proporcionar ao marido, o homem que você amou desde a primeira vez que viu, a realização de um sonho.

Nós nos conhecemos na Universidade Northwestern, no primeiro ano, durante a semana do trote. Estava tendo uma festinha não autorizada no meu dormitório. Gabe, que fora convidado por um amigo que vivia no meu prédio, saía do quarto onde serviam uma bebida chamada Purple Jesus, trazendo consigo seu enorme copo de suco de uva em pó misturado com vodca, quando trombou comigo, derramando a bebida em nós dois. Assustada ao ver o líquido roxo cheirando a álcool impregnar minha camiseta e meu short brancos, simplesmente o encarei, boquiaberta. Mas aí nós dois caímos na risada e ele se ofereceu para ajudar a me limpar no banheiro feminino, que também era onde estavam servindo um drinque chamado orgasmo.

— Que oportuno — ele falou, arqueando as sobrancelhas e me entregando um copo da bebida.

Ri de novo, virando de uma vez o drinque nauseantemente doce.

— Obrigada — agradeci. — Foi o melhor orgasmo da minha vida.

Embora tenhamos passado muitos anos juntos depois disso, o dia em que nos casamos foi quando tudo começou de verdade. Como eu queria ter tido mais tempo para desfrutar daquela felicidade. Havia uma caixinha de suco de laranja na nossa geladeira que pareceu durar praticamente o mesmo tempo.

Reúno as fotos outra vez, sem me importar em secar as lágrimas.

— Teg, por favor, não chora.

Gabe se aproxima, mas quase não consigo sentir seu toque. Estou tão entorpecida.

— Você acha que um dia eu vou voltar a ser feliz? — Fecho a tampa da caixa de fotografias. Guardo-as para voltar a vê-las no mesmo horário amanhã. — Feliz de verdade?

— Tenho certeza que sim — ele responde. — Você só não está pronta ainda, meu amor.

Toco meu colar, ainda tentando me acostumar a ele. Tem um pingente redondo de ouro branco, com mais ou menos o tamanho de uma moeda de vinte e cinco centavos e um centímetro de espessura. Fica pendurado em uma corrente delicada. Embora esse pingente estivesse vazio quando chegou, em uma caixa branca e laranja do serviço de entrega que nem de longe era especial o bastante para o conteúdo, ele agora está preenchido com as cinzas de um sonho interrompido.

Comprei a corrente na internet pouco depois de receber alta do hospital, tarde da noite, quando dormir era impossível. Considerei comprar uma urna, mas meio que me pareceu errado. Era assim que minha avó guardava as cinzas do meu avô, em uma urna de bronze decorada que ficava no parapeito da janela da cozinha. "Onde ainda podemos beijá-lo todos os dias, o sol e eu", ela gostava de dizer.

Na verdade, com vinte e seis anos, eu me sentia jovem demais para ter uma urna de qualquer tipo — ou mesmo precisar de algo assim. Casualmente comentei com Anna sobre a ideia de algo mais íntimo, na esperança de que ela me dissesse que usar um pingente com as cinzas não era nenhuma bizarrice, mas seu cenho franzido e o rosto retorcido sugeriram o contrário. Gabe também não ajudou muito. Nenhum de nós queria enfrentar o horror, mas não pude me dar esse luxo, porque era o meu corpo que agora estava vazio. Vazio, como minha corrente era antes.

Gabe olha para o pingente.

— Sabe, você não precisa usá-lo o tempo todo.

— Sim, eu preciso.

— Ele... faz você se sentir melhor? — indaga ele, virando-se de lado para conseguir olhar direto para mim.

Faço silêncio por um instante.

— Não.

Então viro a cabeça e o encaro antes de rapidamente me virar outra vez. Não gosto do jeito como ele está me encarando. É um misto complexo de preocupação, dor e frustração.

— Tenho medo de isso piorar as coisas, Tegan.

A raiva queima em meu estômago. A última coisa que eu devia ter de fazer agora é dar explicações. Especialmente depois do que ele fez com a gente. Comigo.

— Como é que alguma coisa pode fazer essa situação piorar? — Minha voz sai baixa, instável.

— Você sabe o que eu quero dizer — ele responde.

— É claro que não sei.

Jogo a caixa de fotos sobre a mesinha de centro e me levanto tão rapidamente que chego a sentir vertigem.

— Ei, ei, Tegan. — Gabe tenta me acalmar, e eu sei que, se eu ainda estivesse no sofá, tentaria me segurar. Mas estou fora do seu alcance, e nenhum de nós tenta se aproximar do outro. — Eu quero entender. Só estou tentando ajudar.

Como você explica a alguém que, se pudesse, abriria o próprio peito e jogaria as cinzas ali dentro para elas poderem descansar para sempre junto ao seu coração? Como um cobertor para diminuir o frio do pesar. É impossível explicar, então você não explica.

Gabe e eu somos os únicos que sabem exatamente o que esse pingente guarda. Bem, nós e o crematório, que, atendendo a meu pedido, guardou as cinzas. Perto do coração. Só assim consigo continuar respirando.

— Vou deitar — digo.

Meus músculos doem conforme caminho lentamente até o quarto, aumentando ainda mais a distância entre nós. Tenho estado tão frágil, frágil como uma folha de papel. Mesmo que eu só tenha vinte e poucos anos, sinto que tenho noventa. Provavelmente porque nos últimos meses fiz pouca coisa além de me movimentar em uma névoa do sofá para a cama e vice-versa.

Mal lembro como é levantar e me arrumar para o trabalho. Pegar o jantar e levar para casa para comer durante um dos programas de TV sobre natureza, aqueles aos quais Gabe adora assistir, comprar sapatos ou bolsas ou os vestidos curtíssimos com os quais Anna gosta de encher o armário na esperança de ver surgir algum encontro romântico. Já esqueci o que é ter um propósito que me faça acordar a cada manhã.

Ultimamente me importo muito pouco com o que acontece além das quatro paredes do meu apartamento. Não lembro como é sentir o ar fresco, exceto quando minha mãe abre uma das janelas, deixando o ar entrar, um elixir tão eficaz quanto qualquer outra coisa. O friozinho do final do inverno, que mexe com meus sentidos, sempre me faz sentir bem, mas não quero me sentir assim. Ainda não. Só se passaram setenta e nove dias. Então, peço a minha mãe que feche a janela, e ela suspira, mas sempre fecha. Essa é a questão de passar por algo assim. As pessoas fazem qualquer coisa na tentativa de ver você feliz outra vez; elas lhe dão o que você quiser. Exceto aquela coisa que você realmente quer e nunca mais poderá ter. Essa ninguém pode trazer.

— Eu vou com você — Gabe diz atrás de mim.

— Não precisa — respondo, mas não é uma resposta sincera.

Por mais que ainda esteja muito nervosa e com raiva de Gabe, por mais que eu ainda o culpe, não gosto de dormir sozinha.

— Eu quero ir.

— Está bem — respondo, abrindo a porta do nosso quarto.

No caminho, dou uma olhada no quarto de hóspedes à direita. Era para a porta estar fechada — deixei isso muito claro —, mas está escancarada, me convidando a entrar.

A pilha de cobertores de bebê descansa sobre a cômoda, que também funcionaria como trocador de fraldas, para economizar uma preciosa área em nosso apartamento não tão espaçoso assim. Minha mãe deve ter esquecido de fechar a porta ao sair. Lançando um olhar pelo quarto pouco iluminado, sinto a bile subir até a garganta. Encostado na parede, o berço continua coberto por um lençol branco, com o móbile — bolas e tacos de beisebol de pelúcia, escolhidos por Gabe assim que descobrimos que seria um menino —, criando um relevo parecido com uma tenda de circo. Em outro canto, vejo o berço de balanço, que Gabe reformou lindamente, esperando uma última camada de verniz. Apesar de ainda termos alguns meses pela frente, já estávamos prontos para a chegada do nosso menino.

Nauseada, eu me viro e fecho a porta com firmeza. Talvez amanhã eu concorde em desmontar o berço. Amanhã vai fazer oitenta dias, quase três meses, e eu sei que logo vou ter de aceitar que nenhum bebê jamais vai dormir aqui nem olhar com olhos enormes e curiosos o móbile mexendo acima do berço.

Enquanto me ajeito em nossa cama, puxando o lençol — que cheira a recém-lavado, graças a Gabe ou à minha mãe ou a alguma outra pessoa que cuida das coisas de que pareço incapaz de cuidar — até o queixo, tento fingir que nada disso aconteceu.

Mas os pesadelos não me deixam esquecer, nem mesmo enquanto durmo.

5

Anna mantém as mãos apoiadas na fina cintura de um jeito que parece mais gracioso que bravo, apesar de seu enorme esforço. Seus olhos amendoados, quase negros, se estreitam.

— Não aceito não como resposta — fala. Puxo o edredom sobre a cabeça e, com fraqueza, luto quando ela tenta puxá-lo outra vez para baixo.

— Você precisa comer. Só almoçar, eu juro. — Faz uma cruz no ar, na altura do peito, olhos sinceros. — Só almoçar, depois você pode voltar direto para a cama.

— Anna, para — peço, finalmente a deixando puxar o edredom. Meu pijama de flanela está amarrotado, e seu cheiro denuncia que precisa ser lavado. — Eu não quero sair.

Ela se senta na cama ao meu lado, seu corpo tão leve que o colchão quase nem cede, e cruza os braços.

— Olha, eu prometi à sua mãe que te levaria para comer hoje, então não me deixe causar má impressão, está bem? — Não respondo, mantendo o olhar no teto. Então ela inclina o corpo para perto de mim e beija minha bochecha. — E outra: o Gabe ia ficar muito irritado se eu te deixasse passar o dia todo na cama. Obrigação da melhor amiga e tal.

— Bem, o que o Gabe quer não tem muita importância, tem? — Minha voz sai afiada, mas frustrantemente fraca.

Anna suspira, parecendo prestes a continuar discutindo, mas logo acena com a mão, como se estivesse tentando espantar uma mosca.

— Vá um pouco mais para lá, então — ela ordena. Não me movimento.

— Vamos, Teg. Mexa-se.

Eu me viro e ela tenta deitar seu corpinho pequeno ao lado do meu. Isso me força a ir para o lado da cama onde Game dorme, lado que está frio. Os cabelos pesados e sedosos de Anna fazem cócegas na lateral do meu rosto, mas não me mexo. Cabeça com cabeça, mas seus pés só alcançam o meio das minhas panturrilhas.

— Olha — ela começa. — Eu sei que a última coisa que você quer fazer é sair hoje. Ver pessoas felizes e essa porcaria toda. Eu entendo. E me sentiria exatamente do mesmo jeito.

Ela rola na minha direção, mas não sem enfrentar dificuldade. Passei tempo demais nesse colchão, desejando desaparecer se ficasse quieta o bastante, então deixei uma marca do tamanho e forma do meu corpo. Uma depressão que combina com a minha depressão.

Anna afunda o cotovelo na altura do travesseiro, acima da área côncava, e apoia a cabeça na palma da mão.

— Mas já se passaram três meses, Teg. Você nem saiu do apartamento. Perdeu tanto peso que está parecendo uma maldita supermodelo, e, não, isso não é um elogio. Nesse colchão tem um buraco tão fundo que eu vou ter que chamar os bombeiros para te resgatar... Aliás, deixa que eu ligo para os bombeiros se for necessário, está bem? — Anna pisca e sorri, mesmo contra a vontade. — Como sua melhor amiga, é meu trabalho te ajudar a fazer as coisas que você não quer fazer porque são boas para você. Eu não esperaria nada diferente disso.

Basicamente, é o mesmo sermão que ela vem me dando ao longo do último mês. Ela adotou a missão de me tirar do apartamento para alguma coisa além de visitas ao médico — porque ninguém conseguiu fazer isso, nem mesmo Gabe, meus irmãos ou meus pais —, e tenho a sensação de que Anna não vai desistir tão cedo. Olho outra vez para o teto, para a pequena fissura que sai do encaixe do lustre sobre nossa cama até o canto onde há uma teia de aranha dependurada, balançando com a corrente de ar quente e forçado que sai pelo sistema de ventilação. Se eu pudesse me encolher e ficar suspensa naquela teia de aranha, fora da visão...

— E, como minha *zu mu* sempre diz, falar não cozinha o arroz. Então, por favor, saia desta maldita cama, está bem? — Anna vive citando sua avó chinesa, que parece ter um provérbio para toda situação imaginável. — Tegan, eu te amo.

— Eu sei.

— Então me deixe te ajudar. Por favor.

Eu me sento, mas sem olhar para ela.

— Está bem.

Um segundo depois, Anna me ataca com um abraço, me derrubando outra vez no colchão. Para alguém tão pequena, ela realmente sabe usar seu tamanho.

Não existe nada como andar pela Michigan Avenue em um dia ensolarado. Mesmo quando o frio é capaz de congelar os pelos do seu nariz em segundos. As pessoas andam agarradas a sacolas de lojas cheias de tesouros, certas de que aquilo tornará, ainda que temporariamente, sua vida melhor. Frequentemente dão risada, discutindo se devem entrar em mais uma loja ou ir almoçar. São vidas repletas de problemas pequenos.

Eu adorava observar as pessoas em Miracle Mile, mas agora só quero escapar. É cheio de vida demais. Maldita Anna e sua merda de discurso de melhores amigas. Sinto falta do embotamento das paredes acinzentadas do meu apartamento. Da aceitação de Gabe e de minha mãe — por mais que eu tenha de lutar por isso — de que vou sair da cama quando estiver bem e pronta.

— Anna... — Paro no meio da calçada, como uma turista que não aprecia o fluxo de pessoas a minha volta. — Preciso ir para casa.

Deve ser assim que os agorafóbicos se sentem. As áreas abertas ao redor parecem perigosas, imprevisíveis, e eu tenho uma vontade repentina de me deitar e deixar a neve que cai suavemente me cobrir até ninguém mais conseguir me ver.

Anna tenta escapar do frio afundando ainda mais em seu pesado cachecol de lã. Treme um pouquinho antes de voltar sua atenção outra vez para mim, me lançando um olhar crítico. Como se tentasse definir a melhor reação ao que acabei de dizer. Somos amigas há muito tempo. Bem, na verdade faz três anos, mas Anna tem um jeito que faz você sentir que a conhece desde que nasceu.

Dá alguns passos para trás, na minha direção, e me puxa com doçura para fora do caminho dos compradores, que quase não diminuem o ritmo de seus passos.

— Que se dane o almoço. Comida é uma coisa superestimada — diz, com uma bufada nada feminina, uma mania que ajuda a me lembrar de que pelo menos algumas coisas nunca mudam. — Vamos só tomar um café, está bem?

Deixo minha amiga me puxar para dentro do Starbucks à nossa frente.

No interior da cafeteria, o ambiente é quentinho e familiar. Duas coisas que imediatamente me fazem sentir melhor.

Enquanto Anna pede café para nós, pego uma mesa perto do fundo. Tiro as luvas e deixo a lã umedecida pela neve na cadeira à minha frente, porque sei que Anna vai se sentar ao meu lado. Ela tem essa coisa de se sentar ao lado da gente. Acha que é mais fácil conversar com naturalidade se você não estiver forçada a olhar nos olhos da outra pessoa. Diz que é uma coisa dos chineses, embora ela tenha nascido e sido criada em Chicago.

— Aqui — anuncia, empurrando um copo tamanho enorme pela mesa, na direção das minhas mãos. Sem pensar, meus dedos se fecham na luva de papelão, que deixa passar um calor no ponto certo para eu nunca mais querer soltar. — Peguei um baunilha latte para você... com leite integral e chantili. — Meu pedido usual é baunilha latte com leite desnatado e sem chantili. — Já que eu não consigo te obrigar a comer, o mínimo que posso fazer é deixar o seu café mais calórico.

Ela se senta ao meu lado e toma um gole de seu copo, que eu sei que tem chai latte de soja com chantili extra, e apoia a outra mão na minha coxa. Dou um salto ao sentir seu toque, e ela esfrega a mão com mais força ainda na minha perna.

— Converse comigo, Tegan. — Agradeço por ela não conseguir ver meus olhos. — Como eu posso ajudar?

— Me diga alguma coisa engraçada.

— Engraçada... Certo... Hum... — Anna toma outro gole. Eu espero. — Eu contei para você sobre a Caroline? — Nego com a cabeça. — Não? Caramba! Você vai morrer... — Sua voz falha, e ela sussurra: — Desculpa.

Às vezes penso em criar uma tabela de palavras que as pessoas devem evitar quando conversam comigo. Termos como *morte*. E *bebê*. Talvez seja a solução para evitar esses momentos desconfortáveis e constrangedores. Mas isso não mudaria nada, porque a verdade é que nenhuma palavra é capaz de piorar essa sensação — nem de melhorá-la. Apoio a mão sobre a de Anna, ainda em minha coxa, e aperto para sinalizar que está tudo bem. Ela sorri, e fico contente por uma de nós se sentir aliviada.

— Na semana passada, nós tivemos a feira de entretenimento, lembra? Aquela que o diretor Clayton tinha planejado para o Dia dos Namorados? Então, uma das barracas era de pintar o rosto, como de costume, mas esse ano as crianças puderam pintar o rosto das professoras. — Anna, como eu, é professora. Dá aulas para o quarto ano. Alega que crianças com menos de nove anos lhe dão enxaqueca. — Enfim, eles fizeram um trabalho espetacular, mas acho que não é dessa parte que você vai gostar — relata, baixando a voz para criar um efeito dramático. — Eu fui ao banheiro das meninas e a Caroline estava saindo da sala dos professores sem ter tirado a tinta do rosto! Olhei direto para ela e sorri, sem dizer nada! — Anna ri, bufando outra vez. — Ela foi embora com um bigode de gato pintado no rosto... — Então gargalha com tanta intensidade que já está ficando sem ar. — E... e um nariz todo rosa! — A energia de seu riso é contagiante, e não consigo segurar uma risadinha. Caroline DuPont é uma das outras professoras do jardim de infância e sempre tenta me constranger com suas ideias perfeitas, no maior estilo Martha Stewart, para serem aplicadas nas aulas. Só de pensar em vê-la sentada no trem maquiada por uma aluna desastrada de cinco anos, já sinto minha alma se iluminar um pouco. Por um instante.

Anna ri outra vez e eu sinto vontade de acompanhá-la, mas rir requer esforço demais. Ela percebe que está se divertindo sozinha e para. Tomamos nossa bebida em silêncio, mas logo deixo escapar:

— Acho que tem alguma coisa errada comigo. Muito errada.

Ela me encara enquanto a surpresa permeia seus belos traços.

— Por que você pensa assim? — Para seu crédito, ela mantém o tom leve. Talvez para tentar não me alarmar. Ou se alarmar. — O que você quer dizer, exatamente?

Agora minha voz se suaviza:

— Eu converso com ele. — E quase se transforma em um sussurro: — Às vezes, parece que ele ainda está comigo... bem aqui... — Engulo um nó na garganta e levo a mão ao ventre enquanto aquela dor que não pode mais ser atribuída a feridas físicas renasce. — Como se nada tivesse acontecido.

— Ah, Teg. — Anna segura meu braço. Vejo alguma coisa brotar em seu rosto. Alívio? — Tudo bem. Não tem nada errado com você, eu garanto. — Percebo que ela acredita no que diz, e fico grata por sua certeza, mas não expresso em voz alta essa gratidão. — Vai melhorar, meu amor — Anna me reconforta. — Mas não vai ser hoje nem amanhã, talvez daqui a meses. Mas eu garanto: você não vai se sentir assim para sempre.

Alguma coisa estoura dentro de mim. Minha cadeira desliza ruidosamente no assoalho e Anna se afasta ao se surpreender com o movimento repentino.

— Você me garante isso? — Minha voz é alta e irreconhecível aos meus próprios ouvidos. Está tomada por uma raiva tóxica e fora de lugar, que, infelizmente para Anna, precisa ser liberada agora mesmo. Uma raiva que vem fervendo dentro de mim como água em uma panela tampada. Lutando para abrir a tampa. Começo a rir, mas sem achar graça. — É melhor não garantir nada para mim.

— Tegan, sente-se, por favor — Anna pede, puxando a manga do meu casaco com certa urgência.

As pessoas desviam o olhar, esperando algo mais interessante do que o que quer que haja na tela de seus notebooks ou nos lábios de seus pares românticos. Essa curiosidade toda me dá nojo. Mas devo admitir: poucos meses atrás, eu estaria fazendo exatamente a mesma coisa.

— Nunca vai melhorar. Nunca.

Mordo o lábio não para segurar as palavras, mas para sentir dor física. Enquanto me recuperava da cirurgia, descobri o valor da dor física para manter distante a angústia emocional. Mas a dor física teria que ser extrema para contrabalançar o que estou sentindo, porque, na maioria dos dias, a sensação é a de que meu interior está coberto por um milhão de cortes e eu acabei de engolir uma garrafa de suco de limão.

Sinto gosto de sangue, sinto a ferida no lábio, onde meu dente cortou a pele.

— Eu perdi... perdi meu... — Minha voz falha e eu não consigo fazer as palavras saírem. — Eu perdi tudo. Agora estou sem futuro. Com vinte e seis anos. Sabe o que é isso? Não, não sabe. Porque você ainda tem uma chance de ter tudo isso.

Suponho que eu também tenha, mas não do jeito que faz sentido para mim agora. Continuo me expressando, apesar dos olhares dos clientes da cafeteria, apesar das lágrimas escorrendo pelas bochechas de Anna, arruinando seu rímel.

— Então, por favor, não me garanta nem me prometa nada, Anna. Especialmente uma coisa que você não pode controlar.

Está vendo agora?, tenho vontade de dizer. *Ninguém pode me ajudar.*

— Desculpa — ela responde, os olhos baixos. Sua voz sai carregada de emoção. Por um segundo, sinto culpa por fazê-la chorar. — Eu realmente pensei que... talvez se você pudesse... Você disse que não estava pronta. Desculpa.

— Por que diabo você está se desculpando?

Eu me pego gargalhando descontroladamente, mesmo sabendo que essa não é a reação certa. Eu devia estar chorando. Ou me lamentando. Mas, por algum motivo estranho, dou risada como uma menininha despreocupada.

Estou perdendo a sanidade. Mas continuo:

— Você não estava dirigindo o carro. Aliás, você sempre dirige na porra do limite de velocidade. Quisera eu estar dirigindo no lugar do Gabe. Talvez assim... Talvez... — As risadas se transformam em choro intenso, mas não consigo segurar as palavras que escapam dos meus lábios, agora umedecidos pelas lágrimas. — Eu ouço o tempo todo. O acidente. Eu já contei para você como foi? Como foi o barulho? Sabia que o metal grita quando está rasgando? Grita, de verdade.

Anna se levanta rapidamente, agarra suas coisas e meu braço enquanto eu choro com minhas palavras.

— Venha.

Ela me empurra pelas mesas, agora cheias.

Ouço sussurros, cadeiras sendo puxadas para abrir espaço para nossa saída rápida. Ela me leva para o lado de fora, para o ar frio. Eu me concentro em respirar. Inspirar e expirar. Inspirar e expirar.

Mas não consigo recuperar o fôlego, meus pulmões rejeitam o ar. Minha visão se estreita, se transforma em um túnel longo e escuro, e eu caio na calçada.

6

Acordo na sala da emergência, com uma luz forte perfurando minha visão.

— Sra. Lawson? Quer dizer, Tegan. Abra os olhos — uma voz desconhecida pede.

— Graças a Deus.

Anna soa como se tivesse uma gripe horrível, o nariz cheio demais para respirar direito. Seu rosto paira sobre o meu e eu pisco algumas vezes. Está muito inchada, os olhos vermelhos de tanto chorar.

— Como está se sentindo?

A voz pertence a um homem de meia-idade que usa um jaleco verde sem vida. E óculos que lhe conferem ares de Clark Kent. Bonitinho e nerd. Suas mãos seguram as laterais do estetoscópio dependurado no pescoço e ele me examina atentamente. Fico curiosa para saber se Anna já se deu conta de como ele é bonito. Faz exatamente o tipo dela — uma década mais velho, inteligente o bastante para ter se formado em medicina.

— Melhor, acho — digo, com a garganta seca. Limpo-a algumas vezes. — O que aconteceu?

— Você simplesmente caiu — Anna conta, parecendo um pouco abatida. O pânico óbvio acrescenta muito às suas palavras. — Tipo, você estava parada na minha frente e de repente caiu na calçada.

— Desculpa. Eu estou bem, garanto. — Seguro a mão que ela coloca no meu ombro e a vejo cutucar o celular com a outra. — Você não ligou para ninguém, ligou?

Ela nega com a cabeça, mas Anna é péssima mentindo.

— Anna?

— Caiu na caixa de mensagens. Duas vezes.

Eu lhe lanço um olhar fulminante enquanto torço para que Gabe esteja com clientes e ainda não tenha visto as mensagens. Não preciso de mais ninguém me observando como Anna está fazendo agora.

— Desculpa, Teg, mas você me deu um baita susto.
— Isso já aconteceu com você alguma vez? — o médico questiona. Agora vejo seu nome bordado no bolso do jaleco. Dr. Wallace.
— Não — respondo, negando com a cabeça, que parece pesada. Ainda bem que estou deitada. — Mas eu não tenho, hum, dormido bem. — Engulo em seco. De repente, as lembranças ressurgem, despencando como uma pedra em cima do meu peito. Tento respirar, mesmo com todo o peso.
— Eu sofri um acidente de carro há alguns meses.
— E se machucou?
— Sim — respondo, sem elaborar.
Ele espera, mas não dou mais detalhes.
— Foi um acidente muito sério — Anna entra na conversa. — Ela teve que passar por uma cirurgia e ficou quase três semanas internada.
— Que tipo de cirurgia? — o belo dr. Wallace pergunta casualmente, como se questionasse se gosto de café. Ele levanta o olhar, até então apontado para a prancheta, e espera outra vez uma resposta.
É como se alguém tivesse costurado meus lábios. Não consigo fazer as palavras saírem.
Anna me observa, também à espera de alguma coisa, depois olha para o médico.
— Ela, humm... — Minha amiga me analisa outra vez, e eu tento lhe comunicar que tudo bem, que pode contar ao médico. A mensagem deve ter sido transmitida, apesar do silêncio, porque ela continua falando, sem afastar os olhos de mim. — Passou por uma histerectomia. — E acrescenta, num sussurro: — Ela estava grávida de pouco mais de seis meses na época.
Dr. Wallace para de escrever e lança o mais compassivo dos olhares em minha direção. Um olhar que eu já vi antes. Do cirurgião que arrancou meu útero logo depois do acidente, levando junto qualquer chance que eu tinha de ser mãe.
— Sinto muito pela sua perda — lamenta o dr. Wallace, e eu percebo sinceridade em suas palavras. Sua voz é leve, confiante, embora carregue uma quantidade adequada de compaixão. Eles devem ser treinados para isso, os médicos... Como convencer um completo estranho de que você realmente se importa em um minuto ou menos. — Você comentou que não tem dormido direito. Alguma outra alteração na saúde?
— Ela também não anda comendo bem — Anna entrega antes que eu possa responder "Não, nada", como havia planejado.

— Bem, isso explicaria o desmaio — ele afirma. Então passa a língua no dedo, o que me parece estranho para um médico de pronto-socorro, e vira a página do prontuário. Penso em todos os germes com os quais suas mãos podem entrar em contato durante uma única virada de página. Eu usaria luvas ou carregaria álcool gel no bolso, mas acho que ele não se preocupa tanto com a possibilidade de adoecer. — E esse adesivo no seu braço? Nicotina?

Nego com a cabeça.

— Adesivo de estrogênio. Também tiraram meus ovários quando passei pela histerectomia — conto, com toda a tranquilidade que consigo.

Mas todos nós sabemos o que isso significa. Eu nunca vou poder ter filhos. E toda semana, quando tiro o adesivo para colocar um novo, essa lembrança me faz querer quebrar alguma coisa, ou socar alguém, ou me jogar no chão do banheiro e nunca mais levantar.

O bom médico assente e lança outro sorriso de compaixão para mim.

— Vou fazer mais alguns exames só para ter certeza de que não tem mais nenhum problema acontecendo, está bem?

— Obrigada — diz Anna, minha porta-voz.

— De nada... Desculpa, esqueci o seu nome. Senhorita...? — pergunta, dessa vez sorrindo para Anna.

— Anna — ela esclarece, estendendo a mão. — Anna Cheng.

— Certo. Então, se tudo sair como esperado, ela vai ter alta logo. Isso é bom, não é, Tegan? — Confirmo com um gesto e ele me dá tapinhas no ombro. — Tente relaxar um pouco.

Três horas depois, Anna me empurra em uma cadeira de rodas para fora do hospital — aparentemente, sair de cadeira de rodas é uma política deles —, trazendo também um punhado de comprimidos para dormir, para me ajudar nas próximas noites, até eu conseguir visitar meu médico de confiança. Uma breve corrida de táxi e estou em casa, esboçando um agradecimento pesaroso quando Anna tira minhas roupas e me ajeita, com meu pijama novo, na cama. Alguns minutos depois, ouço a porta do apartamento abrir e fechar e me preparo para receber companhia, presumindo que Anna no fim das contas deu mesmo aquele telefonema.

Eu me viro para o lado, me ajeitando mais profundamente no colchão, e sinto o conforto frio do pingente quando o peso do meu corpo o pressiona na minha pele. Por um instante, permito ao meu cérebro cansado e sofrido imaginar como seria a vida se o carro tivesse saído de controle trinta segundos mais tarde, depois de passarmos pela fileira de postes.

Se Gabe tivesse mantido as duas mãos no volante.
Se eu o tivesse forçado a parar o que estava fazendo debaixo da minha saia.
Se os caminhões que tiram a neve das ruas já tivessem passado por ali.
Fecho os olhos, só agora lembrando que esqueci meu chapéu e as luvas no Starbucks.
— Tegan. — A voz de Gabe me assusta. Acho que ele recebeu as mensagens de voz. — Você está bem? O que aconteceu?
Ele se deita ao meu lado, mal mexendo as cobertas, mas não me toca. Ele me conhece muito bem.
Mantenho os olhos bem fechados.
— Digamos que eu não sou mais bem-vinda no Starbucks da Michigan com a Lake.
Gabe suspira.
— Mas você está bem. Certo?
Faço que sim com a cabeça, que esfrega no travesseiro. A voz dele se suaviza:
— O que aconteceu?
— Eu tive uma porra de ataque, Gabe. Um ataque constrangedor, do tipo "quem deixou essa louca sair?" Depois desmaiei na calçada e fui parar no pronto-socorro.
— Sinto muito por não estar lá com você. Eu fui visitar um cliente. — Gabe se aproxima de mim. — Eu devia estar com você.
— Você não pode passar cada segundo do seu dia comigo — retruco. — A Anna cuidou de mim.
— Eu sei. Ainda bem que ela estava lá — ele responde. Sua mão acaricia minha bochecha, os dedos afastam o cabelo do meu rosto. Mesmo assim, mantenho os olhos fechados. — Você precisa comer alguma coisa.
— Tenho certeza de que a Anna vai me fazer comer à força a sopa que está preparando. Ou a minha mãe vai cuidar disso quando chegar em, me deixa adivinhar, vinte minutos — afirmo, finalmente olhando para ele.
Está usando meu terno favorito — espinha de peixe cinza, perfeitamente ajustado ao seu corpo magro e musculoso —, com camisa branca e gravata verde-menta.
— Imagino que ela tenha ligado para os meus pais — prossigo.
Gabe encolhe os ombros e sorri.
— Você conhece a sua amiga. A Anna não é exatamente conhecida pela capacidade de guardar segredos.

Eu suspiro. Gabe e eu costumamos brincar que a melhor hora de contar alguma coisa a Anna é imediatamente depois de contar para todo mundo.

— Eu surtei completamente — conto. — Para você ter uma ideia, ela nem comentou que o médico era bonito.

— Caramba, então foi sério mesmo — Gabe responde, em um tom leve.

Abro um sorriso, mas, um instante depois, ele desaparece do meu rosto. A risada de Gabe também some.

— Tudo bem, Tegan. Você ainda não está pronta — ele enfim fala, quando o silêncio se torna desconfortável. — Precisa de mais tempo.

— Foi o que eu disse para a Anna. — Agora estou cansada. Quero realmente ficar sozinha. — Eu queria que você explicasse para ela. Talvez consiga ajudá-la a entender.

— Ela está fazendo exatamente o que você faria por ela, Tegan.

Confirmo com um gesto, me virando de lado. Consigo ouvir Anna na cozinha, as gavetas abrindo e fechando e os bipes do micro-ondas. Um aroma salgado atinge meu nariz e eu sei que a sopa de galinha com talharim — o ápice do repertório culinário de Anna — já borbulha no fogão. Espero conseguir engolir um pouco, no mínimo para agradar a todos.

— Quero conversar com você sobre aquela noite — Gabe diz, afastando meus pensamentos do meu estômago agitado. — Nós precisamos conversar sobre esse assunto.

— Não, não precisamos — respondo.

— Tudo bem você ficar nervosa comigo — ele afirma. — É impossível que você me odeie tanto quanto eu... odeio a mim mesmo.

Meu marido, tão forte, tão destruído quanto eu.

— Eu não odeio você, Gabe.

Ah, estou mentindo para você, meu amor. Eu odeio você, sim. Você arruinou tudo.

— Mas devia.

Não digo nada.

— Tenho uma ideia — enfim anuncia. — Acho que você não vai gostar, mas preciso que confie em mim. Você confia em mim, Teg? — Essa é uma pergunta interessante. Seis meses atrás, eu não hesitaria. Sua voz recobra aquele tom positivo tão familiar: — Nós precisamos do pote dos desejos.

— Não sei onde está, Gabe — respondo, embora não seja exatamente verdade. Está na última prateleira do nosso armário, guardado longe da vista, atrás de pilhas de revistas jamais lidas e nas quais nunca vou mexer.

— Acho que a minha mãe jogou fora enquanto fazia a limpeza na semana passada.

— Está no armário, atrás das suas revistas — ele teima.

— Tudo bem. Eu pego mais tarde.

— Acho que você devia pegar agora.

Com um suspiro furioso, jogo as cobertas para o lado e subo no banquinho em nosso closet. O pote não vai ajudar. É a última coisa de que preciso. Mas pego a pilha de revistas e jogo no chão. O som do peso batendo no assoalho ecoa duramente dentro de nosso pequeno quarto.

— Está tudo bem aí? — Anna grita da cozinha.

— Tudo bem — respondo o mais alto e confiante que consigo, na esperança de que ela não venha bisbilhotar o que estamos fazendo. — Só derrubei algumas revistas.

— Entendi. A sopa está quase pronta — ela anuncia.

— Obrigada. Já vou — grito em resposta.

Depois, estendendo os braços, tento alcançar o pote, na verdade um enorme vaso de vidro, e o prendo na dobra do meu braço.

Deixo o vaso cair sobre o edredom, e parte de seu conteúdo acaba escapando.

— Aqui está a porra do pote, Gabe. O que você quer que eu faça com ele agora?

— Agora... — Fica em silêncio por um instante. — Agora nós escolhemos.

7

SEIS MESES ANTES DO ACIDENTE

— *Eu* curti — Gabe elogiou enquanto seus dedos acariciavam minha orelha com um toque leve. Constrangida, toquei o ponto em que seus dedos tinham acabado de encostar, tentando domar uma parte rebelde da minha franja. — Ficou diferente, mas combina com você.

— Não sei o que aconteceu — falei. — Eu pedi para tirar só as pontas, mas aí pensei no trabalho que dava para secar e pedi para simplesmente passar a tesoura.

Meu cabelo, que poderia ser descrito como cor de lama, exceto quando os raios de sol acrescentavam toques dourados, descia até pouco abaixo dos ombros desde os tempos do ensino médio. Era o tamanho seguro para mim — longo o bastante para me sentir feminina, mas não tanto a ponto de me impedir de secá-lo rapidamente se o que eu fosse fazer requeresse mais do que passar os dedos e prendê-lo num rabo de cavalo. Passei outra vez a mão pelos fios, ainda surpresa com quão rápido meus dedos deslizavam pelas mechas agora curtas.

— Para ser sincero, ficou lindo pra caramba — Gabe murmurou, sua mão deslizando pelo meu pescoço exposto, pelo ombro, chegando ao seio, onde permaneceu. — Aposto que fica ainda melhor quando você está nua.

Ri até seus lábios encontrarem os meus, calorosos, carnudos e macios. Suspirei e me aproximei de Gabe, deixando meu vestido cair na cama depois que ele rapidamente desamarrou a tira de tecido presa no pescoço.

— Exatamente como imaginei. — Seu olhar deslizou pelo meu corpo antes de voltar ao meu rosto. — Combina mesmo com você.

Depois, nós nos deitamos emaranhados em nossos lençóis e eu descansei a cabeça em seu peito. Seu coração batia intensamente.

— Tenho uma ideia — ele disse, seus dedos subindo e descendo pela minha coluna.

Senti um arrepio e me aninhei mais junto dele.

— Ah, é? — Inclinei a cabeça para olhar outra vez para Gabe. Ele beijou a ponta do meu nariz e eu senti seu cheiro. Suor misturado às notas amadeiradas de seu desodorante. — Você gostou mesmo deste corte de cabelo, hein?

— Não é isso — respondeu, sorrindo. — Mas podemos falar disso depois.

— Então me diga o que está pensando.

Eu me ajeitei outra vez junto a seu peito e fechei os olhos. Contente. Feliz.

— Bem, considerando que vamos nos casar dentro de poucos meses, acho que a gente deve pensar em como vai ser.

— Do que você está falando? Já está tudo planejado.

Ele fez que não com a cabeça.

— Não estou falando da cerimônia, mas da vida depois dela.

— Eu já penso nisso o tempo todo.

Abri um sorriso. Eu mal podia esperar a hora de ter a aliança de casamento no dedo.

— Eu sei que não vamos conseguir fazer isso logo na sequência, porque tem o trabalho e tudo o mais, mas eu tive a ideia de criar uma lista de coisas que queremos fazer, de lugares para onde queremos viajar — explicou.

— Uma lista de experiências para compartilharmos.

— Mais ou menos como uma lista de coisas para fazer antes de morrer?

— É, mais ou menos. Mas esse conceito é meio mórbido, não acha? Pensei mais em uma lista de desejos.

Beijei intensamente sua boca. Repetidas e repetidas vezes, meus lábios tocando seus dentes quando ele ria.

— A lista de desejos de Tegan e Gabe. Adorei. Vamos fazer — enfim concordei.

— Mas tem uma coisa. — Gabe saltou para fora da cama e pegou um bloco de papel e caneta em sua pasta. — Vamos escrever cada item em um pedaço de papel, dobrar e colocar em um pote ou algo assim. — Rindo, concordei. — Depois, quando tivermos férias ou sentirmos que a vida está nos arrastando para baixo, vamos sortear um dos papéis e fazer o que está escrito ali.

Dei risada. Para Gabe seria muito mais fácil. Eu não era exatamente uma pessoa espontânea. Ele era do tipo que buscava aventura, e esse era o motivo pelo qual nos equilibrávamos tão perfeitamente. Quando ele empurrava demais, eu puxava um pouco de volta.

— Está bem — concordei, bagunçando seu cabelo castanho, que ondulava por causa do suor.

Gabe sorriu.

— Você começa.

Durante a meia hora seguinte, criamos uma lista de dez coisas, depois dobramos os papéis e os colocamos em um enorme vaso de cristal que um dos amigos dos pais de Gabe tinha nos dado de presente de noivado.

— Então, quando nós vamos puxar o primeiro? — perguntei, sacudindo o vaso com alguma dificuldade em virtude do peso, os pequenos papéis dobrados dançando ali dentro.

— Por que não agora mesmo? Seja lá o que sair, vamos fazer depois do casamento, está bem? O primeiro desejo pode ser a nossa lua de mel.

— Combinado!

Inclinei ligeiramente o vaso para alcançar suas profundezas, depois enfiei o braço até a altura do cotovelo e mexi os papéis.

— Você pega — arrisquei, tirando o braço de dentro e levando o vaso na direção de Gabe.

— Damas primeiro — respondeu ele, pegando o vaso das minhas mãos.

Fechei os olhos e enfiei a mão, sentindo as bordas dos papéis dobrados rasparem minha pele. Fui até o fundo. Beijei o papel antes de abri-lo.

Os olhos de Gabe, azuis como o céu do solstício de inverno, estavam arregalados, e seu sorriso, generoso. Senti bolhas se formarem dentro de mim, como se eu tivesse tomado uma taça de champanhe.

— O que diz aí? — ele quis saber. — O que nós vamos fazer?

Limpei a garganta, propositalmente me mantendo em silêncio. Gabe pulava impaciente no colchão, o que me fez rir.

— Vamos! — pediu. — Conte!

Li em voz alta e Gabe vibrou como se tivesse ganhado na loteria. Depois me empurrou de novo contra o colchão. Ri outra vez enquanto ele me beijava inteira.

— Eu te amo mais que a própria vida — falei.

— Idem — foi sua resposta. — Minha para sempre.

Deixamos o vaso de lado e nos enroscamos outra vez nos lençóis. Depois, Gabe pegou um pincel atômico preto e escreveu "Pote dos Desejos de Tegan & Gabe" na superfície cristalina de vidro.

8

Agora, segurando o vaso, não sinto alegria ou vontade de rir. Sinto um peso, uma morosidade infeliz.

— Puxe um papel — Gabe instrui com delicadeza. — Na verdade, pegue três, pode ser?

— Por quê? — pergunto, a amargura respingando das palavras. — Qual é o sentido disso, Gabe?

— O sentido é a vida, Tegan. Ela vai continuar, quer você queira ou não. E, em algum momento, você vai ter que pular outra vez nesse trem.

— Ninguém entende. — Agora estou chorando. — Acredite, se existisse uma chavinha que eu pudesse simplesmente virar, eu viraria. Na mesma hora. Eu também quero a minha vida de volta.

— Eu sei que você quer, amor. Eu sei. — A voz de Gabe me acalma, a delicadeza de seu tom se espalha por mim.

— Mas, mesmo que eu desembarque de um avião em algum lugar distante daqui, não posso fugir da dor — explico. — Não posso fugir do meu coração partido, Gabe. Ou do meu corpo debilitado.

— Você está certa. Então não pense nisso como correr de alguma coisa, mas em direção a alguma coisa — sugere. A expressão em meu rosto diz tudo. — Eu sei, eu sei. Me escute, está bem? — Dou de ombros, mantendo o olhar fixo no vaso. — Nada pode mudar... — Sua voz falha e imagino seu pomo de adão se movendo repetidamente, como acontece quando ele tenta engolir as emoções. — Nada pode mudar o que aconteceu. E ficar aqui, revivendo cada momento de cada dia, está acabando com você, Tegan. Você está desaparecendo, e eu tenho medo de que em algum momento não reste nada.

Não digo em voz alta, mas é exatamente isso que desejo. Simplesmente deixar de existir um dia, como uma baforada de fumaça. Estar aqui e no próximo instante não estar mais. Gabe prossegue:

— Mas tirar um papel desse pote vai forçar você a viver. A criar uma nova lembrança. E eu sinto que, se você conseguir fazer isso, vai criar uma lembrança que não é triste, e aí vai ser mais fácil criar outra. Depois mais uma. E logo você vai ter um estoque de lembranças felizes para ajudar a equilibrar as tristes.

Por mais que eu esteja concentrada na ideia de desaparecer, as palavras de Gabe fazem brotar em mim a mais leve chama de alguma coisa. Não sei o que, mas parece diferente. Um sentimento de frescor, como uma toalha limpa e macia, ou morder um tomate que acabou de ser colhido.

— E tem todo aquele dinheiro que os meus pais deram para a gente no casamento, tudo parado na conta bancária. Sem fazer nada além de render uma quantidade patética de juros — continua.

— Acho que os seus pais esperavam que a gente fizesse algo um pouco mais adulto com aquele dinheiro — respondo.

Os pais de Gabe nos deram um cheque de duzentos mil de presente de casamento, certamente imaginando que daríamos entrada em uma casa em algum bairro longe do centro. No lugar perfeito para criarmos o neto deles.

— Quem se importa com o que eles querem que a gente faça com o dinheiro? Não consigo pensar em um jeito mais perfeito de gastar uma parte do presente.

Respondo com um leve sorriso e passo delicadamente os dedos pelas letras escritas no pote, tomando cuidado para não esfregar e apagá-las.

— Você precisa mudar de ares, Teg — ele aconselha. — Vai acabar se perdendo se ficar aqui. E eu não posso deixar isso acontecer. — Suspira pesadamente. — Além do mais, as férias da escola começam em algumas semanas, e aí você tem o verão de folga.

Não que eu vá voltar a trabalhar tão cedo assim. A licença médica se transformou em licença por estresse, o que vai me render pelo menos o restante do ano escolar.

— O momento não poderia ser melhor — ele conclui.

— Não sei — respondo. — Só de pensar em sair deste apartamento, já fico exausta. Embarcar em um avião? — Nego com a cabeça.

— A gente consegue — ele afirma. — Eu vou estar o tempo todo com você. E prometo não te deixar roncar nem babar se você dormir durante o voo. — Ele dá risada e eu sinto aquela força familiar do amor, mesmo no meio de tudo o que está acontecendo. — Você precisa disso, Teg. Nós precisamos.

Olho para ele, depois respiro fundo enquanto enfio a mão no vaso, mexendo os papéis.

— Três?

Gabe assente.

Puxo a primeira folha e a coloco sobre o edredom. Minhas mãos tremem. É a mesma coisa que concordamos em fazer na lua de mel. A viagem que tivemos que adiar quando descobri que estava grávida.

— Veja só que interessante! — Gabe exclama, com surpresa na voz. — Você acha que é um sinal?

Dou de ombros. Talvez. Embora eu não acredite muito mais nisso.

Enfio a mão de volta no vaso e puxo outro, e mais um. Desdobro cuidadosamente os dois últimos pedaços de papel e aliso as dobras, sem pressa para colocar os quadrados lado a lado.

Gabe começa a murmurar uma canção que reconheço, e enfim chega ao refrão:

— *We're leaving... on a jet plane...*

Há tanto otimismo em sua voz que não consigo suportar.

Enterro a cabeça nas mãos e começo a chorar.

9

TRÊS SEMANAS ANTES DO ACIDENTE

Olhei para o presente e mordisquei distraidamente o lábio enquanto tentava descobrir um jeito de embrulhá-lo. Era o aniversário de vinte e sete anos de Gabe e eu ultrapassara, e muito, o orçamento com o qual concordamos para nos presentear. Combinamos duas regras ligadas a presentes de aniversário: tinham de ser de alguma maneira sentimentais e não podiam custar mais que cem dólares. Criamos essa regra lá atrás, quando não tínhamos dinheiro, estávamos terminando os estudos e em busca de emprego. Na época, cem dólares parecia uma extravagância. Mas agora éramos casados, com uma conta bancária muito mais cheia, graças aos pais de Gabe, então quebrar a regra parecia justificável.

A guitarra era edição limitada — uma Gibson Les Paul vermelho-fogo. Eu não via a hora de ele abrir o presente. Sabia que, assim que o visse, não se importaria com quanto custou — que, só para deixar registrado, ultrapassou em muito o limite de cem dólares. Se ao menos eu conseguisse um jeito de embrulhar uma guitarra — e um amplificador — com o único rolo de papel que tinha em mãos.

Gabe provavelmente diria que ainda não era bom o bastante para merecer aquela guitarra, mas vinha fazendo aulas toda semana com o violão surrado de segunda mão que meu irmão Jason lhe dera.

Abri o rolo gigante de papel de presente no chão do quarto. Gabe não demoraria a chegar do trabalho e eu queria deixar tudo pronto. O *boeuf bourguignon* cozinhava no fogão, seu aroma delicioso se espalhando pelo apartamento, e o purê de batata com alho e queijo roquefort já estava pronto. Peguei a sobremesa preferida de Gabe na padaria no final da rua — merengue pavlova com uma camada pesada de chantili e morangos, parecendo incrivelmente fresco e suculento, apesar de estarmos no inverno.

Alguns minutos e muita fita adesiva depois, consegui embrulhar o presente desajeitado e acrescentei um laço prateado em cima. É claro que Gabe saberia o que exatamente tinha ali assim que visse, o que me levou a pensar que eu deveria ter poupado papel -— e meus joelhos, que passaram um tempão apoiados no assoalho — e escolhido só o laço. Peguei outro deles no pacote, um vermelho, e usei para decorar o amplificador — que, a essa altura, eu sabiamente já havia decidido não embrulhar.

A porta de entrada se abriu com um clique e a voz de Gabe ecoou pelo corredor.

— Teg? Estou em casa, amor.

Apoiei a guitarra embrulhada na lateral do amplificador e fui cumprimentá-lo. Fechei a porta do quarto ao sair.

— Olá, aniversariante — falei, deixando-o me abraçar. Seu rosto estava frio por causa do vento do inverno, então encostei a mão em suas bochechas para esquentá-las. Nós nos beijamos demoradamente e eu o abracei com mais força, sentindo todo o meu abdome encostar em seu corpo. — Como foi o seu dia?

— Tranquilo — respondeu, me beijando outra vez.

Depois se inclinou e beijou minha barriga algumas vezes antes de alisar com carinho ali. Passei as mãos pelo seu cabelo espesso e escuro, sentindo ondas de amor dentro de mim enquanto Gabe me cobria de beijos — em especial minha barriga saliente.

— O cheiro aqui está uma delícia — continuou, finalmente de pé. — Me deixe adivinhar: *boeuf bourguignon*?

Gabe cruzou os dedos, exibindo um olhar de esperança.

Dei risada.

— Sim, é *boeuf bourguignon*. E purê de batata com roquefort, que você adora, e uma surpresinha especial para a sobremesa.

— Parece excelente! Estou morto de fome. — Ele afrouxou a gravata, me lançando o olhar brincalhão que reconheci. — Só mais uma coisinha: você acha que tudo pode esperar, digamos, quinze minutos?

Desabotoou a camisa e a calça e estava nu antes mesmo de eu conseguir responder.

Eu o olhei de cima a baixo, apreciando seu corpo torneado e a pele cor de oliva maravilhosa que herdara de sua mãe italiana. Eu nunca me cansava de Gabe.

— É claro — murmurei, erguendo os braços para que ele pudesse puxar meu vestido de malha por sobre a cabeça. — Todo o tempo que você quiser.

Ele me ergueu nos braços e eu explodi em risos, protestando que estava pesada demais para aquilo.

— Você está perfeita — ele me contrariou, me deitando com cuidado no sofá. — Venha cá, me deixe mostrar do que eu estou falando.

Dezesseis minutos depois, nós nos sentamos para o jantar de seu aniversário, os dois com o rosto corado e relaxado. E ainda nus.

— Está uma delícia — Gabe elogiou, com a boca cheia de carne ao vinho e purê de batata. — Você se superou!

— Espere aqui um pouquinho. — Empurrei minha cadeira e atravessei o corredor. — Agora feche os olhos — gritei de dentro do quarto. — Estão fechados?

— Estão!

Com as duas mãos, segurei a guitarra pateticamente embrulhada e fui até a cozinha.

— Merda! — exclamei quando meus dedos rasgaram um pouquinho o papel.

— Tudo bem aí? — Gabe perguntou, mantendo os olhos fechados.

— Tudo certo, mas ainda bem que eu não escolhi a carreira de embrulhadora de presentes. — Ele deu risada. — Certo, agora abra!

Permaneci nua diante dele, uma das mãos na cintura e a outra segurando o braço da guitarra.

— Parabéns! — falei.

— Puta merda!

Gabe empurrou a cadeira para trás tão rápido que ela virou. Ele nem se importou em colocá-la em pé e veio direto até mim.

— Pois é — falei, provocando. — Eu sou mesmo irresistível.

— Eu estou basicamente vivendo uma fantasia aqui. — Seus olhos estavam arregalados. Parecia um menininho que acaba de encontrar o brinquedo que mais queria no mundo debaixo da árvore de Natal. — Sério.

Eu lhe entreguei o presente e o deixei beijar meu pescoço, depois meus lábios.

— Feliz aniversário, Gabe — desejei, baixinho. — Vá em frente, abra.

Ele não precisou de mais nenhum estímulo. Rasgou o papel de presente com um único puxão e assobiou alto.

— Tegan, o que foi que você aprontou? — Ele me olhou impressionado por um breve instante, depois de novo para a guitarra. — Porra, é uma Les Paul! — Passou as mãos pelas laterais do instrumento, com cuidado, como tinha feito mais cedo com minhas curvas.

— Eu sei — falei, dando de ombros. — Cheguei à conclusão de que aquela regra dos cem dólares era besteira.

— Percebi. — Seus olhos continuavam focados na guitarra. Então, ele olhou para mim. — Mas isso aqui é, tipo, muito, muito acima do orçamento. E você sabe o que essa sua atitude significa, não sabe?

— O quê?

— Está aberta a temporada de presentes — respondeu, dando uma piscadinha. — Espero que você aguente.

Dei risada.

— Vá com calma, rapaz.

Ele me segurou com a mão livre e me puxou para perto.

— É o melhor presente do mundo! — falou. — Obrigado, Teg. Eu amei.

— De nada. — Inclinei a cabeça para que seus lábios encontrassem os meus. — Você merece.

— Bem, isso eu não sei, mas o que acha de ver o que essa coisa é capaz de fazer?

— Vamos lá! — concordei. — Quer se vestir antes?

— Lógico que não! Eu sempre quis tocar uma Les Paul nu.

— A outra coisa que você vai precisar está no quarto. Não embrulhei. Desisti.

Eu o deixei me arrastar para o sofá antes de ele correr para o quarto para pegar o amplificador.

Tremi conforme o calor de fazer amor e a animação do presente se desfaziam. Puxei um cobertor do braço do sofá e o usei para envolver meu corpo enquanto Gabe plugava a guitarra no amplificador.

— Uau, que beleza — falei. — Agora me mostre o que você sabe fazer.

Ele movimentou as sobrancelhas algumas vezes, depois fez beicinho, no que certamente pensou ser a expressão de um astro sexy do rock, e bateu a mão nas cordas. A sala foi tomada por um gemido ensurdecedor que mais ou menos lembrava um acorde, e Gabe riu quando levei as mãos às orelhas. Esticou o braço e fuçou no amplificador antes de mexer os dedos com mais habilidade nas cordas, dessa vez produzindo um som que certamente poderia ser chamado de "música".

Enquanto tocava desajeitadamente os acordes de uma faixa de rock clássico que eu reconhecia, mas não sabia o nome — eu era a pior do mundo para lembrar nome de músicas —, parando a cada poucas notas para se corrigir, fiz uma fotografia mental daquele momento. Tudo era perfeito.

Estávamos mais que felizes, e não só por sermos recém-casados. Já tínhamos passado tempo suficiente juntos para saber o que sentíamos um pelo outro e estávamos cientes de que não importava tanto assim uma aliança dourada em nosso dedo da mão esquerda. Tínhamos emprego, famílias saudáveis que nos amavam, bons amigos, um apartamento que sem dúvida era pequeno, mas repleto de lembranças. E logo teríamos um filho. Um menininho.

Assistindo a Gabe tocar sua guitarra, mesmo nu, eu só queria conseguir parar o tempo. Apertar o botão de pause e viver indefinitivamente naquele momento. Talvez no fundo eu já soubesse o que estava por vir. Ou talvez fosse simplesmente que, quando você enfim percebe como tudo parece perfeito, é porque as coisas estão prestes a mudar. Em um piscar de olhos, como dizem por aí.

Comecei a chorar. Gabe, ainda concentrado nos acordes, permaneceu alheio. Até erguer o olhar, com um sorriso enorme no rosto, que desapareceu assim que ele viu as lágrimas.

— O que foi? O que aconteceu? — perguntou, a mão posicionada sobre as cordas, segurando a palheta.

A última nota reverberou pela sala de estar. Não respondi imediatamente, o que o fez erguer a correia do pescoço e apoiar a guitarra no pufe. Gabe se ajoelhou à minha frente.

— Tegan, converse comigo — pediu, com a preocupação permeando sua voz. — Qual é o problema?

É claro que sua preocupação só me fez chorar mais intensamente. Tentei parar, mas não consegui.

— Shh, shh — continuou, se sentando ao meu lado para massagear minhas costas. — Converse comigo, amor. Você está me assustando.

— Desculpa — balbuciei. — Eu só estou... muito feliz.

Gabe parou de me massagear e levou a mão ao espaço entre minhas omoplatas.

— Ah — disse, passando um braço por sobre meus ombros nus, que agora, com o liberar das emoções, tremiam com o restante do corpo. — Esse é um jeito peculiar de demonstrar alegria, não acha? — Dei risada e solucei em meio às lágrimas. — Pensei que talvez fosse a minha habilidade com a guitarra.

— Não — respondi, usando as mãos para secar, da melhor maneira que conseguia, as lágrimas. — Não, estava ótimo, mas definitivamente não foi de chorar.

— Bom saber — respondeu. — Quem sabe eu ainda tenha um futuro como astro do rock?

— Eu não iria tão longe — provoquei, assoando o nariz no lenço que peguei na mesinha lateral.

— Então agora você deu pra chorar de felicidade? — Gabe se ajeitou na beirada do sofá, de modo que pudesse se virar e olhar para mim. — Pelo visto vamos ter longos meses pela frente — brincou, olhando para meu ventre e arqueando uma sobrancelha.

— Eu sei, é tão ridículo — comentei. — Mas eu acabei de ter um daqueles momentos em que tudo parece tão perfeito e eu não queria que acabasse nunca.

— Bem, tenho boas e más notícias para você. O que quer primeiro?

— Sempre as boas.

— Está bem. A boa notícia é que você vai passar por muitos momentos assim. E eu garanto: vou tocar guitarra no mesmo quando nós estivermos velhos e enrugados. — Franzi o nariz. Ele continuou: — Ah, espere aí. Este corpo aqui vai envelhecer bem.

— Sorte a minha. E qual é a má notícia?

— Você vai ter que suportar minha falta de talento com a guitarra durante muito tempo ainda. Não dizem que você precisa se dedicar dez mil horas para ficar bom em alguma coisa?

— Algo do tipo. O que me lembra... Acabei de pensar em uma coisa que você pode comprar de presente de Natal para mim.

— O quê?

— Protetores auriculares.

Gabe lançou um "Haha, engraçadinha" e gentilmente me empurrou contra as almofadas do sofá. Suas mãos vagaram pelo meu corpo, arrancando o cobertor que me envolvia, explorando minha pele. Minha barriga agora era perceptível, e meus seios estavam mais volumosos do que nunca.

A gravidez combinava comigo, o que me surpreendeu. Antes, eu me descreveria como quase segura quando o assunto era meu corpo, o que significava que eu usava biquíni na praia, mas passava muito tempo me preocupando com o enchimento do tal biquíni e o pedaço pequeno de tecido que cobria meu quadril estreito. Agora eu me sentia linda, mesmo mais redondinha, com o corpo mais tenro. Especialmente quando Gabe me olhava desse jeito. Como se eu fosse uma deusa prestes a ser adorada.

— Eu gostaria de receber a segunda parte do meu presente, por favor — falou, cuidadosamente mantendo seu corpo sobre o meu, antes de eu me deitar de lado para ele se ajeitar comigo.

— Segunda parte? — perguntei, minha mão fazendo cócegas em seu quadril e descendo...

Gabe gemeu e fechou os olhos.

— Este é o melhor aniversário que eu já tive.

10

Hoje tenho uma coisa para fazer. Uma tarefa. Prometi a Gabe antes de ele sair para o trabalho. Ligar para o agente de viagem e agendar os voos. Disse a mim mesma que seria "a primeira coisa" a fazer logo de manhã, mas já é quase meio-dia e eu continuo na cama.

Fico impressionada com quão unidimensional é meu sofrimento. Sou capaz apenas de me sentir entorpecida. Até a dor, que antes era tão aguda, tornou-se enfadonha.

Minha mãe deve chegar em mais ou menos uma hora para sua visita diária, o que significa lençóis e toalhas limpas e, como é segunda-feira, geladeira cheia. Ela transformou os domingos em maratonas culinárias — tanto para a geladeira dela quanto para a nossa, ela afirma, embora eu saiba como odeia cozinhar. Estou sobrevivendo à base de biscoitos e pasta de amendoim, mas aprecio seus esforços, embora eu mal toque no escondidinho de carne, no frango ao creme ou na carne com chili — o prato favorito de Gabe — que ela traz com certa regularidade.

Anna deve passar aqui depois da minha mãe, quando terminarem as aulas, para me trazer café e fofocas do trabalho. Gabe costuma nos deixar sozinhas durante essas visitas, pois sabe que, se eu for confidenciar algo a alguém, será a Anna. E o telefone toca muito. Meus sogros, para saber como estou; meu pai, perguntando se preciso de algum reparo no apartamento. Ele vive para consertar torneiras vazando ou portas rangendo ultimamente, porque são coisas que é capaz de resolver, mesmo que Gabe seja muito bom com trabalhos manuais e o proprietário do apartamento em geral resolva esses probleminhas.

Eu me forço a sentar na cama, enfim considerando a ideia de me levantar. O telefone continua ao meu lado, no criado-mudo, então não tenho desculpa.

Foi outra péssima noite de sono. Tenho certeza de que minha família e meus amigos acham que eu só durmo, o que é natural, considerando quantas horas passo na cama todos os dias. Mas eu realmente durmo durante uma fração muito pequena desse tempo — os pesadelos garantem que seja assim. E, quando tenho sorte o bastante para não estar inconsciente nem sonhando, em geral fico deitada no escuro, chorando baixinho para Gabe não me ouvir e me perguntando o que fiz para merecer tamanho sofrimento.

Anseio por ter problemas menores, como falta de dinheiro para férias de luxo ou não conseguir duas poltronas juntas quando o cinema está lotado ou acordar com uma espinha gigante no nariz no dia de tirar foto com o pessoal do trabalho.

Estendo a mão para pegar o telefone, decidida a realizar a única tarefa do dia, e minha mão treme quando o aparelho toca. Uma pessoa normal simplesmente atenderia, mas ultimamente estou muito longe de ser normal. Toca cinco vezes e vai para a caixa de mensagens. Reconheço o número — Rosa, a mãe de Gabe. Decido ouvir a mensagem porque, se eu não responder, ela vai ligar de novo muito em breve.

— Tegan, *amore*, eu queria... Vi o calendário hoje de manhã... — Rosa soa estranha. Como se suas palavras a estrangulassem. — Hoje era para ser o dia mais feliz do mundo para todos nós... uma bênção... — Sua voz falha, e, por um instante, me pergunto se ela vai desligar. — Tento falar com você mais tarde, à noite, pode ser? *Ti penso, bella.*

Franzo o cenho, clicando no ícone do calendário no celular. Que dia é hoje? A data aparece bem na minha frente, enorme e iluminada na tela. Vinte e sete de março. Fico olhando para a tela e, por um instante, nada acontece, apesar de eu saber exatamente por que Rosa telefonou.

Então me levanto tão rapidamente que sinto a vertigem se abater sobre mim, e meu celular despenca no tapete. Um gemido me escapa e eu tento agarrar qualquer coisa que possa me manter em pé enquanto cambaleio desajeitada a caminho do banheiro, como já fiz tantas vezes. Minha mão encosta na guitarra de Gabe, e uma camada de poeira fica visível em minha pele. Ele não toca desde antes do acidente; agora o instrumento não passa de mais um móvel em nosso quarto.

Hoje teria sido a data do parto.

Não consigo respirar ou enxergar nada através das lágrimas. A culpa por perder a noção dos dias e a noção de que dia é hoje é um soco em meu estômago. Com ânsia, caio pesadamente de joelhos em frente ao vaso sanitário e vomito violentamente, embora tenha pouca coisa para sair do estômago. Depois de terminar, me sento no tapete do banheiro e me embalo para frente e para trás. Minhas mãos agarram meu abdome agora côncavo, que nunca mais vai carregar um filho.

Só quero dormir, fugir de tudo isso por pelo menos algumas horas. Eu me apoio na tampa do vaso sanitário e me levanto, trêmula por ter acabado de vomitar. Abro o armário de remédios e analiso os frascos até encontrar o que estou procurando. Os soníferos. Sou daquelas pessoas que enfrentam uma enxaqueca insuportável para não tomar um comprimido, portanto o frasco continua cheio.

Envolvo a pequena embalagem com os dedos e uso a outra mão para encher um copo com água do lavatório. Ao olhar para o espelho, vejo uma mulher que costumava se importar com sua aparência, que outras pessoas chamariam de bonita, que agora tem o cabelo desgrenhado caído diante de olhos distantes, o rosto marcado com olheiras escuras e reentrâncias. Não quero mais ser essa mulher.

Abro o armário outra vez e pego mais uma embalagem, então faço o caminho até a cama com o copo de água em uma das mãos e dois frascos de remédio na outra.

Primeiro, engulo a morfina que restou depois da cirurgia. O frasco ainda tem praticamente metade do conteúdo, então levo algum tempo para engolir tudo. Não me apresso, porque não quero vomitar outra vez. Depois coloco a embalagem vazia de morfina na gaveta do criado-mudo, enfiada em uma caixa de lenços, e abro a tampa do outro frasco. No rótulo está escrito para tomar um comprimido antes de ir para a cama e adverte que não deve ser usado por mulheres grávidas ou amamentando. Até aí, sem problemas. Puxo dois comprimidos pequenos e brancos, os quais engulo com facilidade com um gole de água. Depois tomo mais dois, do mesmo jeito. E aí, só para ter certeza, pego o último comprimido e o engulo também. Hoje o sono não me escapa.

Dizem que minha mãe chegou na hora certa.

11

Por mais estranho que pareça, gosto de estar aqui. É agitado, o que significa que tenho muitas distrações. E, exceto quando recebo visitas, não há nada que lembre o que me trouxe a este lugar.

Como em qualquer andar de qualquer outro hospital, o linóleo guarda marcas escuras; os bipes e campainhas trabalham incansavelmente, perturbando até o sono mais profundo produzido por fármacos; e o cheiro de álcool e comida de lanchonete permeia o ar. A única diferença aqui é como se entra ou sai da unidade: por portas sem qualquer janelinha, com trancas de alta segurança. Embora algumas pessoas possam se sentir aprisionadas em um lugar como este, eu me sinto segura.

Bem-vindo à ala psiquiátrica.

Pouco mais de uma semana se passou desde que tomei os remédios. Eu realmente não estava tentando me matar, embora meu prontuário possa dizer algo diferente disso. Só buscava um momento de paz, de distância da dor. Queria dormir sem ter pesadelos. Estava cansada do sofrimento que habita meu coração. Foi só isso. Mas, quando você vai parar no pronto-socorro, levada de ambulância e quase sem respirar porque seu estômago está cheio de analgésicos e soníferos, você recebe a boa e velha lavagem estomacal, carvão vegetal e duas semanas na ala psiquiátrica.

Além disso, tem a oportunidade de falar com completos estranhos sobre como está se sentindo.

— Como estão as coisas hoje? — pergunta com um tom musical o dr. Rakesh, um homem extremamente alto e esguio, de uns cinquenta e poucos anos.

Seus olhos gentis, cor de chocolate, não piscam atrás dos óculos de armação fina, que me parecem pequenos demais para seus traços. Toma um gole da caneca de chá ao seu lado e espera. As notas mentoladas que exalam da caneca entopem meu nariz e me fazem pensar em bengalas doces. Não quero pensar em bengalas doces.

O dr. Rakesh me faz essa pergunta todas as manhãs, no início de nossa sessão de uma hora. Depois ouço a mesma pergunta outra vez de todo e qualquer plantonista que tiver a sorte de estar nesta ala no dia. Depois das enfermeiras que vêm tirar sangue para verificar os níveis dos meus remédios, dos funcionários que trazem a comida e de qualquer visitante que eu receba. "Melhor" se tornou minha resposta preferida. Parece positiva o bastante, sem ser completamente desonesta.

— Muito bom, muito bom — o dr. Rakesh elogia. — Melhor é justamente o que nós esperamos.

Faço que sim e ele sorri, exibindo duas fileiras de dentes completamente retos, mas amarelados. Com o chá de hortelã, seu hálito traz o cheiro amargo de um cigarro fumado não muito tempo atrás.

— Acha que eu posso ter minha corrente e meus anéis de volta hoje?

A equipe da emergência tirou todas as minhas joias quando cheguei aqui. E, embora pareça muito improvável que eu possa me estrangular com minha corrente e certamente meus anéis não representem nenhuma ameaça, os funcionários são rígidos. Vou receber tudo de volta daqui a uma semana, quando tiver alta.

Como esperado, ele acena uma negação.

— Desculpe, Tegan, mas só podemos devolver quando você receber alta.

E toma mais um gole de chá.

Passo o polegar direito na base do meu anelar esquerdo, a pele ainda marcada pela aliança. O que me faz pensar em Gabe.

Como se sentisse que meus pensamentos se voltaram a meu marido, o dr. Rakesh vai logo dizendo:

— Eu gostaria de conversar sobre o Gabe hoje, se não tiver problema para você.

— Tudo bem — respondo, apertando o polegar com mais força na pele do dedo anelar.

Meu coração espanca o peito com uma fúria repentina. Não quero falar sobre Gabe. Não quero pensar em Gabe.

— Conte para mim a sua história preferida envolvendo o seu marido — pede o dr. Rakesh. Encaro-o e ele oferece um sorriso caloroso, mas agora sem mostrar os dentes. É uma imagem melhor que a anterior. — Eu queria que você me falasse alguma coisa do Gabe que te deixa feliz.

Fecho os olhos, deixando a raiva se dissipar antes de enfim me pronunciar. Sei exatamente qual história contar.

— Depois que o Gabe passou no exame da Ordem dos Advogados, nós fomos para Maui. Um presente dos pais dele — conto, ainda de olhos fechados para absorver a lembrança sem me distrair. — Tínhamos planejado algumas aulas de surfe para o final da viagem, mas aí aconteceu aquela história da porca.

— História da porca? — indaga o médico. — Fiquei curioso.

Abro os olhos. Ele está sentado com o corpo inclinado na minha direção, o bloco de notas apoiado em uma perna. Além da data no topo da folha, ele só anotou duas palavras. *Gabe-acidente*. Afasto o olhar e volto ao Havaí.

— Era a véspera da nossa primeira aula de surfe e nós decidimos ir de carro a Hana. Já esteve em Maui?

O dr. Rakesh faz que não.

— Mas está na minha lista de coisas para fazer antes de morrer — revela.

— Você devia mesmo ir — recomendo. — É lindo.

— Ouvi dizer que é.

— Mas enfim, Hana é uma cidade em Maui completamente isolada do restante da ilha. Para chegar lá, você tem que viajar de carro por uma rodovia em que venta muito, que na verdade é uma estrada de duas pistas, bem estreita. Leva umas quatro horas, mas vale a pena. A menos que você enjoe no carro.

O médico arqueia uma sobrancelha.

— Anotado — diz.

— Tem muitas paradas bem legais pelo caminho, e uma delas é uma loja de bugigangas que está lá desde o século XIX.

Soletro o nome havaiano da loja quando ele pede. Esse médico é bom em fingir interesse.

— É um negócio de família e tem tudo o que você possa imaginar. Também vendem um pão de banana incrível. O melhor que eu já comi na vida.

— Nossa, eu amo pão de banana — afirma, escrevendo as três palavras abaixo do nome da loja e grifando duas vezes para garantir.

— Eu também.

Engulo a tristeza que se arrasta pela minha garganta. Foram momentos tão felizes. Regados a pão de banana e amor infinito.

— Nós estávamos voltando para o carro quando ouvimos um grito agudo. Mas não tínhamos a menor ideia do que era.

O dr. Rakesh se ajeita e cruza uma perna sobre a outra, apoiando as costas na cadeira. Deixa o bloco de notas sobre o joelho e me espera prosseguir.

— Era uma porquinha barriguda, do tamanho de um filhote de gato. Um monte de motos entrou no estacionamento e a porquinha estava surtando por causa do barulho — relato. — Ela corria em círculos, gritando e, por um instante, parecia prestes a se tornar um pedaço de bacon.

O dr. Rakesh faz uma ligeira careta.

— Sou vegetariano — conta, para explicar sua reação.

— Ah, desculpa — digo, mas ele acena de modo a dizer que não preciso me desculpar.

— Eles pararam? — indaga, agora se aproximando.

Faço um gesto afirmativo com a cabeça.

— Sim, e o Gabe conseguiu pegar a porquinha. No fim, era o bichinho de estimação da família. Nós ganhamos cinco pães de banana como agradecimento — conto, sorrindo.

— Você culpa o Gabe pelo acidente? — o dr. Rakesh pergunta, e fico irritada por ele mudar de assunto no que imagino ser uma tentativa de me pegar de surpresa.

— Sim — respondo, sem parar para pensar. — Ele estava rápido demais.

O médico anota alguma coisa, mas não consigo ver, pois ele ergueu o bloco de notas.

— Tinha uma camada quase invisível de gelo no asfalto naquela noite, não tinha?

Faço que sim. Ele deve ter visto alguma reportagem sobre o acidente. *Além disso, Gabe não segurava com as duas mãos o volante porque uma delas estava debaixo da minha saia... o que me deixou feliz naquele momento.*

— Se ele estivesse dirigindo dentro do limite de velocidade e o acidente tivesse acontecido, você ainda iria achar o Gabe culpado?

Fico em silêncio.

— Não sei, mas não foi isso que aconteceu.

Mais anotações, mais gestos de afirmação do sorrateiro dr. Rakesh.

— Eu falei para ele diminuir a velocidade — relembro, percebendo como minha voz sai fraca. — Mas nós estávamos atrasados para a festa dos pais dele.

— Tegan, você estava tentando fazer mal a si mesma com os remédios?

Eu me sinto zonza com tantas mudanças de assunto.

— Não. Eu já expliquei para você. Não se tratava disso. Eu ainda estava sentindo dor por causa dos ferimentos e me sentia exausta. Só queria dormir. Só isso.

Penso em perguntar se ele está tentando se matar com os cigarros.

Ele assente, e não sei bem como interpretar isso. Será que acredita em mim? Está tentando me acalmar?

— Eu li o relatório do acidente — continua. — E a polícia parece acreditar que foi exatamente o que nós estamos dizendo. Um acidente. Não foi culpa de ninguém, Tegan. Nem sua.

— É claro que não foi culpa minha — esbravejo. — Eu não estava dirigindo aquele carro.

— Você se culpa por ter perdido o bebê?

— Não.

Que pergunta mais ridícula.

O dr. Rakesh me observa por um momento, mantendo a caneta posicionada sobre o bloco de notas.

— Em situações desse tipo, é normal a mãe se sentir culpada pela perda da criança.

— O Gabe estava dirigindo rápido demais — retruco, com os dentes apertados. — Eu mandei ele diminuir.

— Tudo bem ficar com raiva, Tegan — afirma. — Faz parte do processo de cura. Mas em algum momento você precisa decidir se é capaz de perdoar o Gabe e a si mesma pelo que aconteceu.

Você simplesmente não entende nada, penso. Mas mantenho a boca calada. Não importa quantos diplomas tenha dependurados nas paredes amendoadas de seu consultório enfadonho, o dr. Rakesh não sabe de nada.

— Acho que terminamos por hoje — digo, olhando para o relógio atrás dele.

Ele confere seu relógio de pulso.

— Sim, você está certa. Voltamos a nos ver amanhã. O que acha de sair para tomar um pouco de ar fresco hoje?

Faço um gesto afirmativo e empurro para trás a cadeira coberta com vinil barato. Sem olhar para o dr. Rakesh, saio da sala, esfregando o polegar no dedo anelar, sentindo outra vez aquela marca.

Retiro o que pensei ainda hoje de manhã.

Eu odeio este lugar.

12

Estou em casa há poucos dias, mas, entre Gabe, nossos pais, meus irmãos e Anna, me sinto mais aprisionada em meu próprio apartamento do que quando estava trancafiada na ala psiquiátrica. É preciso fazer uma varredura no armário de remédios para ter certeza de que não há nada mais forte ali que paracetamol e xarope para tosse, além de promessas de respostas quando perguntarem como estou, de hora em hora, via mensagem de texto e telefone, para todos eles me deixarem em paz. Agora finalmente a paz reina por aqui, exceto por Gabe, que reafirma que não vai a lugar nenhum.

Em minha penúltima sessão com o dr. Rakesh, tive o que ele definiu como "um passo importante na direção certa". Quase um progresso, suponho, mas bom o bastante para o médico de dentes amarelados assinar os papéis da minha alta. É claro que ele não se deu conta de que quase tudo aquilo era inventado. As lágrimas eram verdadeiras, mas as promessas de perdão que eu sabia que ele queria ouvir haviam sido ensaiadas na noite anterior, enquanto eu tentava dormir debaixo das cobertas ásperas do hospital. No consultório do dr. Rakesh, me senti como meus alunos devem se sentir quando tentam me dar a resposta que imaginam que eu espero, em vez daquela que mais lhes parece verdadeira.

Eles me liberaram com um antidepressivo que traz tantos efeitos colaterais que nem sei se são melhores que a própria depressão, além de dois retornos com o mesmo médico ao longo das próximas semanas.

Mas não sou capaz de perdoar ninguém ainda, muito menos meu marido.

— O que você está fazendo? — Gabe pergunta, me vendo puxar uma grande tigela de melamina das profundezas de nossa despensa.

Seguro o recipiente contra as lâmpadas halógenas da cozinha, depois esfrego seu interior empoeirado com um papel-toalha.

— Vou fazer pão de banana — respondo, abrindo a casca sardenta de uma das bananas maduras.

Olho a receita, aquela que Gabe ganhou da loja depois que devolveu a porquinha, escrita na parte traseira de um cartão-postal exibindo a praia de areia negra de Maui. Continuo descascando as frutas maduras e perfumadas até ter três delas empilhadas no fundo da tigela.

O forno apita, avisando que está preaquecido e pronto. Metodicamente, amasso as bananas antes de acrescentar os ovos batidos, o óleo e uma xícara bem cheia de açúcar. Reservo os ingredientes úmidos e me concentro nos secos, usando o polegar para nivelar a colher de bicarbonato.

— O sabor provavelmente não vai ficar igual — Gabe diz. — De onde são essas bananas?

Inclino a cabeça para ler o adesivo em uma das cascas descartadas.

— Costa Rica.

Meço mais meia colher de chá de bicarbonato e jogo sobre a farinha.

Acrescento sal e mexo a mistura várias vezes com a enorme colher de pau que a mãe de Gabe me deu no último Natal, na esperança de que eu começasse a preparar o famoso molho de tomate italiano de sua família. Ela me censurou várias vezes por causa das minhas colheres, lembrando sempre que os utensílios de metal e plástico que costumo usar arruínam o sabor.

Tentei preparar o tal molho uma vez, mesmo usando tomates enlatados de preço exorbitante importados diretamente da Itália e manjericão doce da horta de Rosa, mas nada do que produzi tinha o sabor ou a textura de seu molho. Gabe falou que eu estava louca, mas tenho certeza de que Rosa deixou algum ingrediente fundamental fora da receita que me deu com a colher. Só para ter certeza de que eu não conseguiria alcançar o mesmo sabor que ela.

Depois de misturar bem os ingredientes úmidos e secos, uso uma espátula para nivelar a massa nas formas untadas com uma quantidade saudável de manteiga e programo o timer do forno. Então me sento na ilha da cozinha e puxo uma revista da pilha que Anna trouxe. Viro as páginas sem ler.

— Tenho certeza de que vai ficar uma delícia, mesmo sem as bananas de Maui.

— Ãhã — murmuro, mantendo os olhos nas páginas acetinadas, mesmo sem ler uma palavra sequer.

— Fico feliz de te ver cozinhando outra vez — ele prossegue, mantendo a voz suave. Reconheço esse tom. É o mesmo que ele usa quando enfrento um dia estressante no trabalho ou quando o dachshund miniatura de nosso vizinho uiva às três da manhã e eu lhe digo exatamente o que acho que deviam fazer com aquele cachorro. — Você está diferente, sabia?

— Estou?

Tento soar desinteressada. Mas no fundo me pego realmente curiosa. Diferente como? De um jeito bom? Menos deprimida, talvez? Eu me pergunto como estaria minha aparência.

— Tegan?

— Hum?

Não ergo o olhar. Não posso erguer o olhar porque, se fizer isso, sei que vou passar dias na cama outra vez. Se alguém me dissesse que é possível amar e odiar tanto uma pessoa ao mesmo tempo, eu jamais acreditaria. Mas estaria tão errada.

Meu ódio e meu amor por Gabe alcançam as mesmas profundezas do meu ser. E isso está me rasgando em duas, como meu cinto de segurança quase fez ao colidirmos com aquele poste de metal.

— Prometa para mim que nunca mais vai fazer nada parecido com aquilo.

— Aquilo o quê? — pergunto, mas sei exatamente o que ele quer dizer.

— Não faça, está bem? Estou falando sério.

Suspiro e fecho violentamente a revista.

— Ah, sério? Nossa, obrigada. Eu nem tinha me dado conta.

— Pare de brincadeira, Tegan! — Seus olhos azuis brilham de raiva. — Já pensou no que teria acontecido se a sua mãe não tivesse encontrado você? Sabe o que isso teria provocado nas pessoas que te amam?

— Eu não estava tentando me matar, Gabe. Foi um acidente.

— Não. Não — ele retruca, levantando a voz. — Acidente é tirar da máquina de lavar um lençol rosa que um dia foi branco, porque você não percebeu que tinha uma meia vermelha junto, ou colocar sal em vez de açúcar em uma receita, porque sal e açúcar são parec...

— Ou acelerar na neve e matar o nosso filho? — berro, tremendo de fúria.

Tento manter contato visual, mas minha raiva torna difícil me concentrar em seu rosto.

Gabe não fala nada, mas seus lindos olhos vão sendo tomados pela tristeza. Eu me viro de costas e desejo que ele suma.

O timer começa a apitar incessantemente, e só então me dou conta do aroma delicioso na cozinha. Contudo, em vez de trazer conforto, o cheiro doce revira meu estômago. Engulo um soluço e enfio as luvas de forno para poder pegar os pães perfeitamente dourados. Gabe deve ter entendido meu desejo porque, quando me viro para colocar a forma quente sobre a bancada, ele não está mais na cozinha.

Outra vez sozinha, me sento diante da ilha e enfio punhados do pão ainda quente e úmido na boca, engolindo quase sem mastigar. O calor violenta minha língua e meus lábios, mas não paro até o pão todo acabar. No fim das contas, uma pitada de tristeza e uma colher de chá de amargura são capazes de estragar até a melhor das receitas.

Gabe está certo. O sabor não é o mesmo.

13

— Desculpa pelo que eu disse mais cedo.

Estou com a pior azia do mundo, provavelmente por causa do pão de banana que engoli com tanta voracidade; desde então, sinto náusea. Mas também pode ser que nossa discussão esteja revirando meu interior. Por mais que eu deteste admitir, minha mãe está certa quando fala do meu estômago. Ele é sensível ao nervosismo e a qualquer coisa picante demais, assim como a palavras furiosas que eu queria poder apagar.

Gabe suspira ao ouvir meu pedido de desculpas, mas não parece furioso demais. Deveria estar, depois do que eu falei.

— Tudo bem — diz. — Eu sei que você não estava falando sério.

Mordo a língua porque as palavras que não quero pronunciar estão tentando sair.

Eu estava falando sério. Só que isso não muda o fato de que eu provavelmente não devia ter dito aquilo.

Estamos no sofá, assistindo televisão. Eu me sinto culpada e não obtenho nenhum alívio depois de tomar quase um frasco inteiro de antiácido — o mesmo que sobrou do dia do nosso casamento, coincidentemente —, então coloco em um canal de programas sobre natureza que Gabe adora e tento encontrar as palavras certas para comunicar meu arrependimento.

A TV está muda, mas na tela um leão persegue um antílope doente que se separou do rebanho. Pelo menos não consigo ouvir os gritos do antílope quando percebe o que está acontecendo, deixado para trás para tentar enfrentar o leão rápido demais, forte demais. Entendo como o antílope se sente.

— Eu sei que o dr. Rakesh acha que estou deprimida — digo, mantendo os olhos nos momentos finais e sentindo solidariedade pelo animal fraco e abandonado. — Mas eu não me sinto exatamente deprimida. Só me sinto... com raiva. — Tomo mais um gole do líquido espesso e rosa e faço uma careta ao senti-lo cobrir minha garganta. — A depressão não vem depois da raiva?

— Não lembro — Gabe responde. — A depressão não é no começo?

— Não, a raiva vem antes da depressão, eu acho. Ou seria depressão, raiva e depois aceitação? — Suspiro. — Não tenho a menor ideia. De qualquer forma, a ordem não importa. O dr. Rakesh foi muito claro quando disse que não existem atalhos.

— Não sei, não. — Gabe sorri para mim. — Você é muito inteligente. Se alguém no mundo é capaz de encontrar um atalho, esse alguém é você.

— Acho que não sou tão especial assim.

— Essa é a sua opinião — Gabe retruca. — Mas eu sei que você é capaz de fazer qualquer coisa que quiser, Teg. Já te vi em ação, e é assustador quando você está comprometida com alguma coisa. Tipo aquele leão.

Olho outra vez para a tela, onde o leão aparece rasgando sua presa, e faço uma careta.

— Não sei se isso é um elogio.

Gabe abre um sorriso maior, deixando um dos lados da boca mais erguido que o outro, em que uma linha discreta é a única lembrança de uma mordida de cachorro na infância, um incidente que requereu duas dúzias de pontos na parte interna da bochecha. É adoravelmente peculiar o sorriso dele.

— Aquela versão mais antiga de mim concordaria com você — admito, empurrando os joelhos para perto do peito. Sinto frio, mas é um frio que vem de dentro. Nenhum cobertor ou xícara de chá podem me ajudar. — Mas eu não me reconheço mais. Estou... perdida. — Baixo a cabeça e deixo as lágrimas caírem na calça do pijama. — E com medo de nunca mais voltar.

Fecho os olhos e sinto a mão de Gabe. Seus dedos se entrelaçam aos meus e o polegar acaricia levemente minha palma. Fico totalmente parada para não atrapalhar esse momento.

— Você vai voltar, Teg — Gabe afirma, com um tom de voz doce. — E eu vou estar aqui a cada passo desse caminho. Prometo.

Faço que sim e permaneço como estou, com a sensação de que a mão dele vai afastando parte da tristeza e deixando outra coisa no lugar. Uma coisa que não sinto há meses: possibilidade.

14

— Só vai levar isso? — Meu irmão Jason está parado na porta da suíte, segurando minha mochila.

Ergo o olhar, até agora focado nos formulários de alfândega que estou preenchendo na ilha da cozinha.

— Sim — respondo, virando a página para ler o conteúdo no verso. — Não preciso de muita coisa.

— Mas são, tipo, seis semanas. Você fazia uma mala maior que essa para uma tarde na praia. — Ele ri, e eu reviro os olhos. — Parece que você está ficando mais parecida comigo. Estilo Jase. Legal.

— Estilo Jase? — Connor entra na conversa. — Você está falando de uma cueca e uma camiseta para passar o fim de semana? — Connor, o mais novo de nós três, está sentado ao meu lado, lendo minha lista de pendências. — Espero que a Tegan não esteja ficando nada parecida com você.

Uso o joelho para cutucar Connor.

— Fica quieto.

— Dane-se — murmura o caçula antes de apontar para os itens de cinco a doze, que não estão riscados e variam de paracetamol a embalagens de xampu para viagem. — Você arranjou tudo isso na farmácia?

Connor é cuidadoso, analítico, pensativo e está a caminho de uma carreira de sucesso como engenheiro, ao passo que Jason, embora cheio de entusiasmo e daquela *joie de vivre* difícil de explicar, parece alérgico a empregos formais, a regras e a ser adulto de modo geral. Apesar de terem personalidades opostas, são fisicamente tão parecidos que é comum as pessoas pensarem que são gêmeos. Diferentemente dos meus irmãos, com seus músculos bem distribuídos, olhos cor de grama recém-cortada e pele banhada de sol, eu tenho cabelo escuro e olhos castanhos. Também fui abençoada — como minha mãe, que vive de dieta, gosta de me lembrar — com pernas de vagem, quadril estreito e seios pequenos.

— A mamãe passou aqui mais cedo e trouxe todas essas coisas, incluindo seis frascos de antiácido. — Olho de soslaio para Connor. — Ela anda muito envolvida com esse meu estômago fraco.

— Posso ficar com um frasco? — Jase pergunta enquanto leva minha mochila para a porta. — A noite de ontem foi pesada.

Gabe, que é do tipo que arruma a mala no último minuto, ri no sofá, onde lê uma revista. Se tem uma coisa em que Jason é bom é dar vida a qualquer festa.

— Fique com dois frascos, Jase — Gabe aconselha. — Acho que você vai precisar mais do que a Teg.

Empurro os frascos de antiácido até a beirada da ilha.

— Aí está.

— Valeu! — Jase enfia um frasco em cada um dos bolsos traseiros de sua calça jeans.

— Tomou todas as vacinas? — Connor pergunta, ignorando nosso irmão, como de costume.

— Você me faz parecer um cachorro no veterinário! — Ele não sorri. — Sim, eu tomei as vacinas.

— Algumas delas — comenta Gabe, erguendo o rosto.

Lanço um olhar de advertência e ele dá de ombros. Connor não é exatamente flexível quando falamos desse tipo de coisa, e a última coisa que sinto vontade de fazer agora é discutir com meu irmão mais novo. Ele sempre vence. Embora seja o mais novo, é o mais esperto.

— A maioria das vacinas — esclareço. A expressão de Connor deixa claro que "a maioria" não serve. — Não se preocupe, está bem? Meu médico falou que, contanto que eu seja cuidadosa com o que for comer e fazer, eu sou nova, saudável e certamente vou ficar bem.

— E os outros remédios? — Connor pergunta, tomando o cuidado de evitar contato visual desta vez. — Do dr. Rakesh?

Não gosto de falar sobre antidepressivos, e todos sabem disso. Esse assunto só serve para me deixar mais deprimida. Tipo, você se sente totalmente bem, aí alguém comenta quão coradas suas bochechas estão e pergunta se você está bem, e você imediatamente se convence de que tem uma febre violenta.

— Já estão na mala dela — Gabe responde. — Eu coloquei lá, para garantir.

Estreito os olhos e peço em silêncio que Gabe me deixe lidar com a situação.

— Estou com tudo pronto, Connor. Não se estresse, está bem?

Connor solta a caneta sobre a lista e suspira.

— Nossos pais estão preocupados, Teg — revela, tentando manter o equilíbrio quando Jason o cutuca para fora do banquinho alto. Irritado, Connor dá um soco no braço de Jason, que parece nem sentir o golpe enquanto se senta no banco, afasta o cabelo loiro para longe da testa e inclina o corpo para a frente, com as mãos nas coxas. Ajeita-se para não amassar os pequenos frascos em seus bolsos traseiros.

— Nós também estamos preocupados — Jason admite.

— Eu sei que estão.

Gabe se levanta e vai na direção do quarto.

— Hora de fazer as malas — anuncia, mas sei que está menos preocupado com sua mochila vazia e mais interessado em me oferecer algum tempo a sós com meus irmãos.

Depois que ele sai, aponto para uma pequena caixa no balcão da cozinha.

— Pode colocar essa caixinha em cima da minha mochila, por favor?

Jason, que está mais perto, pega a caixa de cartões e guarda na parte superior da mochila.

A preocupação dos meus pais é bem-intencionada, mas vem me sufocando, é quase uma intrusão. E a caixa de cartões já endereçados, que minha mãe me deu mais cedo com um sermão de "para você poder nos escrever quando quiser", só me fez sentir ainda mais como uma criança incapaz. Mas aí Gabe me lembrou de que só se passaram dois meses desde o dia em que ela me encontrou inconsciente na cama, quase sem respirar. "Tá", foi minha resposta enquanto tirava os cartões da lixeira.

Enquanto Jason cuida da caixa e da minha mochila, Connor se senta outra vez no banco e pega de volta a caneta para riscar, com linhas perfeitamente retas, os itens de farmácia. Resisto à vontade de lançar meus braços em volta dele e beijá-lo no topo da cabeça, como costumava fazer quando ele era pequeno. Estou começando a me dar conta de como minha família se sentiu inútil durante esses últimos meses. E de quão distantes os mantive.

— Olha, eu sinto muito por ter assustado vocês — digo.

Jason se posiciona atrás de mim e usa seus dedos fortes para massagear meus ombros. Relaxo para trás.

— Tudo bem, Teg — ele afirma, embora Connor me lance um olhar que sugere ainda não estar pronto para baixar a guarda.

— De verdade, foi um acidente. Foi um dia ruim no quesito dor e eu só queria dormir algumas horas. Só isso.

Jason continua massageando meus ombros, soltando alguns nozinhos de tensão que agora parecem morar ali permanentemente.

— Nós acreditamos em você, mana. — Estendo as mãos para trás para lhe dar um apertão rápido de agradecimento. — Então, o que mais você precisa que a gente faça?

— Só para deixar registrado, eu não "precisava" que vocês dois fizessem nada. Não custa lembrar. — Inclino a cabeça para trás para olhá-lo. Ele faz uma careta, mas continua massageando. — Sou bem crescidinha, e vocês precisam confiar que eu vou ficar bem.

Mas é difícil, eu sei, tendo como base o que aconteceu. Além do mais, apesar de eu ser a mais velha e tão desorganizada quanto qualquer criança que foi criada com dois irmãos, Jason e Connor sempre me trataram como um passarinho raro e delicado. Estou me saindo melhor agora. Ou pelo menos mais perto de melhorar.

Jason ergue as mãos como quem está se rendendo, depois me envolve em um abraço enorme. Tem cheiro de algum produto de cabelo à base de coco misturado com cerveja ressecada, provavelmente porque trabalhou no bar na noite passada.

O ar sai dos meus pulmões conforme Jason vai me apertando, e finalmente consigo me livrar do círculo de aço de seus bíceps e ombros fortes.

— A que horas é o voo? — pergunta enquanto avista um prato de doces no balcão. Depois de lançar um olhar de questionamento e de eu fazer um gesto positivo, Jason pega um e afunda os dentes na superfície redonda da massa. — Deus, que delícia! — elogia com a boca cheia de doce, da qual escorre um delicioso creme de limão. Pega outro antes mesmo de terminar o primeiro. — O que é?

— Não lembro o nome em italiano, mas parece que a tradução é alguma coisa tipo "seio de virgem".

— Não é de surpreender que eu goste tanto — diz, dando mais uma enorme mordida.

Connor suspira, mantendo os olhos concentrados na lista.

— Conn, você deveria experimentar um. São deliciosos pra cacete — Jason sugere, ainda de boca cheia.

— São mesmo. A Rosa trouxe mais cedo. Desconfio que está tentando me engordar.

Rosa é magra feito uma vareta, provavelmente porque passa mais tempo forçando os outros a comer as comidas que ela tanto adora em vez de comê-las ela mesma. Eu costumava me incomodar com os comentários e as visitas frequentes para deixar comida aqui em casa — porque sempre me pareceu acusatório, como se eu não fosse capaz de manter Gabe tão bem nutrido quanto ela era capaz. Entretanto, com o passar dos anos, descobri que para ela comida e amor estão interligados — quanto mais ela força, mais ela ama.

Jason dá a última mordida no segundo doce e lambe os dedos.

— Fala que ela pode levar isso lá em casa enquanto você estiver fora.

Dou risada.

— Vou falar. Mas esteja preparado: os doces da Rosa podem ser uma delícia, mas o julgamento dela é pesado — alerto antes de notar que Gabe está parado na porta do nosso quarto.

— Seja gentil — ele balbucia para mim com olhos provocadores.

Sorrio e inclino a cabeça, acenando em um gesto que diz tudo bem ele sair agora.

Jason dá de ombros.

— Eu sou bom com as duronas. Além de bonito, muitas vezes sou chamado de charmoso.

Gabe dá risada e Connor bufa.

— É assim que chamam as pessoas hoje em dia?

— Isso você é mesmo -- admito a Jason. — Além do mais, se você comer uma bandeja dos doces da Rosa em uma sentada, tenho certeza de que ela vai te adorar para sempre.

— São as palavras mais sinceras que eu já ouvi na vida — Gabe diz, entrando na cozinha, enquanto entrego a Jason uma vasilha para levar mais doces.

— Leve todos — sugiro quando ele começa a fechar a tampa, com dois doces ainda na bandeja.

— Tem certeza? Você me parece bem magrinha.

Neste momento, Gabe olha para mim. Estou praticamente nadando na legging jeans cujo zíper eu precisava deitar para fechar. Sei o que ele está pensando. Magreza não é bom. Magreza é sinônimo de tristeza.

— Eu prefiro esbelta, muito obrigada — respondo tanto para Gabe quanto para Jason. — Sério, pode levar. E, respondendo a sua pergunta, o avião decola em mais ou menos seis horas.

Jason beija minha bochecha, deixando uma camada grudenta para trás.

— Você é a melhor. Te amo.

— Também te amo. — Eu o abraço outra vez. Depois abraço Connor, que segura meu rosto e beija minha testa. Do jeito que meu pai faz. — Comportem-se, vocês dois.

— Idem — Connor responde.

Jason bate continência com a mão livre.

— Eu sempre me comporto — diz, com um sorriso que sugere precisamente o contrário.

Gabe se despede, prometendo aos meus irmãos que vai cuidar bem de mim, como sempre cuida, e vai tomar banho.

Acompanho Connor e Jason até a porta, usando o pé para mantê-la aberta.

— Volte inteira, está bem? — Connor diz, com olhos preocupados. Os olhos da minha mãe.

— É claro — respondo, parada na porta, enquanto meus irmãos vão em direção à escada.

Jason se vira antes de descer os degraus atrás de Connor e ergue a vasilha com os docinhos.

— É sério, fale para a Rosa que eu estou disponível se ela precisar de alguém para comer essas coisas enquanto você está fora.

— Vou falar.

Aceno e começo a fechar a porta.

— Tegan! — Jason grita.

Coloco a cabeça outra vez para fora, no hall.

— Sim?

— Divirta-se, mana.

— Esse é o plano — respondo com todo o entusiasmo que consigo.

Acenamos um para o outro e fecho a porta. Pela centésima vez desde que marquei o voo, tento me convencer de que estou pronta para isso.

15

Uma hora mais tarde, é a vez de me despedir, com lágrimas nos olhos, de Anna. E a ocasião é acompanhada da minha gulodice favorita: pipoca com queijo e caramelo da Garrett Popcorn. Na primeira e única vez que a convenci a provar a mistura de queijo e doce, Anna engasgou tão feio que vomitou na calçada em frente à loja. Portanto, o fato de agora ela dividir essa mesma pipoca comigo só prova quanto me ama. Ela também me dá um livro para ler no avião, prometendo que a história não vai me fazer chorar. Na parte interna da capa está escrito um dos famosos provérbios de sua avó: "Um livro é como um jardim levado no bolso". Nenhuma de nós entende, mas fingimos que a frase é inspiradora. Depois que ela vai embora, visto as roupas da viagem — calça de ginástica preta, moletom com capuz e tênis — e me sento no sofá. O carro do aeroporto deve chegar em quinze minutos, e minha boca está amarga. Talvez tenha sido a pipoca. Talvez todo o resto.

— O que foi, amor? — Gabe pergunta quando deixo escapar um suspiro profundo, enquanto analiso as passagens à minha frente.

Os destinos aparecem na ordem em que os puxamos do vaso.

— Está errado aqui? Não lembro direito a ordem.

Franzo a testa enquanto folheio os três itinerários. Meus dedos deixam manchas laranja-neon da pipoca nos papéis.

— A ordem está certa. Você só está nervosa.

— É claro que estou nervosa — retruco, frustrada por ter de admitir. — Passou muito rápido. Não sei se estou pronta. — Levo os dedos ao pingente e o pressiono contra o esterno. — Não sei se isso vai funcionar. Não sei se... — Minha voz falha quando um soluço se prende em minha garganta. Respiro fundo antes de prosseguir: — O que vou dizer vai parecer loucura, mas talvez eu não queira superar isso. — Sinto alívio por enfim expressar essas palavras em voz alta. — Será que eu quero mesmo me sentir melhor? Seguir a vida? Porque... porque...

Paro de falar, arfando para me proteger da minha tristeza.

— Porque você tem medo de esquecer? — A voz de Gabe é doce, compreensiva.

Faço que sim, inspirando profundamente.

— E se eu esquecer quanto amava... quanto amo...

— Você não vai esquecer — Gabe me interrompe. Sua voz respinga determinação. — Eu não vou deixar.

Expiro pelos lábios franzidos e me concentro em suas palavras.

— Obrigada. — Descanso a cabeça no sofá macio e fecho os olhos. — Eu te amo, Gabe.

É a primeira vez em quatro meses que pronuncio essas palavras.

PARTE 2
Tailândia

16

Quase vinte e quatro horas depois de deixar Chicago, com uma breve escala em Frankfurt — motivo pelo qual eu ainda tentava tirar o fedor de cigarro dos cabelos —, nosso avião se encontra a minutos de tocar a pista do Aeroporto de Suvarnabhumi, em Bangkok. Mantenho os olhos fechados, aproveitando os poucos instantes entre o sono profundo e a consciência. Apesar da minha exaustão e de ter ficado um dia inteiro no avião sem nada para fazer além de esperar o tempo passar, foi difícil dormir. Especialmente por causa de Gloria, nossa colega da poltrona à esquerda.

Ela se apresentou no banheiro do aeroporto, enquanto eu escovava os dentes antes do embarque, e, como quis a sorte, acabou bem ao meu lado por todo o voo. É mãe solteira, quase cinquenta anos, com um sorriso generoso e um cabelo ruivo selvagem que consistentemente sai da sua poltrona e vem parar no meu rosto. Trabalha em uma agência de turismo de Chicago, da qual nunca ouvi falar, e está viajando a Bangkok para uma conferência.

Tento ser educada, ouço suas histórias e vejo as fotos de seu filho, que acaba de entrar para a universidade, e seu gato, que ela ficou estressada por ter de deixar para trás — aparentemente mais estressada pelo gato do que pelo filho. Gabe ri no meu outro ouvido, porque é isso que sempre acaba acontecendo.

Sou um para-raio de tagarelas. É como se eu tivesse uma placa de neon dizendo: "Quero ouvir todas as suas histórias, especialmente aquelas envolvendo seus animais de estimação ou assuntos médicos asquerosos!" Não importa onde eu esteja, seja numa conexão de trens ou andando por um shopping center ou sentada em um banco, fazendo piquenique no parque, os tagarelas me encontram. "São seus olhos", foi a explicação que Gabe encontrou. "Você tem curiosidade no olhar."

Meus olhos, da cor de chocolate ao leite e talvez um pouco próximos demais um do outro, nunca pareceram especiais o bastante para atrair tal atenção. Além do mais, apesar dos meus olhos cheios de "curiosidade", Gabe é de longe o mais sociável de nós dois.

— Acorde, Bela Adormecida — ele sussurra. Sorrio, mas mantenho os olhos fechados. — A diversão vai começar.

Abro um olho e observo pela janela. Já é quase manhã em Bangkok, e uma manhã muito bonita, por sinal. O céu começa a receber os primeiros raios de sol.

— Lindo, né? — Gloria comenta, se inclinando na minha direção para olhar pela janela. Eu me ajeito ligeiramente para sair do caminho do seu cabelo. — Eu amo Bangkok. A energia aqui é palpável, sabe? Diversão garantida.

— Esse é o plano — Gabe e eu dizemos ao mesmo tempo, e Gloria sorri e dá tapinhas em meu braço.

— Adoro ver gente jovem pronta para aventura — continua. — É um dos motivos que me fazem adorar tanto o meu trabalho. Não existe nada no mundo como a primeira vez... na Tailândia, quero dizer. — E dá uma piscadela.

Dou risada, perdoando-a por pelo cabelo e pela língua solta.

— Como está se sentindo, amor? — Gabe pergunta, e eu empurro o livro de Anna do meu colo.

Ainda não o abri, mas tinha todas as intenções de fazer isso.

— Não vejo a hora de lavar o rosto para tirar essa inhaca de avião. — Esfrego as mãos nos olhos para afastar o sono.

— Aqui — diz Gloria, me cutucando com o braço. Está segurando o que parece ser uma fralda. — Eu levo isso comigo para todos os lugares agora. Comprei no Japão na última vez que estive lá. O cheiro é estranho, mas o seu rosto vai agradecer.

— Obrigada — digo, aceitando a toalha descartável úmida e branca e a levando ao nariz.

Não tenho ideia de que cheiro é esse, mas não é totalmente horrível. Só estranho. Encolho os ombros e esfrego a testa, depois o queixo e o nariz.

— Passe bastante em volta dos olhos — Gloria aconselha enquanto faz justamente isso. — Tem uma espécie de tensor que vai te fazer parecer dez anos mais nova. Não que você precise, mas este meu rosto velho aqui precisa.

— Parece que é feito com essência de cocô de passarinho ou algo do tipo — Gabe sussurra. — Aparentemente os japoneses gostam de cremes faciais com cocô de pássaro. São supercaros.

Esfrego a toalha em volta dos olhos enquanto Gloria assiste. Espero que Gabe esteja errado.

— Ah, assim é melhor, não acha? — Gloria pergunta. — Eu me sinto como se tivesse dormido a noite toda.

Neste exato momento, a comissária de bordo passa entregando toalhas aquecidas enquanto taxiamos pela pista em direção ao terminal. Pego uma para mim e uma para Gabe, mas ele acena para indicar que não quer.

— Não, obrigado. Eu gosto do cheiro de avião. Me faz sentir um viajante autêntico.

— Faça o que quiser, mas não use isso no rosto — Gloria aconselha, abrindo sua toalha.

Olho para a que estou segurando, quente, soltando vapor, e vejo a fileira de pessoas na nossa frente fazendo justamente isso, passando a toalha quente no rosto.

— Por quê? — pergunto a ela, imaginando que talvez a toalha quente possa tirar a essência supercara de cocô de passarinho que acabei de esfregar em volta dos olhos.

— Confie em mim — ela responde, usando sua toalha para limpar uma discreta mancha de molho de tomate da calça. O jantar foi lasanha, melhor que o esperado. — São toalhas de baixíssima qualidade.

Seguro uma risada.

Olho para Gloria, com sua legging com fios expostos e camisa de algodão de manga comprida que parece ter perdido a forma muitas lavadas atrás, e penso que seu cuidado com a qualidade da toalha do avião parece fora de lugar.

— Obrigado pela dica — Gabe agradece, e eu só sorrio para ela.

Mas Gloria parece não notar e continua esfregando a mancha em sua calça.

— Qualquer emergência em Bangkok, fique com o meu telefone — diz alguns minutos mais tarde, depois de ter arrumado as revistas e a garrafa de água no bolso da sua poltrona. — Vou passar o restante da semana aqui e conheço esta cidade como a palma da minha mão.

Pego seu cartão de visita e murmuro um agradecimento, embora tenha certeza de que jamais vamos ligar para ela. A cabine é tomada por barulho e ação conforme nos preparamos para desembarcar. Meu coração se agita e minhas pernas bambeiam quando me levanto.

— Relaxa, meu amor — Gabe aconselha. Respiro fundo. — E digo mais: se a ruiva notar qualquer sinal de ansiedade em você, nunca vamos conseguir despistá-la.

Dou uma risada alta. Gloria se vira e abre um sorriso enorme para nós.

— Parece que nem preciso dizer, mas boa diversão por aqui — deseja. Depois vai para o corredor quando os outros passageiros formam fila.

— Para você também, Gloria. Foi um prazer te conhecer — respondo, entrando atrás dela na fila.

Viro a cabeça para o lado para evitar seu cabelo rebelde, que parece ter dobrado de tamanho desde a decolagem.

— Espero que nunca mais tenhamos que ver esse cabelo — Gabe sussurra, e eu dou risada, impressionada com como tudo isso parece tão normal.

E me pergunto quanto tempo essa normalidade vai durar.

17

Bangkok é um ataque aos meus sentidos. O barulho. Os cheiros. O caos. O calor. Meus Deus, como é quente.

A pousada fica a trinta minutos de carro do aeroporto, de acordo com a pesquisa que fiz em casa. Mas aparentemente a estimativa não levava em conta o trânsito matutino nem que nosso motorista, um tailandês cansado cuja cabeça mal toca o encosto do banco do carro, parece determinado a se perder pelo caminho.

— Shanti House, o senhor conhece? — pergunto. Pela terceira vez.

Ele se vira o tempo todo na minha direção, como se esperasse que eu fosse capaz de parar com essa bobagem de falar inglês e resolvesse nossos problemas.

— Fica perto do rio? — Gabe pergunta, mas o taxista apenas nega com a cabeça, sem entender uma palavra.

Então começamos um jogo de mímica, Gabe e eu, usando os braços e mãos para tentar imitar a água correndo rápido enquanto repetimos o nome da pousada. O taxista continua negando com a cabeça, erguendo as mãos. Resisto à vontade de gritar com ele, de lhe dizer para manter as mãos no volante porque, toda vez que ele as afasta, meus níveis de ansiedade aumentam. Além disso, não estou me sentindo bem. É uma combinação de falta de sono, exaustão sufocante e estar em um táxi perdido que faz meu coração acelerar tanto que já me sinto com vertigem. Depois do acidente, estive pouquíssimas vezes dentro de um carro, e essa corrida é muito pior do que eu esperava.

— Mostre o mapa para ele — Gabe sugere quando me sento com o corpo enrijecido contra o banco quente e grudento e suspiro frustrada, tentando me acalmar.

— O mapa está em inglês.

O estresse afasta qualquer tom de gentileza da minha voz.

— Mostre mesmo assim — Gabe repete, seu tom no mesmo nível do meu. — Pelo menos dá para apontar o rio. Me parece um plano mais eficiente que tentar imitar o fluxo de água, não acha?

— Aqui... Pegue o mapa... — digo ao motorista, agarrando a alça acima da minha janela quando o táxi freia bruscamente.

Meu coração bate mais acelerado que as asas de um beija-flor, e minhas palmas imediatamente ficam úmidas.

Tateio o banco atrás de mim, mas sei que o cinto de segurança não vai se materializar. O táxi acelera outra vez e por pouco não atinge um tuk-tuk levando o que parecem ser três gerações de uma família — gente demais para seu tamanho diminuto. Poeira gira em volta do carro-moto de três rodas e seus passageiros, que se dependuram de todos os lados do meio de transporte dilapidado.

Relaxo a pegada na alça e dobro o mapa da melhor maneira que consigo, como se isso pudesse ajudar em alguma coisa. O táxi guina para o lado, o motorista acelera e depois freia com tudo. Meu estômago, já cansado de toda a viagem, protesta.

— Tenho certeza de que ele vai ficar impressionado com sua habilidade de fazer origami — Gabe brinca, e eu olho para baixo, para o mapa dobrado em minha mão. — País errado, você sabe, né?

— Cale a boca — respondo, mas só consigo sorrir.

Dissipar tensões sempre foi um dos maiores dons de Gabe. Empurro o mapa para a frente, por sobre as costas rachadas do banco cuja superfície de vinil é tão encardida a ponto de parecer ter sido pintada de preto de propósito, e aponto para o X enorme que marca onde fica a pousada. O motorista pega o mapa da minha mão e, para meu horror, mantém os olhos apontados para o papel, abrindo o mapa, claramente tentando descobrir onde estamos.

— É... Será que dá para manter os olhos na pista? — Ele parece não me ouvir. Estendo o corpo para a frente, agarrando o banco imundo e apoiando um cotovelo sobre ele para manter o equilíbrio no táxi em velocidade.

— Veja, ali está o rio. — Aponto para a linha azul no mapa.

— Tenho certeza de que ele sabe onde fica o rio, Teg.

Ignoro Gabe e enfio o dedo no ponto onde marquei o X.

— Está vendo? — insisto, batendo o dedo no mapa.

Meu desejo era de que ele parasse o carro, estacionasse por um minuto. O medo começa a abrir caminho para uma náusea crescente produzida pelo sacolejar do táxi. O cheiro pungente de flores apodrecendo, vindo da guirlanda de jasmins dependurada no retrovisor do carro, não ajuda.

— Está enjoada? — Gabe pergunta quando fecho os olhos e apoio a cabeça nas mãos, com os cotovelos nos joelhos.

Quando abro os olhos outra vez, vejo o taxista nos observando com nervosismo. O mapa está no banco ao seu lado, abandonado. Por toda a nossa volta, carros entram e saem ferozmente das pistas, por pouco não colidindo uns com os outros, enquanto bicicletas e tuk-tuks tentam conquistar algum espaço no tráfego. Avisto meu rosto no retrovisor e percebo por que o motorista parece preocupado. Estou com uma cor estranha, um verde-acinzentado, e a pele em volta da boca está branca como neve.

— Pare o carro — digo, mas só metade das palavras sai, porque minha voz falha.

O motorista só me ouve dizendo "carro" e seus olhos encontram os meus no retrovisor. Contudo, ele não diminui a velocidade.

Então faço a única coisa em que consigo pensar. Uso as mãos para simular um jato de vômito saindo da minha boca. Funciona. Ele gira bruscamente o volante e para de forma abrupta na lateral da via. De alguma maneira, consegue não ser atingido pelo fluxo incessante de veículos.

A lasanha do avião e aparentemente todas as outras coisas que coloquei no estômago no último dia se espalham na lateral do asfalto. Gabe fica o tempo todo repetindo: "Você está bem, está acabando..." Exatamente como costumava fazer nos meus enjoos matinais da gravidez. Enquanto tento recuperar o fôlego e acalmar o estômago antes de voltar para o carro, o motorista para outro táxi e lhe mostra o mapa. Cinco minutos e estamos outra vez a caminho, e dez minutos depois estacionamos em frente à pousada.

Em todas as resenhas que li na internet, a Shanti House era descrita como "serena", um "oásis no meio da agitação de Bangkok", e a pousada é justamente isso. Instalada no fim de uma rua comum e gloriosamente quieta, parece bastante modesta quando vista da rua, misturando-se às construções surradas dos arredores. Fileiras de sapatos, a maior parte chinelos e sandálias bastante usados, descansam no capacho do primeiro degrau que dá acesso à pousada, e alguns clientes estão descalços logo na entrada, em uma espécie de pátio a céu aberto, tomando café da manhã.

Tiro os tênis. Ainda de meias, sinto meus pés formigarem com a liberdade, e enfim entro. Alguns hóspedes deixam de olhar para seus potes de iogurte com frutas para sorrir. Todos estão bastante bronzeados, seus traços revelando a aparência descontraída de férias eternas. O cheiro de cardamomo e alguma coisa floral se espalha pelo ambiente, onde tochas se dependuram em fileiras. Em algum lugar próximo, a água desliza em um ritmo reconfortante.

— Este lugar é maravilhoso — Gabe elogia.

Confirmo com a cabeça, respirando fundo.

— Vou fazer nosso check-in.

Deixo a mochila no chão, ao lado de uma mesa vazia, e Gabe se senta. O proprietário da pousada é um australiano expatriado chamado Simon, que veio a Bangkok para férias breves e nunca mais foi embora. Durante o café da manhã, composto de granola e um prato de frutas suculentas, descubro que histórias assim são muito comuns por aqui. Tomo um gole de um café gelado tailandês "obrigatório" e imediatamente me apaixono por essa bebida doce, com aroma de especiarias e leite condensado.

— Então, por que a Tailândia? — uma mulher jovem, com dreadlocks loiros presos por uma bandana, indaga.

Está sentada na mesa ao nosso lado e se apresenta como Vera, sem sobrenome. Seus olhos azuis brilham em contraste com as bochechas bronzeadas e sardentas. Parece feliz, de um jeito que me deixa com inveja.

— Férias — respondo, tomando mais um gole da minha bebida.

— Este país faz parte da lista de desejos de muitas pessoas que gostam de viajar — Gabe acrescenta.

— Legal — diz Vera. — Quanto tempo?

Ergo dois dedos e tomo mais um gole do paraíso na forma de líquido.

— Dois meses? — pergunta o namorado de Vera.

Pelo menos acho que é o namorado, pois estão abraçados enquanto tentam tomar o café da manhã.

As palavras me fazem rir.

— Duas semanas.

— Não é tempo suficiente, colega — Simon acrescenta enquanto ajeita outra rodada de café gelado na mesa. — Vir à Tailândia não é como tirar férias no México. É preciso um bom tempo para aproveitar direito.

— Há quanto tempo vocês estão aqui? — pergunto a Vera e seu companheiro de mesa.

— Oito meses — ela responde.

— Três anos — diz o namorado, se aconchegando ainda mais nela.

Tento esconder minha surpresa, mas, ao meu lado, Gabe deixa escapar um leve assobio. Os dois parecem ter mais ou menos a nossa idade. É uma loucura imaginar que a vida poderia ser assim se tivéssemos passado os últimos anos viajando pela Tailândia, e não trabalhando e dando início a uma vida "de adultos" em Chicago.

Não consigo parar de olhar para os pés de Vera, mais bronzeados que o restante do corpo, exceto pelas marcas das tiras das sandálias, que protegeram a pele da sujeira e do sol. Parece que está usando sandálias brancas, embora esteja descalça. Suas pernas se dependuram sobre as do namorado, as unhas dos pés pintadas com um tom de rosa "algodão-doce". Até as unhas dos pés dela parecem felizes.

— Acho que você ficaria linda usando papetes — Gabe sussurra no meu ouvido, e eu afasto os olhos dos pés alegres de Vera. — Pense como seria libertador para esse seu dedão esquisito do pé.

Dou uma risada leve, mexendo o dedão dentro da meia. Eu o quebrei no colegial depois de uma tentativa fracassada de entrar para a equipe de corrida do colégio — o que provou, de uma vez por todas, que não nasci para ser atleta. O dedo nunca mais ficou reto.

A conversa se transforma em uma lista de "coisas que você tem que fazer" na Tailândia e outras a evitar. Puxo um dos cartões da minha mãe e anoto tudo. Com a barriga cheia de café tailandês e granola, me sinto desperta e saciada. E não só por causa da comida e da cafeína. Chicago ficou muito longe, e, embora a tristeza ainda se prenda à minha superfície como uma fileira de ímãs, tenho a impressão de que aqui consigo respirar mais fundo.

— Amei o seu pingente — Vera elogia, estendendo a mão para segurar a peça de ouro. — Onde você comprou? Tem uma foto ou algo assim aí dentro?

Meu coração salta e eu rapidamente empurro a cadeira para ficar fora do alcance dela.

— Ah, obrigada — agradeço, perturbada. — Comprei pela internet. Não lembro o nome do site.

— Que pena — lamenta, parecendo alheia ao meu desconforto. — Se lembrar, por favor me diga. Eu adorei.

Ofereço um sorriso e a promessa de dizer o nome do site. Em seguida peço licença, encontro o banheiro logo do lado do restaurante, tranco a porta e choro.

18

Dez minutos depois, retorno à mesa, constrangida com meus olhos inchados e vermelhos, mas grata pela existência dos meus óculos de sol. Tento retomar a conversa, mas não consigo me concentrar.

— Você está bem? — Gabe pergunta baixinho.

Nego com a cabeça, embora ninguém pareça perceber que não estou mais participando da conversa.

— Acho que vou para o quarto — digo, me levantando e ajeitando a mochila no ombro. — Estou exausta. Foram muitas horas de viagem.

— Foi um prazer conhecer todo mundo — Gabe acrescenta, se levantando ao meu lado.

Todos na mesa acenam, e Vera dá um salto para me abraçar. Ela me segura bem apertado, dizendo quão feliz se sente por me conhecer. E, embora me sinta desconfortável, espero ela me soltar um pouquinho para só então me afastar.

O sono vai embora quando deitamos sob o edredom de patchwork, quente demais para a temperatura do dia. O barulho da rua ganhando vida passa pela janela aberta e o sol encosta em nossa cama de casal, então empurro as cobertas e suspiro.

Para piorar, Gabe e eu estamos brigando. Na verdade, ele provavelmente diria que eu estou a fim de brigar. Talvez seja verdade. Sinto calor e cansaço, e essa combinação me faz sentir péssima.

— Não vou contar para uma desconhecida o que eu guardo neste pingente — falo com a voz um bocado alta para as paredes finas do nosso quarto.

— Em momento algum eu sugeri que você contasse. — A voz de Gabe sai mais calma que a minha, mas um pouco irritada. — A superbronzeada Vera não precisa saber de nada disso.

Expiro pesadamente, e o sorriso de Gabe desaparece.

— Do que você está falando, então? — pergunto.

Ele sempre tem algo a dizer. É uma das coisas que me irritam em Gabe. Provavelmente porque muitas vezes está certo.

— Parte do que você precisa encontrar nesta viagem é uma maneira de conversar sobre o que aconteceu. Você vai encontrar, provavelmente quando menos esperar, e se esconder no banheiro nem sempre vai ser uma opção.

— Sim, é provável que você esteja certo — concordo, assentindo vigorosamente. — Você acha que eu devo estampar em uma camiseta? Talvez nas costas, para que as pessoas não precisem ver o meu rosto e se sentirem ainda piores quando lerem.

— Tegan... — Gabe começa, mas eu o interrompo.

— Cale a boca, está bem? — Até a minha voz soa cansada. Eu me apoio no parapeito e deixo o ar quente acariciar meu rosto. — Você não tem o direito de decidir como eu vou enfrentar essa situação. O meu jeito de lidar com o que está dentro deste pingente é assunto meu, e só meu. Entendeu?

Tento controlar a raiva. Sei que aqui não é lugar para isso, mas não ligo muito.

— Sim, entendi — Gabe responde, com a voz breve.

Parte de mim quer se desculpar, acusar o calor e as horas de voo por ser tão egoísta. Por assumir que o que eu sinto é mais importante do que o restante do mundo. Mas não me desculpo. E nem ele, o que, irracionalmente, só faz minha raiva crescer ainda mais.

Para um casal que quase não brigava, começamos bem.

19

SETE ANOS E MEIO ANTES DO ACIDENTE

Gabe e eu namorávamos fazia seis meses, três semanas e quatro dias antes da nossa primeira briga. Pode parecer estranho saber até a contagem dos dias, mas eu era uma garota aficcionada por calendários. Culpo meu pai pela compulsão de registrar tudo, desde o dia de lavar roupa até o que eu estava preparando para o jantar, passando pelo status do meu relacionamento. Meu pai é meticuloso em seus planejamentos, e eu cresci reconfortada por saber que teria meias limpas às segundas-feiras, que as noites de sextas eram reservadas a pizza e jogos em família e que os domingos eram sinônimo de hambúrguer artesanal feito pelo meu pai e salada de macarrão preparada pela minha mãe.

Porém me chamou atenção quanto demoramos para ter nossa primeira briga, sobretudo porque parecia que ela jamais aconteceria.

E aí chegou o Coelhinho da Páscoa.

Estávamos deitados na cama de Gabe, tentando não nos mexer porque o mais leve movimento dos travesseiros faria nossa cabeça dolorida explodir. A festa da noite anterior fora uma bruma de cerveja, vodca, refrigerante e, infelizmente, doses de licor. Enquanto bebia água, me estressei internamente por causa dos nossos planos da tarde.

Eu tinha me encontrado com os pais de Gabe uma vez, quando eles passaram na casa dele sem avisar, alguns meses antes. Ao ouvir a porta de entrada abrindo, pensei que fosse um colega de quarto voltando de sua noite de devassidão. Mas aí os pais de Gabe entraram na sala de estar, onde eu estava sentada no sofá, usando uma cueca boxer e uma camiseta dele, totalmente desgrenhada. Embora seu pai tenha achado graça ao me ver ali, sua mãe não teve tanto senso de humor. Gabe saiu do banheiro alguns minutos depois, o que infelizmente me deu tempo para conversar amenidades com seus pais. E, embora toda a experiência tivesse me deixado ansiosa e resmungando sobre primeiras impressões, ele não pareceu preocupado.

— Já sou crescidinho — falou, rindo. — Tenho o direito de convidar uma garota para dormir aqui.

Desnecessário dizer que eu ainda não havia sido convidada para ir à casa dos pais dele.

— Quanto tempo nós temos para sair? — perguntei, estreitando os olhos na direção do relógio em meu pulso e vendo os números girarem juntos. Engoli em seco e, com uma das mãos, protegi os olhos da luz do sol, que passava pelas cortinas rasgadas. — Estou me sentindo um lixo.

Eu sabia que devia ter parado na vodca.

— Temos uns trinta minutos antes de precisarmos começar a agilizar — Gabe respondeu, seu sorriso repuxando os olhos.

Um dia essas marcas se tornariam rugas permanentes, e, enquanto eu o observava, percebi quanto ainda queria estar ao seu lado para ver essa mudança. Antes de Gabe, eu não sabia se era do tipo que queria casar. Para ser justa, eu só tinha dezoito anos — nova demais para pensar em muita coisa além da faculdade, sair da casa dos meus pais e maneiras de conseguir bebida alcoólica com a menoridade estampada na carteira de habilitação.

Eu me aninhei outra vez no peito de Gabe, deixando o movimento de sua respiração me ajudar a dormir de novo.

— Tegan?

Gabe se virou, e minha cabeça rolou na direção de seu ombro.

— O quê? — Eu estava grogue e desorientada, quase dormindo.

— Aqui, assista a alguma coisa para tentar ficar acordada. — E me entregou o controle da TV. — Vou tomar banho primeiro, pode ser?

— Tá bom — respondi, me sentando de pernas cruzadas. Fui mudando de canal e bocejando, sem dar muita atenção aos programas. *Notícias. Esportes. Infomercial. Infomercial. Clima. Infomercial. Infomercial.* — Ah, hoje tem o desfile dos coelhinhos — comentei, parando ao reconhecer as imagens do desfile anual no canal de notícias da cidade. — Meu pai levava a gente todo ano.

Na porta, já com a toalha sobre o ombro e o nécessaire na mão, Gabe se virou para mim. Pareceu achar graça em minhas palavras.

— Você só pode estar me zoando.

— Como assim? — arrisquei, me levantando rapidamente.

Meu estômago protestou, mas nada muito sério. Vesti a calça jeans, notando como estava mais difícil fechar o zíper naquela manhã. Álcool incha. Legal.

— O desfile dos "coelhinhos"?

Dei risada.

— Qual é o problema? É assim que chamamos — respondi, bufando um pouquinho enquanto me esforçava para fechar o botão da calça. Droga. O vestido que eu planejava usar no jantar de hoje não tinha espaço para inchaços. — O Coelhinho da Páscoa joga ovos de chocolate e ovos de plástico cheios de adesivos. Tão legal.

Gabe lançou um olhar crítico na minha direção, mas manteve o sorriso no rosto.

— Tegan, você sabe que lendas como o Coelhinho da Páscoa não existem, né?

— Já ouvi falar — respondi, finalmente conseguindo fechar o zíper. Eu teria mesmo que repensar o vestido. Precisaria de algo com mais elasticidade, certamente. — Mas me recuso a acreditar. Aquele cara peludinho é tão real para mim quanto você.

E dei uma piscada para ele antes de pegar meu suéter sobre a cama. Apesar de o banheiro ficar ao lado do quarto de Gabe, depois do incidente com seus pais passei a me vestir totalmente antes de passar pela porta. Ser vista no corredor da casa do seu namorado — mesmo que pelo colega de quarto dele — usando só uma camiseta passava a impressão de que você estava ali só para uma noite e não que era uma namorada séria o bastante para ser convidada para o jantar de Páscoa.

— Veja todas essas crianças. Que idiotas — Gabe bufou.

— Ah, qual é? — retruquei. — Que maldade. Elas só estão se divertindo.

Ele apontou a escova de dentes para a tela, onde crianças com sorrisos gigantes, sentadas nos ombros de seus pais ou alinhadas no meio-fio, seguravam animadas cestas em tons pastel e usavam tiaras com orelhas de coelhinho. Quase consegui sentir o cheiro de pipoca na manteiga e da fumaça que saía do escapamento dos carros alegóricos.

— Já vou falar pros meus filhos logo cedo: Coelho da Páscoa não existe. — Gabe balançou a escova de dentes no ar para enfatizar cada palavra. — A Fada do Dente também não. Papai Noel, menos ainda.

— Gabe Lawson! — exclamei, com as mãos no quadril. — Você não vai fazer isso. — Soltei um suspiro excessivamente dramático. — O que deu em você hoje? Onde está o seu senso de magia da infância?

Abri um sorriso afetado e esperei ouvi-lo admitir que estava irracionalmente mal-humorado. Mas Gabe não sorria. Parecia decidido e irritado. *Que raio está acontecendo?*

— Especialmente o Papai Noel — Gabe continuou, alheio às minhas tentativas de melhorar o clima entre nós. — É uma merda isso de mentir para os filhos sobre uma coisa que no fundo não passa de uma estratégia de vendas.

Fiquei em silêncio, incerta sobre qual direção dar a essa conversa. Por um lado, eu poderia simplesmente lhe dar um beijo, empurrá-lo pela porta e lhe mandar se apressar no banho. Desfazer a tensão. Por outro lado...

— Eu realmente quero acreditar que você está brincando, mas sinto que está falando sério — retruquei, cruzando os braços na altura do peito.

Nunca fui boa em ignorar as coisas. Puxei esse traço da minha mãe, que diariamente, por quase um ano inteiro, trouxe à tona a ocasião — a única ocasião — em que meu pai esqueceu de desligar a torneira de água do lado de fora de casa antes da primeira nevasca, resultando em problemas no encanamento e água até os tornozelos em nosso porão.

— Estou falando muito sério — enfatizou Gabe. — Não vou enganar os meus filhos com essa história de um homem gordão vestido de vermelho que passa uma noite por ano voando pelos céus e entregando presentes que ainda trazem a etiqueta com o preço. É uma noção básica de como ser pai, Tegan. Quando você conta uma mentira e os seus filhos descobrem, eles nunca mais confiam em você como confiavam antes.

Não gostei de seu tom. Trazia um ar de julgamento que eu já tinha notado antes, mas nunca direcionado para mim.

— Acho que você não pode culpar o Papai Noel por problemas de confiança entre pais e filhos — rebati, mais irritada a cada segundo. — E digo mais: quando foi que você virou especialista em paternidade? Não sabia que esse assunto era abordado no seu curso de direito.

— Também acho que não ensinam isso na aula de separação silábica — ironizou, cruzando os braços para zombar da minha postura.

— Pelo menos eu estou estudando para trabalhar com crianças — retruquei, com a voz cada vez mais alta. Por um instante, senti vontade de rir de quão ridícula era essa conversa, nós dois brigando por causa do Papai Noel e crianças fictícias, mas eu não daria essa satisfação a Gabe. — Além do mais, os seus filhos vão ter uma probabilidade maior de ser arruinados pela sua carga genética displicente.

Nós dois sabíamos a que e a quem eu estava me referindo. Gabe certa vez comentara, depois de conhecer meus pais, que sua mãe tinha muitas qualidades, mas ser calorosa e carinhosa com os filhos não era uma delas.

Ele apertou o maxilar.

— Quer saber? É preciso mais do que um diploma em educação e histórias de Papai Noel para ser bom pai ou boa mãe — argumentou, com um tom ácido.

Eu queria ser melhor com respostas rápidas e inteligentes, mas naquele momento suas palavras e sua raiva me derrubaram, e não consegui encontrar nada para dizer.

Então ficamos ali por mais trinta segundos, parados e sem dizer uma única palavra sequer. Aí passou na TV o anúncio do desfile de Páscoa, e o barulho das crianças animadas e da banda marchando preencheu o quarto.

— Vou tomar banho agora — ele enfim anunciou. — Mas estou ansioso para ouvir mais dos seus conselhos sobre criação de filhos.

Se havia algo capaz de me fazer perder o controle, eram indiretinhas sarcásticas.

Passei por ele e fui a caminho da porta do quarto. Ele me seguiu. Enfiei um pé na bota com tanta força que a palmilha dobrou. Não me dei o trabalho de arrumar, embora daquele jeito fosse mais difícil andar.

— Só para você saber, eu planejo "enganar" os meus filhos — insisti. — Com o Coelhinho da Páscoa. E o Papai Noel. E a Fada do Dente. Nossa, vou até inventar outros personagens assim. Tipo, uma Fada da Lua Cheia, o que você acha? Ou um gnomo escolar que traz lápis e giz de cera e livros novos na noite antes de as aulas começarem.

Saí pelo corredor, me movimentando mais rápido do que me parecia confortável, considerando a ressaca.

— Você vai embora? — Gabe perguntou quando me viu vestir o casaco, mas não se mexeu para impedir.

— Exato. — Passei por ele e abri a porta da frente enquanto sentia a decepção me invadir com seu calor desconfortável. — Com licença.

— Tegan, qual é? — falou ele, usando a mão livre para segurar meu braço. — Você está sendo infantil. É só uma tradição ridícula.

— Não é ridícula. — Eu me livrei de sua pegada e entrei outra vez pela porta.

Fazia frio lá fora e me arrependi de não ter tomado o tempo necessário para abotoar o casaco.

— Só um minuto e eu te levo.

Ele tremeu ao sentir o ar gelado.

— Acho que prefiro ir andando — respondi, meu tom agora gelado como os degraus que eu descia coxeando levemente, graças à minha bota mal fechada. Cair de bunda nesse momento não ajudaria em nada. — Essas são coisas que realmente importam, Gabe. — Minha voz saiu alta e aguda. Culpei o álcool ainda circulando em meu organismo, mas me vi prestes a explodir em lágrimas.

— O Coelhinho da Páscoa *realmente* importa? — Ele me observou enquanto eu descia os últimos degraus e me afastava. Em seguida, negou com a cabeça. — Que seja — murmurou. — Pego você na frente da sua casa em quarenta minutos.

Por um momento, considerei a ideia de gritar "Nem perca o seu tempo!", mas tudo o que consegui dizer foi "Está bem". Em seguida, fervi de raiva o caminho todo até minha casa. Senti as mãos e as orelhas dormentes por causa do frio quando enfim cheguei ao dormitório. Também ganhei uma bolha no dedão de tanto esfregar no forro da bota. No banheiro, coloquei uma meia-calça e um vestido e uma pequena camada de esmalte rosa discreto nas unhas enquanto murmurava tudo o que queria ter dito naquele momento. E me perguntei como podia namorar alguém que jamais se vestiria de Papai Noel para seus filhos na manhã de Natal.

~

Os Lawson moravam em um bairro de Chicago chamado Park Ridge, onde as casas eram grandes e os jardins impressionantes. Tentando não me sentir intimidada com a grandeza da casa de infância dele, me remexia incansavelmente ao lado de Gabe enquanto tocávamos a campainha. Nenhum de nós falou nada no caminho até ali. Os dois eram teimosos demais para tomar a iniciativa.

Com os nervos em frangalhos, me vi prestes a quebrar o gelo e perguntar se minha aparência estava boa quando a porta se abriu e fomos convidados a entrar. E foi então que percebi que não era apenas um jantar com os pais dele. Parecia que toda a família estendida também havia sido convidada. Agarrei o vaso de lírios em minha mão, desejando ter trazido tulipas quando vi outros lírios na mesa do hall de entrada, mas logo abri um sorriso enorme. Tentei ignorar que Gabe andava à minha frente, como se estivesse preparado para me deixar para trás.

Menos de um minuto depois de passar pela porta, eu já estava com uma taça de vinho tinto na mão.

— Sei que isso vai contra as regras, mas nós somos italianos — disse o pai dele ao me entregar a bebida. — Bem, pelo menos minha esposa é, e segundo ela as pessoas deviam tomar vinho tinto desde que nascem!

E ele me acompanhou pela sala de estar, excessivamente cheia de parentes.

— A casa de vocês é linda, dr. Lawson — elogiei enquanto trocava apertos de mão com dois tios de Gabe, uma tia e um primo adolescente com espinhas no rosto, um pouco entusiasmado demais com seus beijos na bochecha.

— Obrigado. Nós somos felizes aqui — ele respondeu. — E, por favor, pode me chamar de David. Dr. Lawson é o nome que uso quando estou brincando de cardiologista. — Deu uma piscadinha e sorriu, e eu retribuí o sorriso, me sentindo mais à vontade.

Embora Gabe tivesse cabelo escuro e pele oliva como sua mãe, era bem parecido com o pai. Maxilar bem marcado. Covinhas nas bochechas. Sobrancelhas arqueadas emoldurando olhos azul-claros. Porém tive a sensação de que o dr. Lawson aprovaria o Coelhinho da Páscoa. Parecia ser esse tipo de pessoa. Um golpe de justiça me preencheu e lancei um olhar congelante para Gabe, que não notou, pois estava preocupado com seu sobrinho e suas sobrinhas.

— E é aqui que a magia acontece — o dr. Lawson, ou melhor, David explicou quando chegamos à cozinha equipada com armários de vidro brancos e granito preto, com um cheiro melhor que o de qualquer outra cozinha em que eu já pisara na vida.

E, no centro de tudo, mexendo duas panelas ao mesmo tempo com mãos graciosas, estava a mãe de Gabe.

Fiquei novamente impressionada com sua beleza. Quando Gabe comentou sobre sua mãe italiana que nunca aparecia sem uma colher de pau na mão ou uma mancha de molho de tomate artesanal no avental, imaginei alguém muito diferente da mulher agora à minha frente. Talvez a "mamma italiana" jovial, gordinha, com dois coques de cabelo negro, cada um de um lado da cabeça — como nas imagens estampadas nas latas de molho que minha mãe comprava aos montes no supermercado. A mãe de Gabe estava de fato usando um avental, mas sem manchas. Seu cabelo deslizava até o meio das costas em ondas espessas, volumosas, brilhantes. Era alta e esbelta, toda angular, à exceção dos lábios, cheios como os de Gabe. Atrás dos óculos de armação vermelha, que ofereciam um toque de cor na combinação com o macacão preto, os olhos notaram minha presença. Fiquei paralisada por um momento, esperando um sinal de que eu havia passado no teste. Considerando que da última vez que nos encontramos eu estava usando apenas a camiseta e a cueca boxer de seu filho, mantive a esperança de que o modelito desta noite estivesse mais de acordo com seus padrões.

— *Benvenuta*, Tegan. É um prazer vê-la outra vez — falou, com o brilho de seu sotaque italiano. Secou as mãos no pano de prato mais próximo antes de vir até mim, na passagem da porta da cozinha. Depois de um abraço um tanto desajeitado e dois beijos no ar, um em cada lado do meu rosto, se manteve um pouquinho distante. — Adorei o vestido. Ficou perfeito em você. *Meraviglioso.*

— Obrigada, sra. Lawson. E agradeço pelo convite. Sua casa é linda.

— Ah, pode chamá-la de Rosa — David falou. — Sra. Lawson é como tratamos a minha mãe!

Ele riu e eu disse que tudo bem, mas sabia que isso provavelmente não aconteceria. Especialmente porque me pareceu que a mãe de Gabe não concordava com o marido. Depois de alguns minutos conversando amenidades, deixamos a sra. Lawson preparando seus pratos para os convidados e eu me sentei no único lugar ainda vazio da sala de estar, que infelizmente por acaso era no sofá, ao lado de Gabe. Tomei um gole de vinho, que não desceu bem graças à noite anterior, e tentei parecer à vontade.

Um grito ecoou pela sala quando a irmã de Gabe, Luciana, mudou de canal, deixando para trás um jogo de basquete para assistir ao desfile de Páscoa.

— Ah, por favor, Lucy! — Gabe protestou.

— Pare de resmungar — ela retrucou, aumentando o volume. Lucy, médica residente, era magra e esculturalcomo a mãe, mas loira. O que suspeitei, com base nas cores do restante da família, de que vinha de visitas frequentes ao salão. — Prometi às crianças que elas poderiam assistir ao desfile.

Os resmungos dos adultos na sala foram abafados pela vibração do riso das crianças sentadas em semicírculo na frente da TV, que exibia carros alegóricos levando personagens temáticos de Páscoa. Lucy era quase quinze anos mais velha que Gabe e tinha três filhos: duas meninas e um menino.

— Às vezes é difícil acreditar que nós somos da mesma família — Gabe resmungou com Lucy antes de ir para o chão, a fim de ficar com as crianças.

Ela riu e o mandou superar os fatos e crescer. Naquele momento, cheguei à conclusão de que adorava a irmã de Gabe.

Depois de me fartar com os pratos italianos tradicionais que a mãe de Gabe preparara — ovos fritos com queijo, favas e ervilhas assadas, risoto de aspargos, cordeiro assado com alcachofra, lasanha e bolo de fruta com uma massa que parecia de pão e em formato de trevo-de-quatro-folhas —, saí para tomar um pouco de ar fresco e ver as crianças chutando uma bola de futebol de um lado para o outro. Tremi com meu vestido fino quando a brisa me atingiu.

— Aqui, pegue isso. — A voz de Gabe me surpreendeu.

Logo sua jaqueta e o calor de seu corpo que o tecido ainda guardava cobriram meus ombros.

— Obrigada — agradeci, ainda olhando para as crianças.

— Acho que isso ia acontecer, mais cedo ou mais tarde.

— O quê?

— A nossa primeira briga.

Ele apoiou o corpo na grade do parapeito e se virou para olhar para mim.

— Acho que sim — murmurei.

Eu ainda não me sentia pronta para fazer as pazes.

Gabe suspirou e deslizou o olhar pelo enorme gramado, onde as crianças riam e corriam entre pedras e canteiros.

— Eu aceito — ele falou. — Eu aceito mentir para os nossos filhos.

Meu estômago deu um salto.

— Nossos filhos?

Ele se virou até ficar de costas para o parapeito, olhando para mim. Gabe sorriu, e o enrugar de seus olhos mais uma vez me venceu.

— Papai Noel. Coelhinho da Páscoa. Fada do Dente. Fada da Lua Cheia. O que você quiser, eu topo — cedeu. — Mas vamos combinar um limite antes de chegarmos ao gnomo da volta às aulas, pode ser?

Lancei os braços em volta do seu pescoço e o beijei.

— Combinado — respondi, aliviada por poder deixar para trás a raiva que vinha carregando o dia todo. Grata por ele ter cedido.

— Desculpa pelo que eu falei mais cedo — Gabe continuou, sua voz se suavizando conforme ele me abraçava mais apertado. — Você vai ser uma ótima mãe. A melhor.

Beijou meu nariz, me fazendo derreter ainda mais contra seu corpo.

— Obrigada. E eu também não estava falando sério. Sobre aquela coisa da carga genética.

Gabe deu risada.

— Na verdade, pode ser que você tenha razão no seu argumento. Você conheceu a minha mãe, não conheceu? — falou, arqueando uma sobrancelha.

Eu o beijei outra vez.

— Então, podemos voltar lá para dentro? — perguntou ele. — É hora da sobremesa.

— E o bolo de trevo? Não era a sobremesa?

— Era um pombo — Gabe esclareceu, rindo. Entrelaçou seus dedos aos meus e me puxou pela porta. — E não, não era a sobremesa. Bem-vinda ao jantar de Páscoa dos Lawson!

Resmunguei que estava supersatisfeita e que uma garfada de qualquer coisa poderia ser o meu fim, mas o deixei me levar outra vez para dentro. Consegui comer uma fatia de um bolo de ricota e laranja e tomar café, o tempo todo pensando em como seria ver nossos filhos correndo lá fora, esperando a elaborada caça aos ovos de Páscoa que Gabe passaria horas preparando.

20

De algum modo, apesar do calor e dos ruídos nada familiares da noite de Bangkok, consigo dormir de forma mais ou menos decente. Ainda é bem cedo, o sol já nasceu, mas se dependura baixo no céu. Estou no restaurante, e, enquanto Gabe dorme, leio meus e-mails em um dos notebooks disponíveis, aproveitando alguns minutos sozinha e tentando me manter longe de agitações. Apesar de eu ter tomado um banho frio, minha pele já está grudenta de suor.

O notebook de metal cintilante se destaca em contraste com o restante da decoração — móveis de madeira escura e uma estátua esculpida artesanalmente de um Buda em oração, disposto contra grandes samambaias saindo de vasos de barro e um pequeno aquário repleto de peixinhos dourados. A pousada é simples. O banheiro é, literalmente, um buraco no chão, com dois degraus para marcar a direção — eu logo descobriria que todos os banheiros tailandeses são assim —, mas parece exótico graças à madeira ornamental, às plantas e ao barulho calmante de água fluindo. Se fechar os olhos, posso quase me sentir na sala de espera de um spa nos Estados Unidos. Quase.

— Obrigada, Simon — agradeço enquanto ele coloca um segundo café tailandês ao meu lado. — Pode ser que eu acabe viciada nessa bebida. E nunca mais vá embora. — Tomo um gole do café doce e gelado e murmuro minha apreciação. — Considere-se avisado.

Ele sorri e une as mãos.

— Perfeito. Sempre funciona.

Empurro o notebook para o lado e o convido a se sentar comigo. Fico feliz em ignorar minha caixa de entrada por um instante, repleta de mensagens ansiosas dos meus pais, Anna e Connor, apesar dos quatro e-mails que enviei para avisar que está tudo bem. Somente Jason parece despreocupado, e me passa o nome de um bar em Chiang Mai que "preciso visitar" e um lembrete para me manter longe de qualquer "tabaco muito louco". Como se alguém precisasse me dizer isso aqui, onde um grama de qualquer folha verde pode deixá-lo para sempre na cadeia. Além disso, a única vez que fumei maconha, acabei comendo um saco inteiro de batatas fritas congeladas, direto do congelador, antes de cair no sono.

— Então, há quanto tempo você está aqui? — pergunto a Simon.

— Aqui na Shanti House, ou na Tailândia?

— Acho que as duas coisas.

— Dez anos de Tailândia — conta, balançando a cabeça como se não conseguisse acreditar nas próprias palavras. Uma mecha de cabelo loiro ondulado lhe cai sobre os olhos e ele a afasta para o lado. Ele é bem bonito e parece ter uma personalidade que combina com isso tudo. Imagino que as turistas que se hospedam na Shanti House, e provavelmente também alguns dos homens, gostem de passar tempo em sua companhia. — E sete que administro este estabelecimento. Fiquei com ele depois que um amigo chegou à conclusão de que a Indonésia o estava chamando.

— Nossa, é bastante tempo — comento, calculando mentalmente sua idade. Fico surpresa ao me dar conta de que ele deve ter trinta e poucos. Parece mais novo que isso. — O que te fez ficar aqui?

— Ah, boa pergunta. Tem uma resposta curta e outra longa. — Ele abre um sorriso enorme. — Qual versão você prefere?

— O que você acha de começarmos com a mais curta e depois partirmos para a mais longa? — respondo. — Você tem um público cativo aqui, se continuar trazendo esses cafés.

— Pode deixar — responde, afastando outra vez a mecha de cachos rebeldes. — Está bem, a versão curta é que eu vim para tirar "férias"... — Seus dedos marcam a palavra *férias* com aspas no ar. — Na verdade, foi um jeito de eu escapar de assumir a empresa do meu pai. Depois fiquei por causa de uma garota.

Arqueio uma sobrancelha e tomo mais um gole de café.

— Uma garota, é?

— O que nos traz à versão longa. — Simon passa a mão por seu cabelo ondulado e espesso. — Ela era tailandesa, o passarinho mais lindo que eu já tinha visto. — Ele se mexe na cadeira e suspira. — Seu nome era Sumalee, e ela fazia pós-graduação, estava quase terminando o mestrado em administração de empresas. Uma garota inteligente — elogia, com orgulho na voz. — Mas enfim, eu estava um pouco entediado com a vida noturna de

Khao San Road, então um amigo e eu fomos de penetra em um casamento.
— Ele dá risada. — Éramos os únicos não tailandeses ali e, depois que o meu amigo passou mal, acho que a Sumalee ficou com pena de mim.

Simon aponta para meu copo quase vazio.

— Quer mais um?

— Acho melhor dar um tempinho — respondo, estendendo a mão para que ele possa ver o leve tremor. — Tem muita cafeína nessa bebida?

Ele assente.

— Muita.

— Bom saber.

Tomo um gole do copo de água até agora ignorado, que tem um pouco de polpa de limão picante flutuando. Minhas bochechas se contraem com a mudança do doce para o azedo.

— Certo, então você foi parar nesse casamento, seu amigo passou mal e você conheceu a Sumalee. E depois?

— Bem, ela estava lá com a família. Era o casamento de um primo dela. A Sumalee falava inglês fluentemente, e a gente logo se deu bem. Foi um daqueles momentos em que você pensa no acaso, sabe?

Confirmo com um gesto, pensando na noite em que conheci Gabe.

— Nós estávamos tendo uma conversa bastante íntima, olhos nos olhos. Aí o meu amigo finalmente recuperou a consciência e veio sentar com a gente à mesa e, quando eu o apresentei à Sumalee, ele abriu a boca e... vomitou pra todo lado.

Simon ri com tanta vontade que lágrimas brotam em seus olhos, e eu estou tendo uma reação visceral ao me imaginar como parte da cena.

— Santo Deus! — exclamo. — Eu teria morrido de vergonha.

— Não é?! — Ele usa as costas da mão para esfregar os olhos. — Mas a Sumalee foi incrível. Pediu para a equipe do hotel limpar tudo e providenciou um táxi para nos levar de volta ao albergue. E voltou no dia seguinte, trazendo café da manhã e um sorriso lindo. Naquele momento eu fui vencido.

— Ela parece ser incrível.

A lembrança faz os olhos de Simon ficarem ligeiramente fora de foco.

— A gente se apaixonou — conta. — Rápida e intensamente. Eu a teria seguido para qualquer lugar do mundo. Mas, no fim das contas, eu não podia ir para onde ela foi.

Agora seu rosto se transforma e uma escuridão invade seus traços. É uma aparência que sei reconhecer muito bem. Queria poder retirar o comentário, porque não quero saber o que aconteceu com ela. Tenho a sensação de que não vou gostar do final dessa história.

De repente o calor do dia recai sobre mim e me faz sentir vertigem. Pressiono o copo gelado no punho, um truque que Gabe aprendeu com seu técnico de beisebol dos tempos de colégio. Disse que ajuda a baixar rapidamente a temperatura do corpo. Aparentemente ajuda um pouco, e logo sinto a vertigem diminuir.

— Eu sinto muito — murmuro, porque não sei o que mais dizer.

Mantenho o olhar baixo para evitar a expressão de Simon.

— Ah, está tudo bem — ele diz. — Eu tenho uma cabeça bem esquisita debaixo desse cabelo. Cabeça raspada não me cairia bem. E esse corpo estaria perdido debaixo daquelas roupas de monge.

Eu o vejo sorrindo e dando tapinhas no abdome.

— Ah… desculpe… como? — gaguejo. — Pensei que você quisesse dizer que ela tinha, tipo, ido para o outro lado.

Fico vermelha, morrendo de vergonha por ter chegado a conclusões precipitadas.

Simon arregala os olhos.

— Ah, caramba, você pensou que eu tivesse dito que ela tinha ido para o outro lado, tipo, morrido? — Ele esfrega a mão no ar duas vezes, como se estivesse apagando alguma coisa. — Não, não. Nada disso. Desculpa, colega. Eu preciso explicar melhor as coisas. — Dá uma risadinha de alívio, e eu o acompanho. Enfim explica: — Ela se tornou uma monja budista.

— Você tem razão. Seria difícil seguir esse caminho — respondo. — O que a levou a decidir fazer isso?

— Quando nós estávamos de férias em Chiang Rai, conhecemos uma mulher, uma tailandesa que se tornou monja depois de trinta e cinco anos como advogada. Por algum motivo, a Sumalee não conseguia tirar aquela mulher da cabeça. Aí, quando terminou o mestrado, deixou tudo para trás para acompanhá-la. — Ele encolhe os ombros. — A Sumalee partiu meu coração, mas eu não queria voltar para a Austrália. A Tailândia era a minha casa, então aqui fiquei.

O restaurante começa a encher, então, depois de alguns minutos, Simon vai atender aos pedidos de café da manhã. Eu o vejo cumprimentando os hóspedes, rindo tranquilo, distribuindo abraços e tapinhas nas costas.

Tomo um último gole do meu café, deslogo e devolvo o notebook no lugar, sem responder aos meus e-mails. Depois volto para o quarto, desejando que a tristeza da minha história também fosse um simples mal-entendido.

21

Conforme orientação, uso uma saia longa que toca meus tornozelos e uma blusa de algodão fina e de manga comprida. Ainda que o calor do meio-dia alcance temperaturas insuportáveis, as mulheres não podem vestir roupas curtas quando visitam locais de adoração de Bangkok.

— Eu pareço parte da trupe de um circo itinerante — comento, olhando para minha roupa. A saia camponesa é antiga, da última vez que esteve na moda, e tem detalhes cintilantes costurados na extensão do tecido roxo e amarrotado. Ela se esfrega nas minhas pernas quando ando, ondulando com os movimentos. — Ou, na melhor das hipóteses, estou parecendo uma hippie.

— Você está perfeita — Gabe elogia. — Vai combinar com a Vera.

— Engraçadinho. — Puxo a blusa para que ela desça o máximo possível sobre a saia. — Por falar nela, é melhor irmos logo. A Vera comentou que é melhor chegar bem cedo lá. — Dou uma olhada no relógio em meu pulso. — Já são quase seis e quinze.

— Eu já estou pronto.

Seguro a corrente em volta do pescoço e enfio o pingente debaixo da blusa, aconchegando-o sob o tecido macio.

— Vamos — digo, pegando minha mochilinha que abriga o protetor solar, um chapéu, o guia de viagem da Tailândia e minha câmera.

Cinco minutos depois, estou ajeitando garrafas de água e uma vasilha com fatias de abacaxi e melancia, cortesia de Simon, na mochila, e deixamos a pousada para encontrar um tuk-tuk.

— Apesar de *tuk* significar barato em tailandês, os táxis acabam sendo bem mais em conta. E também muito mais confortáveis — explica Bruce, o namorado de Vera, rindo.

Na minha opinião, com seu cabelo black enorme e uma camiseta retrô dos Beatles, ele não se parece em nada com Bruce — um nome que geralmente associo a camisas polo e mocassins. Como se já esperasse minha próxima pergunta, ele acrescenta:

— Mas você não viveu nenhuma aventura até embarcar em uma corrida em um tuk-tuk tailandês, pode acreditar.

Fico tensa ao me lembrar da família que vi abarrotada em um tuk-tuk no caminho para a Shanti House. Parece um jeito nada inteligente de se deslocar em uma cidade caótica cheia de motoristas kamikaze.

Enquanto seguimos a caminho da rua principal, Bruce continua dando conselhos:

— Além disso, leve a mochila na frente e mantenha as alças escondidas. Os malditos ladrões que andam de moto por aí são rápidos.

— Esse lugar mais parece um filme de aventura bem maluco — Gabe comenta. — Estou adorando.

— Só você — murmuro.

— Oi? — Vera fala, se virando e andando de costas para conseguir ver meu rosto.

— Obrigada pelas dicas — respondo.

Estou grata por Vera e Bruce dividirem sua experiência e não quero admitir a verdade: sou tão aventureira quanto um idoso passando de uma cafeteria a outra.

— De nada — ela responde, olhando outra vez para Bruce e entrelaçando sua mão à dele. — Vai ser divertido.

Eles se beijam intensamente, sem diminuir o passo ou tropeçar na rua esburacada, o que é muito impressionante.

O motorista do primeiro tuk-tuk que encontramos fala um inglês razoável e oferece seus serviços pelo que aparentemente é uma tarifa muito baixa. Bruce e Vera acenam uma negação para ele, dizendo "não, obrigado" várias vezes, e seguem andando. Ofereço um sorriso desconfortável ao passar, pensando na família que esse homem provavelmente tem para alimentar.

— Qual era o problema com aquele? — indago, tentando acompanhar os passos longos de Vera.

— É o maior golpe dos tuk-tuks na Tailândia — Bruce explica. — Eles oferecem levar a gente por um preço bem baixo se você concordar em passar em algumas lojas pelo caminho.

— Aí eles recebem comissão das lojas — Gabe supõe, e Vera confirma com um gesto.

— Eles conhecem os donos das lojas? — pergunto.

— Exatamente. Em geral, costumam ser membros da família deles — ela explica. — Ou parceiros de negócios. Eles recebem coisas como cupons para gasolina se os passageiros entrarem para dar uma olhada.

Aparentemente o próximo motorista não está envolvido nesse tipo de golpe, ou pelo menos quer cobrar mais, porque Bruce acena para entrarmos e, depois de nos mexermos desconfortavelmente para nos ajeitar, enfim estamos a caminho.

— A maioria desses veículos é para no máximo dois passageiros — Vera grita do banco da frente, mais alto que o barulho do motor. — Mas eu já vi até oito pessoas dentro de um!

Com uma das mãos, agarro a barra de metal à minha frente enquanto uso a outra para segurar a mochila bem próxima ao peito. Faço uma rápida oração, pedindo que o percurso seja seguro. Queria que Gabe estivesse ao meu lado, mas Bruce se senta entre nós no banco traseiro. Depois de um solavanco, partimos, e meus dedos instintivamente se agarram com ainda mais força à barra. As vias são cheias de táxis e tuk-tuks, além de algumas almas corajosas em scooters e bicicletas. O cheiro forte liberado pelos escapamentos entope minhas narinas e garganta e eu começo a tossir, o que me deixa com uma camada de sujeira nos lábios e dentes.

— Tudo bem? — Gabe se inclina à frente de Bruce para perguntar.

Faço que sim, sem querer abrir a boca outra vez e me expor à sujeira e à poluição que gira à nossa volta. Vera e Bruce apontam coisas para nós pelo caminho, de alguma maneira conseguindo manter uma boa postura dentro do tuk-tuk, mesmo sem se agarrarem a nada.

Quando passamos pelos belos templos, cobertos com decorações de ouro e desenhos intrincados em todas as superfícies, me pego algumas vezes sob o impulso de puxar minha câmera. Mas toda vez o tuk-tuk desvia de algum carro ou buraco ou pedestre, e tenho que voltar a usar as duas mãos para me segurar. Acho que posso simplesmente comprar um cartão-postal depois. E quase me descontrolo quando, em certo momento, o motorista tira as mãos do volante para fazer um gesto de prece diante de um pequeno santuário dourado que passa por nós.

— Caramba! — exclamo, agarrando o braço de Bruce, que é o que tem mais perto da minha mão livre.

— Está tudo bem — ele afirma, levando a mão aos meus dedos esbranquiçados. — Ele só fez um *wai* para aquele santuário que ficou ali atrás.

— O que é *wai*? — Gabe fica curioso.

— É uma saudação comum na Tailândia. Você vê muito por aí — Vera explica. — É algo realmente importante para os tailandeses.

Cerca de dez minutos depois, chegamos à nossa primeira parada, e eu saio tremendo do tuk-tuk, grata por poder colocar outra vez os pés no chão. Enquanto Bruce conversa com o motorista para garantir que ele esteja por ali quando terminarmos a visita, Vera nos conta a história do templo.

— É chamado de Wat Benchamabophit, ou "Templo de Mármore". Na verdade, o nome significa "templo do quinto rei", e este provavelmente é o lugar mais visitado de Bangkok.

Como era de esperar, apesar de ainda não ser nem sete da manhã, vários turistas andam por aqui. Embora fique bem perto da rua agitada, os arredores do templo são silenciosos, repletos de arbustos floridos e bem aparados. Enquanto andamos pelas pedras cinza a caminho do Wat, que parece brilhar com o sol do início da manhã, Vera continua fazendo o papel de guia turístico.

— Foi projetado pelo meio-irmão do rei Chulalongkorn, príncipe Narai. A construção começou em 1899, a pedido do próprio Chulalongkorn, que foi o quinto rei. Ele passou algum tempo aqui, estudando para se tornar monge antes de ser coroado, e as cinzas dele estão enterradas debaixo da estátua de Buda que tem lá dentro.

Levo a mão ao pescoço ao ouvir a palavra "cinzas", e meus dedos tocam levemente o pingente.

— É comum ver tanto mármore assim nos templos tailandeses? — pergunto.

O Wat é uma composição impressionante de placas, colunas e estátuas de mármore, com detalhes em ouro em volta das portas e janelas e ao longo das linhas inclinadas do telhado.

— Boa pergunta — diz Vera. — O príncipe e o rei gostavam muito do design italiano. Então a fachada do templo, além das pilastras e daquelas duas estátuas de leão... — Ela aponta para as estátuas que ladeiam a entrada do Wat, e Gabe e eu seguimos seu dedo e assentimos. — É tudo feito de mármore de Carrara, importado da Itália.

— Outra coisa legal é que as janelas do templo têm vitrais — Bruce acrescenta ao nos alcançar. — É muito incomum ver isso na Tailândia.

Quanto mais nos aproximamos do Wat, mais hipnotizada fico. Toda vez que meu olhar desliza por alguma parte do templo, percebo algo novo. Quão intrincada é a cobertura sobre a escada da entrada. A cor vermelha intensa e vibrante emoldurando as janelas e as portas. A simetria perfeita entre as colunas e a maneira como as placas de mármore e a moldura dourada das janelas dão a sensação de serem camadas à frente do templo, como um leque aberto. Os picos afiados do telhado, erguendo-se e afundando em cada área do templo, parecem ondas do oceano no horizonte.

— Lindo, não é? — Gabe sussurra.

— De tirar o fôlego — concordo.

— É mesmo — Vera corrobora. — Já vim aqui mais de uma dúzia de vezes e a sensação é sempre a mesma. Como se eu estivesse vendo pela primeira vez.

Pagamos a taxa de vinte bahts para entrar, o que é menos de um dólar americano, e seguimos a caminho do pátio, onde Bruce promete haver uma coisa "impressionante pra cacete". Conforme cruzamos o mármore polido que contorna o pátio, eu ouço. Ouço a combinação de múltiplas vozes se reunindo de modo a criar um som consistente.

Embora eu não consiga entender as palavras, o ritmo do cântico é melódico e me puxa para perto, faz algo brotar em algum lugar profundo dentro de mim. As portas estão abertas para o interior do templo, onde dezenas de monges de cabeça raspada, usando trajes alaranjados, estão sentados em fileiras na plataforma coberta por um tapete vermelho intenso, as pernas dobradas para a lateral do corpo. Estão de costas para nós, os pés escondidos debaixo do longo manto, e, enquanto cantam, fazem reverências, todos ao mesmo tempo, à enorme estátua dourada de Buda à frente deles.

Fico impressionada.

Caio de joelhos no tapete, atrás dos monges em oração, fecho os olhos e ouço a melodia. Ajoelhado ao meu lado, Gabe sussurra:

— São esses momentos, meu amor. São essas lembranças que vão preencher aquele espaço.

Confirmo com a cabeça e abro os olhos, piscando algumas vezes para afastar as lágrimas e conseguir enxergar direito.

O choque de algo batendo em meu pé descalço me faz arfar. Olho para trás e vejo um velho monge de óculos passando, seu manto alaranjado balançando em volta das pernas e as mãos em uma faixa de corda na cintura. Ele não olha para mim, e me pergunto se seu manto tocou acidentalmente o meu pé, que agora dói um pouquinho.

Então percebo Vera e Bruce rindo, a mão sobre a boca para abafar o barulho.

— O que foi? — pergunto, mantendo a voz baixa.

— Os seus pés — Vera responde, tentando se controlar. — Os seus pés... eles estão...

— Você acaba de aprender uma lição com um monge que tem metade do seu tamanho e pelo menos quatro vezes a sua idade — Bruce sussurra, rindo.

Ele se vira e aponta para alguma coisa atrás de nós.

E aí me dou conta do que ele está falando. Do jeito como me ajoelhei, acabei ficando com os pés descalços apontados diretamente para uma das estátuas reverenciadas de Buda. Simon explicou ontem que os pés são considerados a parte mais inferior e mais suja do corpo, então devemos ter cuidado para não apontá-los para alguém — menos ainda para a cabeça de alguém. "E, pelo amor de tudo o que é mais sagrado, jamais aponte seus pés para uma figura religiosa", aconselhou. "Essa é a maneira mais rápida de irritar os tailandeses." Mas fui tão levada pelo momento que acabei esquecendo de enfiar os pés debaixo do corpo, como é comum na Tailândia. E claramente o monge e sua corda não gostaram nada da minha falta de educação.

— Mude os pés de posição, Teg. Ele está voltando — Gabe sussurra, e rapidamente movimento os pés para o lado. — Veja só você... — ele prossegue, sussurrando em meu ouvido enquanto o monge passa outra vez, agora sem tocar meus pés. — Quebrando regras e irritando os monges. Essa é a minha garota!

A risada borbulha em minha barriga, e eu sei que não vou conseguir guardá-la dentro de mim. Rapidamente deixamos os monges e seus cânticos e voltamos ao pátio, antes de eu perder o controle e começar a rir tanto que as lágrimas escorrem em um fluxo incontrolável pelas minhas bochechas. As pessoas nos encaram como se fôssemos loucos ou bêbados, mas não estou nem aí. Levo a mão à barriga e tento acalmar a respiração. Já fazia muito tempo que eu não ria tanto assim, e não quero parar nunca mais.

~

Já é tarde e acabamos de voltar de nosso tour por Bangkok. Além do Wat, onde bateram no meu pé, fomos abençoados por um monge com uma flor de lírio mergulhada na versão tailandesa de água-benta, vimos o Buda Reclinado e o Buda de Ouro, comemos o que Bruce classificou como o melhor pad thai de Bangkok e marcamos com um agente de viagem, que por acaso também é mecânico e taxista, para ir a Chiang Mai. Nos últimos dias, aprendi a realmente respeitar o povo tailandês: eles fazem tudo ser lindo, desde os templos até a comida, e certamente são eficientes.

— Um dia e tanto! — Gabe exclama.

— Um dia e tanto! — concordo.

Eu me deito debaixo dos lençóis só de calcinha e regata, observando as pás do ventilador, em forma de folha de palmeira, percorrerem preguiçosamente seus círculos. Começo a rir, pensando outra vez no monge.

— Adoro esse som — Gabe afirma, se deitando ao meu lado.

— O quê? A minha risada? — Mantenho o olhar apontado para o ventilador hipnótico.

— Sim.

— Eu também. Preciso rir mais.

Mas uma tristeza familiar recai sobre meu peito, quase como se o peso do pingente em meu pescoço triplicasse. Eu o seguro e o deslizo de um lado para o outro da corrente.

— Você vai conseguir. Hoje foi um dia bom, Tegan. Um dia muito bom.

— Sim, foi mesmo — murmuro, os olhos piscando pesadamente de sono.

— Tenha bons sonhos, meu amor — Gabe sussurra, seus dedos acariciando minha palma antes de segurarem minha mão.

— Tenha bons sonhos.

Deixo a mão junto à sua e permito a meus olhos se fecharem e permanecerem assim. Um minuto depois, estou em sono profundo.

22

Suspiro e descanso a cabeça contra a ponta dos dedos. Com a outra mão, começo a escrever.

Mãe e pai...

Está bem, é um começo. Mas só tenho dez minutos antes de precisar descer para pegar um táxi. Essa carta precisa ser escrita, porque eu sei que sua chegada à caixa de correio dos meus pais está diretamente ligada à paz de espírito da minha mãe. E estressá-los mais do que já tenho feito parece cruel. Suspiro outra vez e Gabe se senta ao meu lado na cama. Mantenho os olhos no papel em branco, mas sinto que meu marido está me observando.

— Estou procurando inspiração — explico. — Detesto escrever cartas, você sabe. — Passo a mão pelo papel, afastando algumas migalhas dos chips de batata que decidi chamar de café da manhã. — Qual é o problema com e-mails? — resmungo.

— Sua mãe e seu pai só querem saber que você está bem — Gabe afirma. — É só isso que você precisa escrever.

— Certo. — Aponto outra vez a caneta para o cartão em branco. — Vou simplesmente dizer que estou bem.

— Porque você está, não? Você está bem?

— Estou surpreendentemente bem.

— Ótimo. Então diga isso a eles. E eu vou parar de falar para você terminar logo. Já está quase na hora de sair.

Pego mais um punhado dos chips oleosos e mastigo. Em seguida, volto a escrever, equilibrando o livro que funciona como uma mesa sobre meus joelhos cruzados.

Como estão as coisas aí? Por aqui está tudo bem. Bangkok até agora tem sido incrível. Cheia de energia e arquitetura linda e todo tipo de costume bizarro. Sabiam que aqui é considerado má sorte cortar o cabelo às quartas-feiras e por isso todos os salões ficam fechados? Ninguém sabe exatamente por que, mas aparentemente tem a ver com um rei que convocava todos os cabeleireiros para cortar o cabelo dele às quartas, ou então as quartas-feiras eram consideradas dias para cuidar das plantações, e não fazer colheitas.

A Tailândia é um mundo diferente, sem dúvida. Mas eles certamente sabem preparar um café que faz valer a pena levantar da cama todos os dias. Pai, você amaria o café daqui! Vou tentar fazer para você quando voltar para casa. O cara que cuida da Shanti House, Simon, me passou a receita para que eu possa trazer você comigo para o lado negro.

Conheci alguns outros viajantes, viajantes "de verdade", do tipo que provavelmente nunca mais vai voltar para casa — mãe, não se preocupe, eu vou voltar para casa —, que brincam de ser guias turísticos no tempo "livre", e nós visitamos alguns Wats, como eles chamam os templos de adoração por aqui, em toda Bangkok. Aconteceu até de um monge bater no meu pé! Definitivamente uma das experiências que pensei que jamais viveria.

Vamos para Chiang Mai hoje, então esta carta terá de ser curta. Vou escrever uma maior na viagem de trem, que leva umas doze horas. Mas dizem que a paisagem compensa a demora. Se eu conseguir uma conexão razoável, mando fotos.

Agradeçam ao Connor pelo travesseiro inflável e o repelente — tenho usado muito os dois. E digam ao Jase que estou me mantendo distante do "tabaco muito louco". E, antes que fiquem bravos com ele por dizer isso, não esqueçam que ele só está cuidando de mim. Do jeito que só o Jase é capaz.

Amo todos vocês.

Beijos,
Tegan

Começo a dobrar a carta e então, como se tomada por um pensamento tardio, abro-a outra vez e escrevo um PS.

Eu estou me sentindo realmente bem. Tenho tomado os remédios e acho que estão começando a ajudar. Amo vocês dois. A gente se fala em breve.

Dobro rapidamente a carta e a coloco em um dos envelopes endereçados à minha mãe antes de fechá-lo. Simon me disse que cuidaria de enviar a correspondência para mim, então eu a enfio debaixo do braço e, com a outra mão, pego a mochila.

— Pronta? — Gabe pergunta, já segurando sua mochila.
— Sim. — Ajeito uma das alças acolchoadas da mochila sobre o ombro. — Vamos.
— Vou sentir saudade daqui — ele anuncia.
— Eu também.

Dou uma última olhada no quarto simples, porém confortável, que tem sido nossa casa nos últimos dias.

Vera, Bruce e Simon, que me entrega um café gelado para ir tomando no trajeto, esperam para se despedir na recepção. Eu me pego surpreendentemente emotiva quando Vera me dá um abraço apertado, me fazendo prometer que vou manter contato. Sei que isso significa que vamos trocar alguns e-mails, talvez algumas fotos, depois vamos nos tornar lembranças distantes e nostálgicas uma para a outra. Mesmo assim, aceito alegre o seu abraço, e Simon tira uma fotografia nossa com meu celular, para que eu não me esqueça de seus dreads malucos e os lábios rosados.

— Obrigada por terem acordado. Não precisava.

Dou um abraço em Bruce. Ele parece ter acabado de sair da cama, o que provavelmente é verdade, considerando que ainda são cinco e meia da manhã.

— É claro que precisava — responde, sorrindo em meio a um bocejo. — A gente comeu pad thai no Thip Samai juntos. Isso nos torna amigos para sempre.

Abro um sorriso e ele me entrega um papel dobrado.

— Conforme prometido, todas as atrações obrigatórias de Chiang Mai. Isso inclui uma massagem tailandesa, combinado? Pelo menos uma.

— Prometo — respondo, enfiando o papel na mochila.

— E vou repetir o conselho. Quente na hora, come e não chora. Frio ao comer, também pode ser. Mas...

— Se assim não está, melhor nem tocar — Gabe e eu completamos ao mesmo tempo, e Bruce e eu batemos as mãos.

Ele disse que nunca teve intoxicação alimentar na Tailândia, e atribui isso ao mantra sobre o que comer ou não comer, que aprendeu com um colega viajante anos atrás.

— Alguma outra dica de última hora? — pergunto.

— Bem, você já sabe da história do sapato — Bruce diz, referindo-se ao costume tailandês de sempre tirar os sapatos antes de entrar na casa de alguém. — E, por experiência própria, a questão do pé. — Todos rimos, lembrando a situação com o monge. — Não toque na cabeça de ninguém, porque isso é considerado grosseria. E nem pense em tomar sol nua. — Dá uma piscadinha. — Eles não curtem muito esse tipo de coisa.

— Nem pensar em nudez, entendido — diz Gabe, rindo.

— Ah, e aprendi do jeito mais difícil quando cheguei aqui... — Vera oferece um sorriso desconfortável. — Sob nenhuma circunstância chame o bebê de alguém de "gracinha" ou "adorável".

— Por que não? — indago.

— Parece que, se você chamar o bebê de gracinha, eles acham que os espíritos maus vão levá-lo — explica Bruce, bocejando outra vez e esfregando a mão em seu cabelo bagunçado. — Eles adoram dar apelidos às crianças, como *moo*, que significa porco, ou *looknam*, que em tailandês quer dizer larva de mosquito.

— Você só pode estar brincando — digo.

— *Moo?* — Gabe nega com a cabeça. — Imagina se fizéssemos isso na nossa cultura!

Vera ri.

— O aviso foi dado.

Simon aponta para o portão, onde o táxi já estacionou.

— Detesto acabar com a festa, mas chegou a hora de ir.

— Você está certo — Gabe responde enquanto olho para o relógio.

— Obrigada por isto aqui. — Ergo o copo de café para viagem. — Você leu meus pensamentos.

— De nada. — Ele beija a minha bochecha e me dá um abraço bem apertado. — E a Alice está esperando, então basta dar esse endereço ao taxista em Chiang Mai.

Simon arranjou um quarto na hospedaria de sua amiga depois que viu o lugar que eu havia reservado pela internet. Disse que era caro demais e, para piorar, que fazem um café horrível.

— Muito obrigado — Gabe agradece.

— Ela é uma anfitriã incrível — Simon acrescenta. — A melhor pousada de Chiang Mai. Maravilhosa.

Depois de mais uma rodada de abraços, chega o momento de ir embora. Bangkok ainda está escura, com suas ruas ligeiramente silenciosas. Em contraste, a estação de trem está lotada com o que parecem ser partes iguais de mochileiros e habitantes locais. Apesar da barreira da língua, é bastante fácil encontrar o trem — um veículo surrado, com a pintura descascando e marcas afundadas aqui e ali no metal. Mesmo assim as poltronas cobertas com vinil são mais confortáveis do que parecem. Não sei se pensarei assim depois de doze horas nelas.

Por sorte, vou viajar virada para a frente; não consigo imaginar como meu estômago reagiria se eu estivesse de costas durante o longo caminho até Chiang Mai. À minha frente há outras duas poltronas, por enquanto vazias, e eu descanso os pés e me arrasto para baixo até sentir um volume no estofamento.

Abro a mochila e puxo um envelope. Está amassado, o que realmente não tem importância, mas mesmo assim tento alisá-lo.

— Difícil acreditar que estamos aqui fazendo isso, não é? — Gabe se ajeita ao meu lado.

Confirmo com um gesto, levantando a aba do envelope.

— Pois é. Pensei que demoraria um tempão até chegarmos aqui.

Deveria ter demorado muito, muito mais.

— Eu sei o que você está pensando, Teg, mas pare, por favor.

— Como posso não pensar? — Abro o papel dobrado. — Não era para a nossa história ser assim.

Tento afastar a amargura da voz, mas não consigo. O oscilar das emoções ainda me surpreende. Ou talvez seja mais uma questão de como é rápido ir de estar me sentindo bem, até mesmo conseguindo rir de uma piada, a me sentir triste e com raiva. É como se eu fosse um navio em meio a uma tormenta feroz — o balançar de um lado para o outro, extremo e alarmante.

— Não, não era. — Gabe suspira pesadamente.

E não diz mais nada, o que provavelmente é sábio da sua parte.

Deslizando os dedos pelas letras gravadas em preto no papel, começo a tremer. Quando escrevemos esse desejo, depois de Gabe ver em um de seus programas de natureza e insistir que isso tinha que estar na lista, jamais acreditei que realmente aconteceria.

— Lembra o que você disse quando eu escrevi isso? — ele questiona.

Não respondo, apenas continuo deslizando a ponta do indicador pelas letras. O trem entra em movimento, primeiro lento, e eu afundo um pouco mais na poltrona, mas ainda consigo ver tudo passar do outro lado da janela empoeirada.

— Depois que você me contou que achava maldade obrigar os animais a fazerem isso... — Gabe começa.

— E você me garantiu que eles são bem cuidados — respondo. — E que os elefantes gostam de fazer isso, embora eu não tenha a menor ideia de como você pode ter certeza.

— Sim, e depois você falou: "É como atravessar meio mundo para ver uma coisa que eu vejo todo dia no trabalho". — Gabe ri.

— Bem, é verdade. — Deixo os cantos dos meus lábios se moverem em um sorriso. — As habilidades deles são mais ou menos equivalentes.

— Acho que os elefantes ficariam ofendidos ao ouvir isso — Gabe retruca. — Que eles pintam tão bem quanto uma criança de cinco anos? Minha nossa!

Meu sorriso cresce quando penso em meus alunos. Depois do acidente, eles mandaram um cartão gigante escrito "Melhore logo", com seus nomes escritos em letras minúsculas estendidas em todos os espaços não ocupados por imagens de uma flor, uma borboleta, um cachorro e um carro de bombeiros. Parece que se passaram anos, e não meses, desde a última vez que estive em uma sala de aula. A esta altura, mal reconheço a vida. Antes ela era tão simples, tão livre de problemas reais.

Voltando ao trem, à anotação, leio em voz alta:

— "Comprar uma obra de arte pintada por um elefante... Na Tailândia."

— Vai ser incrível! — Gabe exclama, a animação respingando de sua voz. — Já até pensei no lugar perfeito para pendurar em casa.

— Onde? — fico curiosa, meus olhos tentando se ajustar à paisagem verde que se movimenta em alta velocidade do outro lado da janela, agora que o sol nasceu.

Sentindo-me desconfortável com a sacudida dos movimentos, esfrego as mãos nos olhos e descanso a cabeça no encosto do assento.

— No hall, bem do lado do interruptor de luz da porta de entrada.

— Por que ali?

— Porque vai ser a última coisa que você vai ver antes de sair e a primeira quando voltar para casa — Gabe explica, suavizando a voz para prosseguir: — E vai fazer você lembrar que, se um elefante é capaz de segurar um pincel com a tromba e criar uma obra de arte, não existe nada no mundo que você não consiga fazer.

— Ah — digo. Tomo um gole de água da garrafa em meu colo. — Isso é o melhor que você consegue fazer? — pergunto antes de tomar outro gole. — Porque... foi péssimo.

— Péssimo? — Gabe finge indignação. — Você não está sendo legal, Teg, não está sendo legal.

Dou de ombros.

— Só pensei que você fosse capaz de algo melhor.

— Isso é um desafio? — ele quer saber, e eu me lembro dos nossos primeiros encontros. Quando todas as conversas eram salpicadas de piadas e tiradinhas sarcásticas, cujo objetivo maior era produzir o máximo possível de risadas. Na época em que éramos alegrados pela possibilidade do que poderíamos nos tornar um para o outro.

— Está bem, pode ficar no hall — concordo. — Mas só porque aquele espaço sempre foi meio sem graça mesmo.

— Combinado — Gabe responde, rindo intensamente, seus olhos se repuxando.

O som de sua risada acende um fogo no fundo da minha barriga e eu abraço a mim mesma em um gesto de proteção, tentando manter o calor ali.

23

A viagem de trem é longa, mas sem grandes acontecimentos. Depois de uma refeição aromática composta de curry vermelho e arroz de jasmim, um punhado de doces em formato triangular envoltos em plástico com consistência de gelatina e gosto peculiar, além de duas cervejas Singha bem geladas que tinham o sabor da paisagem lá fora — fresco e revigorante —, me entrego ao sono, descansando a cabeça na janela. Acordo uma vez, quando ouço vozes gritando para olhar para fora, e vejo um grupo enorme de macacos do outro lado da janela. Eles correm ao lado do trem e se dependuram nas árvores próximas, e por um momento me pergunto se ainda estou dormindo e sonhando.

Já está escuro quando o trem chega à estação de Chiang Mai, o ar ainda quente, mas não grudento e nauseante como em Bangkok. Agora que estamos longe, mais ao norte, o ar tem um cheiro diferente. Menos povoado e agitado, como o ar do interior quando se passa tempo demais na cidade grande.

O trajeto de táxi até a pousada é rápido, e só preciso segurar na alça acima da janela uma vez, quando outro carro corta a nossa frente e por pouco os dois não se chocam. O motorista deixa escapar uma série de palavras em tailandês que suponho serem xingamentos e bate no volante. Eu me agarro à alça com as duas mãos para não voar para o banco da frente.

— O trânsito de Chicago vai parecer coisa pouca depois disto — Gabe comenta, soando um pouco nervoso.

— Sério! — Coloco minha mochila outra vez no banco, depois de ela cair no chão com o sacolejo do carro. — Esses motoristas devem ter sete vidas.

Conforme prometido, Alice está nos esperando e é tão gentil quanto Simon havia dito. Embora eu esperasse alguém mais ou menos com a mesma idade de Simon, ela parece ter sessenta e poucos anos, com rugas pronunciadas no rosto que quase parecem ter sido desenhadas por alguém com mão talentosa e visão artística. Seus olhos azuis são iluminados, como se pequenas lâmpadas se mantivessem acesas atrás de suas íris, e sua mão é macia, seca e calorosa quando ela segura a minha.

— Quero dar as boas-vindas à Pousada da Alice — diz, abrindo os braços em um gesto receptivo, fazendo suas rugas se aprofundarem ao sorrir. — Imagino que o cansaço seja enorme, então vou mostrar o quarto e nos falamos ao amanhecer, está bem?

— Obrigado — Gabe responde. — Foi um longo dia.

— Aqueles trens não são o melhor lugar para dormir, não é?

— Não foi tão ruim assim. — Mexo o ombro por baixo do braço com que Alice me envolveu enquanto seguimos para o quarto. Ela solta o abraço e espero que não pense que eu esteja tentando afastá-la. Foi bom sentir sua proximidade. Alice lembra minha mãe, embora seja pelo menos quinze centímetros mais alta e com cabelo grisalho, ao passo que minha mãe ainda gosta de fingir que seu cabelo castanho não vem de um frasco. — Para ser sincera, foi melhor do que eu esperava.

— Que bom, muito bom — diz Alice, andando à nossa frente e tirando um chaveiro do bolso. Inclina levemente o corpo para colocar a chave na fechadura e, com uma virada rápida, abre a porta.

O quarto é pequeno, mas aconchegante, com um edredom fino cobrindo a cama ladeada por dois criados-mudos estreitos. Também tem uma mesa de madeira e uma cadeira perto da parede, além de um sofazinho junto à janela, repleto de almofadas estampadas em tie-dye colorido e outras com Budas bordados e elefantes usando coroas. Respiro fundo e sinto cheiro de laranja misturado a uma essência de alguma erva que não consigo reconhecer.

— Óleo de melaleuca — Alice revela. — Só fazemos limpeza com óleos naturais aqui, o que significa que não jogamos nada tóxico no ambiente e nossos quartos ficam cheirosos para os hóspedes. — Ela sorri e acena para que a sigamos. — Por aqui, por aqui.

— Este lugar é perfeito — elogio. — Obrigada.

A cama me convida e eu bocejo, tentando esconder a boca com a mão.

— Que cansaço! — Alice comenta. — Vou preparar um pratinho para ninguém dormir de barriga vazia, que tal?

— Perfeito — Gabe responde.

Eu faço que sim com a cabeça.

— Volto em um instante.

— Ela é incrível — Gabe elogia depois que Alice sai e fecha a porta. Murmuro que concordo com ele. — Alguma coisa nela me lembra a sua mãe.

— Também pensei isso!

— Está com saudade de casa? — Gabe quer saber.

— Não exatamente — respondo, mas sem dar detalhes.

Ao mesmo tempo sinto saudade e detesto a ideia de estar lá, presa em um apartamento repleto de lembranças que sou incapaz de enfrentar. Como o chocalho de prata para bebê dado pelos pais de Gabe, que encontrei enquanto fazia as malas, enfiado no fundo do meu armário de roupas de cama, ainda na caixa.

Solto a mochila na cadeira e ando pelo quarto, passando a cabeça pela porta do banheiro.

— Ah, meu Deus! — exclamo, já dando um passo para trás.

— O que foi? Uma barata?

Parece que os insetos ficam maiores quanto mais a norte você está na Tailândia, e baratas gigantes são tão comuns aqui quanto as mariposas que invadem nosso apartamento em Chicago a cada primavera.

— Tem um banheiro de verdade aqui — digo, rindo. — Tipo, com descarga de verdade! — Nunca na vida me senti tão feliz ao me deparar com uma privada. — O Simon estava certo. Estou amando este lugar.

Depois de usar o requintado toalete, vou me sentar perto da janela. Puxo as delicadas cortinas de tecido para o lado e observo a escuridão do outro lado do vidro.

— No que você está pensando? — Gabe quer saber.

— No que existe lá fora — respondo, mantendo os olhos na paisagem escura.

— Aventura! Alegria! Elefantes pintores! — O entusiasmo de Gabe o faz parecer um narrador de esportes ou o apresentador de um circo.

Abro um sorriso e deixo a cortina cair outra vez sobre a janela.

— Sempre os tais elefantes pintores — respondo. — É melhor valer muito a pena.

— Vai valer — Gabe murmura. — Eu garanto. Tudo vai valer a pena.

Estou realmente contando com isso. Eu me deito na cama e coloco as mãos atrás da cabeça, suspirando enquanto meu corpo relaxa no edredom. Gabe se ajeita ao meu lado e a sensação familiar de seu corpo junto ao meu me ajuda a relaxar mais.

Embora não diga em voz alta, acho que estou começando a me sentir eu mesma outra vez.

24

Começa do jeito mais lindo e mágico. Gabe, deslizando as mãos e os lábios quentes por todo o meu corpo nu. Tremo ao sentir seu toque, meu corpo salta em atenção ao se dar conta do que está por vir. Já faz muito tempo... muito tempo... e não quero nada mais que sentir sua boca me consumindo e nós dois nos tornando um outra vez.

Então, conforme o sonho segue, o cenário muda e eu me pego parada diante do espelho do nosso closet em Chicago, usando um roupão de banho branco impecável, as mãos dele em volta do meu ventre crescente. Seus olhos se fecham e sua respiração chega quente em meu pescoço. Gabe sorri. Sorrio em resposta, embora de alguma forma eu saiba que ele não consegue me ver. Olho para minha barriguinha saliente por baixo do tecido macio do roupão, a beleza que ela significa. E de repente sou tomada por uma tristeza inexplicável e meu sorriso derrete. Começo a chorar. É terrível e não quero me olhar no espelho, mas me olho mesmo assim.

Gabe não se mexe. Fica como está, com as mãos em volta do meu corpo, liberando a respiração lenta e cálida em meu pescoço enquanto eu tremo. Assim ficamos por algum tempo, ele parado e eu chorando em seus braços. É como se estivéssemos vivendo duas experiências distintas.

Um instante mais tarde, o roupão desliza e meu corpo nu aparece completamente exposto no espelho. As mãos de Gabe caíram nas laterais do corpo em algum momento, e agora percebo que tem alguma coisa muito errada. Minha barriga está reta, com linhas vermelhas furiosas logo acima do osso púbico. A incisão é recente, logo percebo. Os grampos cirúrgicos brilham à luz. Horrorizada, vejo-os começando a se soltar, um de cada vez, atingindo o espelho com força e deixando pequenas marcas de sangue na superfície. *Pop. Pop.* Os olhos de Gabe permanecem fechados, sua respiração regular, o estranho meio-sorriso ainda em seu rosto. *Pop, pop, pop,* todos os grampos se soltam.

O sangue começa a escorrer da incisão. Estou de abdome aberto, respingando no assoalho, e meu roupão, agora não mais branco, continua aos meus pés.

Em algum momento durante o caos, Gabe desaparece.

Abro a boca para gritar, mas nenhum som me escapa.

~

— Você não está com a aparência boa — Gabe comenta. — O que aconteceu?

Estamos acordados há algum tempo, mas continuo me sentindo desligada. Trêmula, irrequieta. Como uma corda de violão puxada demais, a um toque de estourar. Quando me olho no espelho do banheiro, vejo o que ele está vendo. Rosto pálido, com manchas acinzentadas sob os olhos levemente inchados, mais vermelhos que castanhos. Lábios secos e rachados unidos em uma linha reta.

— Só estou cansada. — Belisco as bochechas, criando círculos vermelhos que desaparecem logo em seguida.

— Não precisamos ir ver os elefantes hoje, Teg — Gabe diz, franzindo o cenho. — Você pode ficar descansando.

— Eu dormi muito mal, foi só isso.

— Você se virou de um lado para o outro a noite inteira. Pesadelos?

— Não. — *Sim.* — Nada disso.

Ele fica em silêncio antes de perguntar:

— Quer conversar?

Droga, Gabe me conhece bem demais. Para começo de conversa, nunca fui boa em mentir, mas ele sempre sabe quando não estou sendo sincera.

— Na verdade, não.

— Pode ser que ajude — insiste. — Talvez eu possa ser o guardião dos seus sonhos, espalhando sonhos bons...

— Gabe, para. — A frustração me escapa pelos poros. Como posso explicar que todo esse acesso de raiva é culpa de um sonho ruim? Não é racional. Além do mais, já percebi que não estou tão bem quanto queria, quanto fico dizendo que estou. Meu ataque de nervos parece estar a um pesadelo de distância. — Não quero conversar sobre isso, tudo bem? Não foi nada. Foi só um sonho ridículo. Esqueça.

— Tudo bem. — Ele está irritado, mas se esforça para manter o controle. — Só estou tentando ajudar.

— Não quero falar sobre isso agora — digo, baixando a voz. Tentando mudar o tom. Fecho os olhos e os esfrego com força o bastante para ver estrelas por alguns momentos depois de voltar a abri-los. — Preciso de alguns minutos para me arrumar, está bem?

Começo a fuçar o meu nécessaire, procurando um frasco.

Embora eu não olhe para Gabe, sei que está triste com minha recusa nada sutil.

— Tudo bem — diz. — Eu só vou... Volto daqui a pouco.

Agora sozinha, abro o frasco de remédio prescrito e puxo um comprimido pequeno.

"Vou prescrever um ansiolítico, Lorazepam com o antidepressivo", explicou o dr. Rakesh em nossa última consulta, quando contei sobre a viagem. "É para a ansiedade e funciona rápido. Mas siga as instruções de dosagem e não consuma bebida alcoólica nem dirija quando tomar. É uma solução de curto prazo, mas muitos pacientes dizem que ajuda quando estão se sentindo ansiosos".

A pílula minúscula se desintegra debaixo da língua, deixando um gosto de giz na boca. O dr. Rakesh falou que demoraria mais ou menos vinte minutos para começar a fazer efeito e que, embora eu continuasse acordada, me sentiria mais calma.

A água sai quente do chuveiro e logo o vapor satura o pequeno banheiro. Normalmente, quando tomo banho, tento ser o mais rápida possível. Não gosto de ficar nua, porque é o único momento em que não consigo esconder minhas cicatrizes. E olhar para elas ou passar as mãos ensaboadas sobre as marcas sempre me deprime. Para começar, porque me lembram do que perdi no acidente, e eu tento não pensar nisso. Mas é a permanência do que elas significam que me assombra, que me faz sentir um fracasso.

Não posso mais fazer a única coisa para a qual meu corpo foi criado. E, mesmo que eu diga a qualquer uma na minha condição que simplesmente não é verdade, essa situação me faz sentir menos mulher.

Então eu tento evitar minhas cicatrizes.

Desligo o chuveiro apenas cinco minutos depois. Pego uma toalha e cubro o corpo enquanto me pergunto quando Gabe vai voltar.

25

Não sei se é o Lorazepam ou o banho quente, mas, quando chegamos ao Campo de Elefantes Maesa, estou me sentindo melhor.

Aliás, qualquer um que me observe — gritando enquanto tento permanecer no cesto *howdah* nas costas de uma elefanta e rindo alegremente toda vez que ela pega uma banana da minha mão — imagina que sou uma garota de vinte e poucos anos sem preocupações, em férias românticas, e que meu maior problema é encontrar um trabalho quando voltar ao mundo real.

— O que foi que eu disse para você? — Gabe arrisca atrás de mim.

Grito outra vez e tento me ajeitar para evitar deslizar pela enorme cabeça da elefanta, que se abaixa para pegar grama. Minhas mãos agarram sua pele espessa, com textura de couro e coberta por pelos longos e elétricos.

— Isto é incrível! — exclamo, acariciando a cabeça dela. — Boa menina, Mali. Quer um pouco de cana-de-açúcar?

Como se me entendesse, ela ergue a tromba e a segura no ar como a mangueira de um aspirador de pó antes de curvá-la em volta de um pedaço de cana que lhe entrego. Desenrola a tromba e leva o pedaço à boca, mastigando enquanto segue caminho.

Bin, o *mahout* de Mali, como os tailandeses chamam os cuidadores de elefantes, ergue o polegar e abre um sorriso dentuço enquanto a leva pelo riacho, que atinge a altura dos joelhos. Paramos no meio do rio e Mali joga água por todo o seu corpo. O que significa que também ficamos ensopados no processo. Grito e seco os olhos, rindo o tempo todo com Gabe.

Depois de uma hora, a viagem chega ao fim e faço um pouco mais de carinho na pele seca e empoeirada de Mali enquanto desço do *howdah*. Só consigo alcançar a área abaixo de sua orelha. Ela é alta, mas baixa a cabeça e esfrega a tromba em minha mão.

— Obrigada pelo passeio, Mali.

Uso as duas mãos para acariciar sua tromba.

— Ela é linda, não é? — Gabe comenta. — Esses olhos... É como se ela enxergasse nosso interior, entende?

Mali pisca como se estivesse respondendo. Seus cílios são longos e marcados.

— Obrigada, Bin — agradeço. — Foi um dos melhores passeios de elefante que já fiz. Para dizer a verdade, foi o único passeio de elefante que fiz na vida, mas tenho certeza de que vai ser para sempre o melhor.

— De nada! Ela gostou de você — Bin comenta, erguendo outra vez o polegar. — Que tal assistir ao show?

— Não perderíamos por nada — Gabe responde.

— Não vejo a hora. — Sorrio para Bin e acaricio um pouco mais a tromba de Mali.

— Legal, legal. — Ele acompanha Mali em um círculo para virá-la, de modo que agora possa unir-se ao grupo de elefantes prontos para o show. — Começa em dez minutos, está bem?

— Ah, nossa, Gabe — digo, respirando fundo. O ar cheira a vegetação e fezes de elefante. — Este lugar é magnífico!

— Eu não queria dizer que avisei, mas...

— Tudo bem, está valendo. — Fecho os olhos e respiro fundo novamente. — Você estava certo, outra vez.

— Eu sei — Gabe diz, com a quantidade certa de arrogância. — Melhor a gente ir procurar nossos lugares.

Olho para a enorme arena de terra a mais ou menos cinco metros de nós. Os bancos de madeira rústica em formato de círculo rapidamente vão sendo tomados por outros turistas. Gabe começa a andar na direção de onde acontecerá o show, mas eu não o sigo.

— Gabe, espere.

— O que foi?

Ele se vira para mim e arqueia uma sobrancelha, o que lhe dá um aspecto um bocado cômico, me fazendo rir.

— Obrigada.

Ele fica em silêncio, a sobrancelha voltando ao normal e os olhos se iluminando. São do mais lindo tom de azul. Como um céu perfeito, sem nuvens.

— De nada. Está pronta? — pergunta, estendendo a mão.

Eu a seguro.

— Pronta.

Os elefantes desfilam e pintam, segurando os pincéis na tromba e afundando-os em baldes de tintas coloridas segurados por seus *mahouts*. O público vibra conforme as telas vão se tornando obras de arte com flores, árvores e paisagens tailandesas.

— Eu quero aquele ali — Gabe sussurra, e eu sei exatamente de qual está falando.

É um autorretrato criado por um elefante chamado Phaya. Parece uma peça de arte moderna, com muito espaço em branco ao redor das linhas vermelhas profundas que contornam o perfil do elefante. Está apenas parcialmente colorido com tinta vermelha, o que parece quase ser uma escolha artística, e não uma decisão tomada por limitação de tempo. Quando a pintura está seca e enrolada em um tubo de papelão, é hora de ir embora e voltar à pousada.

Eu me ajeito outra vez no banco grudento de vinil do táxi, me lembrando da sensação de andar nas costas de Mali.

— Nunca vou esquecer o dia de hoje — comento.

O motorista olha o retrovisor, talvez se perguntando se estou tentando atrair sua atenção. Ainda bem que logo em seguida volta a se concentrar na estrada.

— Eu também não. — Gabe soa tão feliz que quase me faz chorar. — O que nós vamos fazer com a anotação? Do pote? — pergunta. — Sinto que devemos queimá-la ou algo assim, para oficializar nossas realizações. Nossa primeiríssima meta, cumprida.

Eu me viro para olhar pela janela entreaberta, observando a estranha e bela paisagem tailandesa passando por nós. O barulho do trânsito e os assobios do vento preenchem o ar saturado por uma cornucópia de cheiros — tudo, desde escapamento até jasmim e asfalto quente.

— Tomei um comprimido de Lorazepam hoje — revelo com uma voz suave antes de acrescentar: — Desculpe.

Não sei por que exatamente estou me desculpando.

Gabe fica em silêncio um minuto antes de responder:

— Tudo bem. Você não tem nada com que se preocupar.

— Eu sei.

Eu me sinto quase compelida a me desculpar outra vez, agora por ter me desculpado antes.

— Sabe, um dia você vai passar pela pintura do elefante na parede e sorrir. Vai abrir um sorrisão bobo — afirma. — Não vai pensar em todas as coisas terríveis que aconteceram antes da pintura. Vai se lembrar deste dia incrível, quando assistiu a um elefante pintar a si mesmo sob o sol da Tailândia.

Começo a chorar, mas minhas lágrimas secam rapidamente com a brisa, deixando marcas suaves em meu rosto impregnado de poeira.

— Se é disso que você precisa para aproveitar esses momentos, Tegan, então simplesmente tome os malditos remédios. Tome todos os dias se for preciso, está bem?

— Certo.

O táxi diminui a velocidade e estaciona na frente da pousada. Vejo Alice saindo apressada pela porta principal, com uma expressão no rosto que faz meu estômago revirar.

26

— Tegan, meu amor, eu estou bem, muito bem — diz meu pai, com a voz grave.

Ele limpa a garganta algumas vezes. Algo bipa incessantemente ao fundo e eu ouço a voz da minha mãe por perto.

— Richard, quando terminar, quero falar com ela.

— Você não está bem! — Passo a mão trêmula na testa. — Você teve um ataque cardíaco, pai.

Estou em um telefone antigo no escritório de Alice, basicamente uma área aberta com vista para o fundo da pousada. Tem um telhado de sapê, um computador antigo que toma a maior parte do tampo da mesa simples de teca, duas cadeiras de madeira e um pequeno armário. Há duas imagens emolduradas na parede atrás da mesa: uma foto de Alice com três meninas loiras, que suponho serem suas netas, e uma pintura gigante feita por um elefante de Maesa, retratando uma seringueira.

Transfiro o fone pesado para a outra orelha, minhas mãos pegajosas com o suor produzido pela ansiedade. Não consigo acreditar em como fui idiota ao deixar meu celular para trás hoje, descuidadamente jogado sobre as cobertas na cama, antes de sair por aquela porta. Penso no que poderia ter acontecido e aperto os lábios para evitar os soluços que tentam me escapar. Preciso ser forte. É a minha vez de ser forte.

— Um ataque cardíaco leve — meu pai insiste. — Só vou ficar no hospital por um ou dois dias, depois vou para casa e a sua mãe vai cuidar bem de mim.

— Você ligou para o pai do Gabe?

— Sim, sim, ele tem passado por aqui. Não se preocupe, Tegan. Todos estão cuidando muito bem de mim.

— Vou embarcar amanhã mesmo em um voo para casa — anuncio, com a boca tensa.

— Você não vai fazer nada. Nem pense em voltar para casa por causa disso.

— Ah, quer saber, pai? Essa não é uma decisão sua, está bem? — Já começo a me alterar, a voz aguda e fraca, os lábios tremendo.

Aguente firme, Tegan.

— Janet, diga à nossa filha que eu estou bem, por favor? Ela está tentando me dizer que vai voltar.

Ouço um farfalhar e a voz de minha mãe abafada por alguma coisa. Em seguida, ela está ao telefone.

— O seu pai está bem, Tegan. Não queremos que você volte para casa.

— Você parece cansada, mãe. Você está bem?

Olho para o relógio. São 6h07 da tarde, o que significa que são seis da manhã em Chicago.

— Foi uma noite longa, mas, sim, eu estou bem. E o seu pai também. Os médicos disseram que ele teve muita sorte. O infarto foi leve e não houve danos no coração. — Minha mãe deixa escapar um longo suspiro que reconheço ser aquele que indica estresse. Eu o ouvi muitas vezes nos últimos seis meses. — Seus irmãos estão aqui, os dois.

— Posso falar com o Connor? — pergunto, agora chorando, mas tentando evitar que ela perceba.

Não quero que minha mãe se preocupe com ninguém além de meu pai, e sei que Connor vai me dizer de forma bastante direta se preciso voltar.

— O Jason e ele acabaram de sair para tomar café da manhã, mas eu falo que você mandou um oi — anuncia minha mãe. — Você está tomando os remédios?

Fecho os olhos.

— Sim, mãe, estou tomando os remédios — respondo. — Por favor, não se preocupe comigo. Eu estou bem. Agora o foco tem que ser o papai. Realmente acho que devo voltar para casa.

— Fique onde está, meu amor. Eu prometo que ligo se alguma coisa mudar. Não tem nada que você possa fazer aqui, mas agradeço a oferta de voltar — diz. — Agora me diga: que aventuras você viveu hoje? A Tailândia é um país que o seu pai e eu sempre quisemos visitar.

Sei que eles não querem que eu volte para casa porque estão com medo. Essa viagem era para ser um catalisador para eles terem de volta sua antiga Tegan, aquela que adora a vida e tem o dom de sempre enxergar o lado positivo das coisas. *Essa viagem vai curá-la*, provavelmente sussurravam um para o outro à noite, antes de dormir.

Gabe fica sentado em silêncio comigo enquanto conto alguns detalhes do show dos elefantes, tentando transmitir energia na voz. Faço um esforço razoável e minha mãe soa menos estressada quando desligamos o telefone, dez minutos depois.

Desligo, mas não me mexo. Fico olhando para a área além do escritório. Os arbustos e árvores começam a perder sua cor vibrante porque o sol está se despedindo. Logo estará escuro outra vez.

— O que você quer fazer? — Gabe indaga.

Quero ir para casa. Quero ter certeza de que meu pai está mesmo bem. Quero ver a Anna. Quero voltar o tempo em três horas para me sentir feliz outra vez.

— Não tenho a menor ideia — respondo. — Eles disseram que não querem que eu volte.

Parte de mim fica chateada porque minha mãe foi tão rápida em declinar minha oferta, o que é ridículo, afinal eu sei que qualquer um deles trocaria de lugar comigo em um segundo.

— O seu pai é forte — Gabe afirma. — Você sabe que puxou essa característica dele.

— É justamente isso que me preocupa. Se depender dele, vai voltar a trabalhar assim que tiver alta.

Meu pai é sócio de um pequeno escritório de contabilidade e ama o trabalho mais do que acredito ser normal para alguém em atividade há tantos anos.

— A sua mãe não vai deixá-lo sair de casa — Gabe afirma. — Porque ela é ainda mais durona que o seu pai.

Ele está certo. Imagino minha mãe algemando meu pai à mesinha da sala e trancando as portas com uma barra se ela sequer imaginar que ele vai tentar fazer qualquer coisa além de repousar.

— Ainda está com vontade de sair? Podemos ficar aqui se quiser.

A feira de Chiang Mai está na agenda para esta noite. Não sei se estou animada para isso, mas ficar aqui também não é muito estimulante. É silencioso demais. O que significa que vou ter tempo demais para pensar.

— Na verdade, não estou animada, mas vamos mesmo assim. Só quero avisar a Alice que está tudo bem e em seguida vou tomar um banho.

Gabe sorri e eu fecho os olhos, segurando com força o pingente em volta do meu pescoço.

— Você acha mesmo que ele está bem? — pergunto, os lábios trêmulos enquanto penso nas possibilidades.

— Acho que sim — Gabe responde. — Agora vamos cuidar para que você também fique.

27

A feira noturna de Chiang Mai é exatamente como Vera e Bruce descreveram: lotada, frenética e elétrica. O ar vibra com a energia agitada dos vendedores fechando negócios e dos compradores indo de uma banca a outra. Os aromas, alguns deliciosos e agora familiares, outros menos, mesclam-se em barracas que parecem ter sido erguidas naquela tarde, com madeira cheia de farpas e tecidos surrados.

A feira se estende por toda a Chang Khlan Road. Os vendedores ao ar livre praticamente se empilham uns sobres os outros, e as lojas com aspecto mais tradicional se espalham pelo interior de uma construção rebaixada. Parece que você consegue comprar aqui toda e qualquer coisa, desde camisetas, relógios e bolsas de imitação de grife com preços acessíveis até estátuas de Buda, bijuterias e tecidos lindamente bordados, além de comida barata para encher a barriga de quem está com o orçamento limitado.

Há mochileiros por todos os cantos, misturando-se aos habitantes da cidade como água e óleo. Os tailandeses vão de loja em loja, frequentemente com a família, com os filhos novos em carrinhos ou nas costas. Compram legumes e frutas, carnes, peixes e ovos, que provavelmente passaram o dia expostos ao sol quente, como é costume aqui. Os viajantes, por sua vez, tomam goles de suas garrafas de cerveja e casualmente fazem compras em bancas que vendem sarongues de batique e estátuas de elefantes feitas de madeira. Também frequentam as barracas de "fast-food", que servem macarrão em caixinhas de papelão e palitinhos de carnes misteriosas excessivamente cozidas. Há um grupo de homens e mulheres particularmente barulhentos em uma banca, desafiando uns aos outros a comerem gafanhotos assados com sal e larvas de bambu fritas, consideradas uma iguaria.

— Quer beber alguma coisa? — Gabe pergunta.

Eu quero. Em Chiang Mai, o ar da noite é consideravelmente mais fresco, mas uma bebida gelada ainda parece boa pedida. Eu me sinto mais relaxada, embora ainda estressada com a história do meu pai. Minha mãe prometeu ligar se houvesse alguma novidade, e eu olho a tela do meu celular a cada poucos minutos, só para ter certeza de que está funcionando, apesar do serviço móvel imprevisível.

Tomando um gole da minha cerveja Singha, entro em uma das lojas. Ali dentro há manequins e pratos laqueados, além de fileiras de tecidos dependurados como roupas recém-lavadas em um varal, de um canto a outro do teto da loja. É o tipo de lugar onde eu poderia passar uma hora, e no qual Gabe se sente pronto para dar o fora em menos de um minuto.

Toco os tecidos e ando sozinha pelo estabelecimento. Como esperado, Gabe desapareceu na seção de roupas masculinas da loja ao lado. Os tecidos sedosos acariciam meus ombros conforme ando pelo estabelecimento. Um sarongue atrai minha atenção, e eu paro para admirar a estampa. Tem pequenas flores azul-claras com o centro preto feito a noite, além de videiras brancas e folhas verde-claras se entrelaçando entre uma flor e a próxima. Imediatamente penso em Anna e sei que vai ser o presente perfeito para ela. Azul é sua cor favorita.

— Tem bons preços de batique aqui — anuncia uma voz. — Assim como os itens laqueados. Mas não compre a seda tailandesa. É falsa. Se estiver atrás de sedas de qualidade, três portas à direita.

Um jovem tailandês, talvez com pouco mais de vinte anos, está parado ao meu lado.

— Você trabalha aqui? — pergunto, mas imagino que não, já que está sugerindo que eu gaste meus bahts em outro lugar. E também não tem nenhum sotaque.

— Não — diz, rindo. — Sou de Baltimore.

— Ah, desculpa. Eu pensei que... — Desconfortável por fazer suposições, tropeço nas palavras.

— Eu sou tailandês, então não se preocupe — ele explica, com um sorriso enorme se espalhando no rosto. — Mas nasci e fui criado nos Estados Unidos. — Estende a mão. — Meu nome é Pete.

— Tegan. — Aperto sua mão. — Sou de Chicago.

— Então, Tegan de Chicago, o que a traz a Chiang Mai?

A esta altura, eu devia ter uma boa resposta para essa pergunta. Porém me sinto nervosa de repente e as palavras se prendem em minha garganta. Pete parece notar meu desconforto e logo muda de assunto.

— Bom, vou encontrar um grupo de amigos no Red Lion, na saída da feira...

— Red Lion? — ecoo, me lembrando do e-mail de Jason. — Já ouvi falar desse lugar. Meu irmão disse que era parada obrigatória.

— Então o seu irmão já deve ter vindo a Chiang Mai. É mesmo um bar incrível.

— Na verdade não, mas ele gosta de saber quais são os melhores bares em todos os destinos turísticos — conto, sorridente.

— Você é muito bem-vinda se quiser nos acompanhar. — Não respondo imediatamente, o que faz Pete encostar a mão no meu braço, mas de um jeito reconfortante, e não preocupante. — Eu garanto que sou um cara legal.

— Ah, não é isso. É que eu sou casada.

Ergo a mão esquerda e a aliança de ouro e diamante brilha ao refletir a luz.

— Legal — ele diz, atrapalhado. — Então ele está aqui com você?

Pete olha em volta.

— Tecido não é a praia dele — respondo, dando de ombros.

Ele ri.

— Normal. Mas o convite continua em pé. Por que você não procura o...?

— Gabe.

— Gabe — Pete repete. — Aí vocês dois podem ir com a gente.

— Obrigada, Pete. — Mas sei muito bem que não vai acontecer. Não estou no clima para ir a um bar com um bando de desconhecidos hoje, independentemente de quão amigáveis possam ser. — Vou ver se ele está a fim.

— Foi um prazer te conhecer, Tegan — diz, já saindo da loja. — E não esqueça, Red Lion. Espero te encontrar mais tarde por lá.

— Certo — respondo. — Obrigada, e foi um prazer também.

— Quem era? — Gabe quer saber quando entra na loja, justamente enquanto Pete vai embora, obviamente tendo ouvido o final da conversa.

— Pete de Baltimore. — Puxo o sarongue azul até cair da arara. — Vou comprar esta peça para a Anna, depois queria comer alguma coisa.

— Boa ideia. Do que está a fim?

— Pensei em pad thai com um acompanhamento de gafanhotos. Pode ser boa pedida — brinco, indo mais para o fundo da loja para pagar o sarongue.

Pego também dois conjuntos de tigelas laqueadas para nossos pais, uma com flores brilhantes pintadas em um fundo preto e a outra coberta com círculos dourados e pretos. Levo tudo ao balcão, bem no fundo do estabelecimento. Depois de pagar o valor que o dono da loja pede, minhas compras são embrulhadas com papel e entregues em sacolas plásticas.

— Você poderia ter negociado, sabia? — Gabe explica. — Acho que eles esperam que as pessoas pechinchem aqui.

Aguardo até sair da loja para dizer:

— Mas já custou superbarato. Por que tentar pechinchar quando você tem condições de pagar o que estão pedindo?

Imagino que o dono da loja precise mais daquele dinheiro do que eu, embora talvez essa seja uma generalização grosseira da minha parte. Pode ser que ele ganhe um bom dinheiro com seu estabelecimento, mesmo com todos os turistas já experientes tentando economizar algum valor.

— Diga o que quiser — Gabe continua, agora com um tom mais leve. — Mas acho que, em grande parte, isso é porque você gosta de seguir regras.

— Não é verdade — retruco, ziguezagueando entre as ondas de pessoas que passam por nós. — Eu já quebrei muitas regras. Muitas.

— Cite uma.

— Bem... — Penso com afinco.

— Está vendo? Como eu disse — Gabe provoca. — A grande seguidora de regras.

— Eu apontei meus pés para aquela estátua em Bangkok! — lembro. — Sem dúvida quebrei uma regra ali.

— Ha! — Gabe exclama. — É verdade, mas você não planejava fazer aquilo, então não conta.

Ligeiramente irritada, franzo o cenho. Quem se importa se não sou tão aventureira assim, nem disposta a quebrar uma ou duas regras?

— Tudo bem. Então me desafie a fazer alguma coisa.

— Não, não, não — Gabe diz, negando com a cabeça. — Não. Não vou cair nessa.

— Sério, me desafie. Nesses últimos dias, ando disposta a experimentar coisas novas, caso não tenha percebido.

Gabe fica em silêncio por um instante e eu espero nervosamente para descobrir o que está por vir.

— Está bem — concorda. — Eu te desafio a comer um daqueles gafanhotos.

Engulo em seco, tentando forçar para baixo o vômito que já começa a subir. Um gafanhoto? Isso não é aventura, é simplesmente insanidade.

Gabe ri da expressão em meu rosto.

— Não precisa, Teg. Só estou provocando.

Sem dizer mais nada, saio andando em direção ao vendedor de insetos e peço uma combinação de vários — dois gafanhotos assados em uma cama de vermes de bambu fritos, com cebola verde frita por cima. Tenho certeza de que isso não vai terminar bem, mas me recuso a parar agora.

O grupo de mochileiros já foi embora, mas em seu lugar estão dois casais, que de repente se transformam em minha torcida.

— Coma! Coma! Coma! Coma! — gritam, erguendo os pulsos.

Estremeço enquanto pego um gafanhoto pela pata, e uma larva de bambu de cinco centímetros vem presa na asa.

— Perfeito! — Gabe exclama. — Dois de uma vez.

Sei que ele acha que não vou conseguir.

Mas, enquanto olho para o inseto assado, coberto por uma camada marrom, penso exatamente em como proceder. Se eu tentar mastigar ou morder nacos pequenos, é muito provável que vomite antes mesmo de engolir um pedacinho.

Então enfio o inseto inteiro na boca, encarando a situação como se estivesse puxando um band-aid. Fecho os olhos e mastigo furiosamente, tentando ignorar a pata do gafanhoto que se prende em meus dentes frontais. Porém fico surpresa com o sabor. Como jamais comi um inseto na vida, não tinha ideia do que esperar. Minha boca fica cheia de pedacinhos crocantes e salgados, não muito diferentes dos pedaços de frango que frito em óleo aromatizado com cebola. Se você não pensar que está com um gafanhoto inteiro na boca, devo admitir que não é tão ruim assim.

— E aí? — Gabe pergunta perto da minha orelha para que eu o ouça em meio ao grupo de torcedores, que agora são em número maior.

Engulo algumas vezes e vou logo pegando a garrafa de água que o comerciante me oferece rindo. Encho a boca de água morna e bochecho os últimos pedaços de gafanhoto.

— Tem gosto de frango — conto, sorrindo.

Todos gritam, berram e riem, e eu caio na risada com eles, tomando mais alguns goles de água. No fim das contas, o sabor residual do gafanhoto não é tão bom assim. Depois que Gabe se recusa a me acompanhar e diz "De jeito nenhum, você enlouqueceu?", entrego o prato de vermes de bambu a um dos rapazes no grupo, que acaba de aceitar um desafio de seus amigos, e lhe desejo sorte.

Talvez essa tenha sido a coisa mais louca e espontânea que já fiz, e mal posso esperar para contar a Jason, pois sei que ele vai se divertir com essa história.

— Foi mais do que incrível — Gabe elogia, com um sorriso enorme ainda no rosto. — Você é a minha heroína.

— Obrigada. — Termino de beber a água e jogo a garrafa em uma lixeira ali perto. — Não consigo acreditar no que fiz.

— Eu também não! — ele exclama. — Só para deixar registrado, eu jamais comeria uma pata daquele gafanhoto. Nem se você me desafiasse. Jamais.

— Eu bem que imaginei — respondo, com um sorriso enorme. — Acho que desta vez eu venci, não é?

— O maior prêmio vai para você, meu amor. O primeiro lugar.

Fecho os olhos quando nos beijamos, no meio da feira noturna de Chiang Mai. Um beijo leve. Intenso. Como costumava ser antes de dormir, em nosso quarto escuro, quando eu encontrava seus lábios com meu toque se não houvesse luz para ver seu rosto.

Depois, enquanto vamos de uma barraca a outra pegando mais bugigangas para levar para casa, passo os dedos nos lábios, ainda sentindo a boca de Gabe na minha.

28

— Ai, meu Deus... — gemo, abraçando minha barriga, me sentindo virar do avesso. — O gafanhoto... Eu não devia ter comido o gafanhoto.

Gabe faz uma careta.

— Amor, não acho que foi o gafanhoto. Posso apostar que foi a garrafa de água que provocou isso.

Gemo em resposta enquanto outra onda de cólica repuxa meu intestino. Tudo dói. Eu me sinto febril e tonta. E enjoada. Muito, muito enjoada.

— Vou vomitar outra vez — sussurro, me arrastando para fora da cama e por pouco conseguindo chegar ao banheiro.

Se existe sorte no mundo, o que estou vivendo é um sinal dela, afinal tenho um vaso sanitário de verdade para vomitar. Não consigo imaginar me sentir tão mal assim e ter de me deparar com apenas um buraco no chão. Esse pensamento me faz enjoar mais, e digo continuamente a mim mesma que logo vou estar bem. Gabe sussurra palavras de apoio e eu tento me concentrar em sua voz.

— Você acha que devemos acordar a Alice? — ele pergunta, sua voz entregando a preocupação, quando volto à cama. Eu tremo descontroladamente, segurando o edredom fino e puxando-o até o queixo. — Pode ser que você precise de um médico.

— Não preciso de médico — gemo, os dentes batendo. — É só uma intoxicação alimentar. Ou provocada pela água, imagino. Além do mais, são... — Olho para o relógio em meu criado-mudo. — São três da manhã. Ela deve estar em sono profundo.

— Ela não vai se importar, Teg. Você está passando mal e eu não sei se posso deixar você enfrentar isso assim. — Sinto sua carícia em minha testa quente e suada, que, combinada com a brisa suave que vem do ventilador de teto, é maravilhosa. — Você está com uma aparência horrível.

— Nossa, muitíssimo obrigada. — Tento rir, mas Gabe não me acompanha. — Eu vou ficar bem. Não acredito que fui tão idiota assim. O Bruce me falou para nunca beber água de uma garrafa que eu mesma não tivesse aberto. Fui uma idiota.

— Por falar em água, acha que consegue beber um pouquinho?

— Duvido que fique no estômago. — Faço careta ao pensar em colocar qualquer coisa em meu estômago agitado. — Mas posso tentar.

Abro a tampa da garrafa de água que Alice deixou no criado-mudo, grata ao ouvir o som do plástico rompendo. Depois de um pequeno gole, coloco-a de volta na superfície e me deito no travesseiro frio.

— O Connor mandou algum remédio para o estômago?

— Ah, com certeza — respondo. — Depois que eu vomitar outra vez, que é agora mesmo, vou dar uma olhada.

Rapidamente empurro o edredom para longe do meu corpo febril e corro para o banheiro.

~

Passo a maior parte da noite correndo para o banheiro e me jogando outra vez na cama e, quando o sol nasce, estou exausta. Sinto como se meu corpo tivesse sido usado como saco de pancadas, fraca e desidratada. Em algum momento da noite, Alice me ouve — possivelmente durante uma das sessões mais violentas e barulhentas, em que tentei vomitar com o estômago há muito tempo vazio — e assume o papel de enfermeira. Sinto gratidão pelas compressas frias que ela coloca na minha testa fervente, pelo refrigerante sem gás — que ela aqueceu no fogão até as bolhas todas saírem, depois deixou esfriar, exatamente como minha mãe fazia quando eu adoecia ainda criança — e por seu toque maternal.

Também tomo os sais de reidratação que Connor colocou em meu nécessaire e, com eles, algumas cápsulas de gengibre oferecidas por Alice Enfim, para meu alívio, paro de vomitar por volta das seis da manhã.

Por sorte, o trem de volta a Bangkok só sai no fim da noite, então tenho um dia todo para me recuperar. Não consigo me imaginar embarcando em um trem agora; as coisas ainda estão delicadamente equilibradas dentro do meu corpo, o estômago pronto para protestar diante do menor sinal de excesso de movimento.

— Deve ter sido a água — supõe Alice, secando minha testa outra vez com uma toalha fria. — Para economizar, alguns comerciantes pegam garrafas usadas e enchem com água da torneira.

— Eu devia ter imaginado.

— Você não estava pensando com clareza, e isso no fundo é culpa minha — Gabe diz. — Fui eu quem te desafiou a comer aquele gafanhoto.

— Aquele maldito gafanhoto — bufo.

— Que gafanhoto? — Alice pergunta, torcendo a toalha na pia do banheiro.

— Ah, você devia ter visto — Gabe continua. — Ela mostrou àquele gafanhoto quem era a chefe ali!

Reviro os olhos.

— Foi na feira noturna — explico, engolindo uma onda de náusea só de pensar na pata do inseto entre os meus dentes. — Eu comi um gafanhoto assado e, de quebra, uma larva de bambu.

Alice ri ao voltar para o quarto.

— Você é corajosa, Tegan. Eu moro aqui há mais de vinte anos e até hoje não provei um gafanhoto. Grilos, sim, mas os gafanhotos têm algo diferente. — Ela estremece. — Quando você tira as patas e as asas, eles ainda...

— Espere, como é que é?! — pergunto, me sentando para pegar o copo de refrigerante que ela trouxe para mim. Tomo um pequeno gole do líquido escuro e doce, que cobre minha língua e garganta. — Eu não tirei as asas. Ninguém me falou que tinha que tirar as asas!

— Digamos que você não tenha dado a ninguém essa oportunidade, não é? — Gabe diz. — Você era uma mulher com uma missão a cumprir.

Alice começa a rir, mas tenta disfarçar tossindo. Gabe a acompanha, também rindo discretamente.

— Era para tirar as asas? E as patas? — Levo a mão ao estômago e faço cara de enjoo. Alice assente e Gabe tenta parar de rir. — Então acho que sou mais fodona ainda, não sou?

— Alguma coisa para comer cairia bem agora? — Alice vai até a porta e apoia a mão na maçaneta. — Vou preparar o meu café da manhã.

Gabe assente e murmura um agradecimento, mas só de pensar em comida já tenho que fechar os olhos e respirar fundo.

— Só um pedaço de torrada, Tegan, o que acha? — Alice pergunta.

Confirmo balançando a cabeça, oferecendo um sorrisinho fraco antes de ela sair e fechar a porta.

— Porra! — gemo enquanto os músculos do meu estômago gritam em consequência da noite de náusea. — Não consigo acreditar que comi asas de gafanhoto quando eu não precisava. E as patas. Vou passar os próximos dias tirando pedacinhos de pata de gafanhoto dos dentes. — Resisto à necessidade de vomitar. — Está bem, tenho que parar de falar sobre gafanhotos.

— Espere só até o Jase ouvir essa história — Gabe diz.

— Apague do relato a parte em que eu vomitei metade do meu peso, pode ser?

— Sim, isso te deixa com menos credibilidade.

— Exato — respondo. — Especialmente porque eu não tinha tanta credibilidade assim, para começo de conversa. — Eu me encosto nos travesseiros, deixando sua maciez envolver minha cabeça dolorida. — Que droga que essa vai ser a minha última lembrança da Tailândia. Gafan... — Paro de falar e levo a mão à boca. Limpo a garganta, sentindo o gosto de bile. — Gafanhoto e uma noite inteira vomitando.

— Bem, ainda temos mais um dia em Bangkok — Gabe lembra. — Contanto que a gente fique bem distante de insetos fritos e garrafas de água e dessa coisa de provar que somos bonzões, você deve se sair bem.

Fecho os olhos, que parecem pesados e cheios de areia.

— Por que não tenta dormir? Vou estar aqui quando você acordar.

— Combinado — respondo e logo estou em sono profundo.

PARTE 3
Itália

29

QUATRO MESES ANTES DO ACIDENTE

Espiei dentro da panela enorme de inox que comprei para a ocasião e franzi o cenho para o molho borbulhando ali dentro.

— Está certo assim? — Peguei a colher de sopa na gaveta. — Para mim, parece que tem algo errado.

— O cheiro está delicioso — Gabe comentou do quarto, onde se despia de suas roupas de corrida.

Afundei a colher e levei um pouco aos lábios, assoprando o molho vermelho de tomate algumas vezes antes de provar.

— Você pode vir experimentar? — gritei para Gabe.

Ele saiu do quarto completamente nu.

Arqueei uma sobrancelha.

— Não podia ter vestido alguma coisa antes? — ironizei, o tom de voz gracejando ao olhar para seu corpo bem definido e suado após a corrida.

Eu adorava especialmente suas pernas — eram torneadas, musculosas, e eu gostava de brincar que ele ficaria melhor que eu mesma em meus sapatos de salto.

— Como quer que eu me concentre em preparar esse prato para os seus pais se você fica me provocando com tudo isso?

Acenei um gesto com a concha no ar, apontando-a para seu corpo. Algumas gotas do molho vermelho respingaram no balcão.

Gabe abriu um sorriso e segurou a colher que lhe entreguei.

— Está pegando fogo — avisei. Ele aproximou o rosto do molho, mantendo o corpo um pouquinho afastado para não deixar cair em sua pele nua, e levou a colher direto para dentro da boca.

— Ah, ah, ah! — Abriu a boca em uma tentativa de esfriar o molho que já queimava sua língua. — Porra, está quente mesmo.

— Eu avisei — falei, rindo. — Então, o que está faltando?

Gabe pegou outra colherada, mas dessa vez assoprou algumas vezes antes de provar.

— Está muito gostoso, Teg. — Lancei um olhar basicamente deixando claro que era melhor que ele estivesse mesmo dizendo a verdade. — É sério, não está faltando nada. A minha mãe vai ficar impressionada. — Imaginei que Gabe estivesse exagerando, mas que bom que disse isso. — Agora vou tomar um banho, está bem?

Assenti e mexi mais uma vez o molho, tentando acalmar meus nervos. Rosa era uma cozinheira de mão cheia; a comida adorava seu toque. Essa era a melhor maneira de explicar. Minha sogra nasceu e foi criada em uma cidadezinha chamada Ravello, na Costa Amalfitana, Itália, e, estivesse ela preparando um banquete italiano tradicional ou ovos poché, tudo o que fazia tinha o sabor do sucesso. Minha mãe, por sua vez, era uma cozinheira decente, mas nunca comemos nada muito elaborado em casa. O jantar costumava ser algum corte de frango ou carne vermelha, com batatas ou arroz como acompanhamento e salada de alface ou cenoura e brócolis no vapor, e a pizza do meu pai nas noites de sexta-feira. Aconchegante e previsível, era assim que eu descreveria a comida com a qual cresci. Já o cardápio da casa de Gabe sempre trazia aparência e sabores exóticos. Por tudo isso, dizer que eu me sentia desconfortável preparando o famoso molho de tomate de Rosa seria um eufemismo.

A receita era simples: tomates italianos bem maduros, cebola, azeite, sal, pimenta e um punhado de folhas de manjericão. Eu não sabia quantas folhas de manjericão cabiam em "um punhado", então tirei dez do maço gigante que comprei no mercado e as segurei para saber se era um bom punhado ou não.

Mas, por algum motivo, apesar da simplicidade da receita e de eu segui--la ao pé da letra, o sabor não era o mesmo. Também ficou um pouquinho mais escuro que o molho de Rosa, e um bocado mais espesso. Suspirei e mexi outra vez. Os Lawson chegariam em uma hora e ainda havia muito a fazer. Incluindo tomar banho e me vestir, concluí ao olhar para minha blusinha e calça de pijama manchados de molho. Pela primeira vez, me perguntei por que simplesmente não escolhi um prato que eu soubesse fazer de olhos fechados. Como frango assado, purê de batata com bacon e cebolinha e o sorvete de pote que minha mãe comprava nas noites de domingo. Para piorar, estávamos passando por uma onda de calor tardia, e, entre os cortes de eletricidade que faziam nosso ar-condicionado desligar e forno e fogão trabalhando na potência máxima, lamentei outra vez minha escolha para o jantar. Eu devia ter escolhido salada de batata fria e frango grelhado.

Inclinei-me para olhar o forno. O bolo de limão-siciliano, uma receita tradicional da Costa Amalfitana e outra das especialidades de Rosa, começava a dourar muito lentamente. Pelo menos se parecia com o dela e liberava uma fragrância deliciosa de limão na cozinha. Ao me dar conta de que faltavam quinze minutos para o bolo ficar pronto, comecei a tirar a regata enquanto seguia o caminho do banheiro. Era uma boa oportunidade de eu me arrumar. Eu usaria o vestido preto acinturado que comprara com Anna na semana anterior porque, mesmo se o molho respingasse em mim, não seria perceptível. Gabe estava saindo do chuveiro e o vapor já começava a se arrastar pelo banheiro.

Tirei a calça do pijama e estava prestes a abrir o sutiã quando senti suas mãos, ainda úmidas e quentes do chuveiro, envolverem minha cintura por trás.

— Humm — Gabe falou, encostando o rosto na minha nuca. Os pelos em meu braço arrepiaram quando seu nariz tocou o ponto sensível atrás da minha orelha. — Quer uma ajudinha?

Ele soltou meu sutiã e me fez dar meia-volta.

— Oi — falei, sentindo toda a sua extensão tocar em mim. — Que legal te encontrar aqui.

Gabe inclinou a cabeça na minha direção e, com doçura, passou a língua em um ponto logo abaixo da minha clavícula. Tremi e inclinei a cabeça levemente para o lado, para facilitar o acesso.

— Tem uma coisinha aqui — Gabe falou, seu hálito quente em minha pele. — Molho de tomate. Uma delícia.

Dei risada.

— Não temos tempo para isso.

Tentei me afastar, mas ele me manteve abraçada bem apertado e sorriu.

— Seus pais... O bolo...

— Espere aí. Tem um pouquinho mais de molho... bem... aqui... — Sua língua desceu um pouco mais. — E aqui...

— Duvido que tenha ido parar molho *aí* — respondi, embora já tivesse desistido de resistir.

Fiquei sem ar enquanto ele descia pela frente do meu corpo até estar de joelhos. Gabe olhou para mim com um sorriso enorme e olhos sensuais.

— Acho que você deveria deixar isso por minha conta — propôs.
E eu deixei. Duas vezes.

―

O jantar foi um sucesso. Rosa generosamente disse que o molho estava com o mesmo sabor do que sua mãe preparava, e o pai de Gabe se serviu duas vezes. O bolo de limão-siciliano foi o destaque da noite, se eu tiver de apontar um, embora não tenha crescido como o esperado.

— Tudo depende da assadeira — Rosa explicou, quando lamentei pelo bolo solado.

Enquanto eu cortava as fatias da sobremesa quentinha e amarelada e as servia, ela derramava calda de limão sobre cada uma. A calda era simples, preparada com limões frescos espremidos, água e açúcar, levada ao fogo até atingir a fragrância e a espessura desejadas. Enquanto regava o bolo, Rosa explicou que era inteligente não usar uma panela antiaderente, que eu tinha usado, e comentou — com desdém, devo acrescentar — que os norte-americanos adoravam seus itens de cozinha antiaderentes.

— E o tempo — prosseguiu, olhando pela janela da sala de estar de nosso apartamento. Gotas de água desciam pelo vidro, dando às luzes da cidade uma aparência distorcida. — Calor é bom, mas a chuva é capaz de fazer até uma bela torta embatumar!

E bateu as mãos, como se estivesse amassando uma aranha.

Depois da sobremesa, preparei espresso na cafeteira italiana que os pais de Gabe nos deram de presente quando nos mudamos para o apartamento e tentei não fazer careta ao engolir a bebida. Sim, eu adorava café, mas do jeito que aqueles que realmente adoram diriam ser praticamente um sacrilégio — com creme e um cubo de açúcar, em um copo para viagem.

Quando os pais de Gabe partiram, fomos cuidar das pilhas de louça que eu havia sujado.

— Não sei como a sua mãe consegue — comentei, olhando para as panelas, os pratos sujos de molho de tomate, as tigelas repletas de conchas de mexilhão e os pratos de sobremesa sujos de calda de limão e migalhas de bolo.

Gabe deu risada e enrolou as mangas de sua camisa lavanda.

— Prática — respondeu. — Ou, como o meu pai diria, ela tem um excelente *sous chef*.

Ele estava tão lindo com aquela camisa, a cor destacava seus olhos, tornando-os quase índigo à luz fraca da sala de estar. Senti uma onda de calor ao lembrar nosso aquecimento antes do jantar e considerei a ideia de deixar a louça de lado até o amanhecer, para terminarmos o que tínhamos começado.

Mas esse momento se desfez quando Gabe passou a mão por cima da pilha de louças para abrir a torneira e derrubou duas tigelas do balcão. Um estrondo depois, o chão da cozinha estava coberto de estilhaços de louça branca, conchas de mexilhão e uma camada oleosa do caldo de funcho no qual os mexilhões cozinharam.

— Merda! — ele praguejou, fechando a torneira e ficando completamente parado para não pisar em nada com seus pés descalços.

— Pelo menos aconteceu depois que os seus pais foram embora — falei, rindo, enquanto pegava a pá e a vassoura no armário do corredor.

Gabe se agachou e pegou os pedaços maiores das tigelas quebradas. Jogou-os no lixo debaixo da pia.

— Que sujeira! — murmurou, começando a recolher as conchas de mexilhão.

— Deixe aí.

Ele lançou um olhar questionador para mim, uma sobrancelha arqueada, os lábios ainda ligeiramente manchados do vinho tinto do jantar.

— Por quê? Eu pego os pedaços maiores e depois nós varremos.

— Essas conchas não vão a lugar nenhum.

Desamarrei o nó na cintura do meu vestido e comecei a soltar os botões no tecido até abrir. Puxei o vestido para fora dos ombros e o chutei para o lado. Os olhos de Gabe desceram do meu rosto para o corpo e outra vez para o rosto, e seu semblante confuso se transformou em outra coisa. Ele sorriu e secou as mãos no pano de prato mais próximo. Em um instante, ele já havia recolhido pedaços de louça e as conchas e estendia a mão para mim.

— Ah, não, não — falei, dando um passo para trás.

E ali fiquei, de sutiã e fio-dental pretos, e ele gemeu:

— Não é justo.

— Acho que o molho sujou a sua roupa.

E apontei para seu peito. Ele olhou para a camisa impecável, depois de volta para mim, com um sorriso malicioso no rosto.

— Pode ser que você esteja certa — respondeu, abrindo os botões. — É melhor eu tirar a camisa.

— Ãhã — murmurei. — Não queremos que ela fique manchada.

Gabe me olhava enquanto tirava a camisa, depois a calça, que caiu em um amontoado aos seus pés.

— Assim está melhor. — Usei os dedos para chamá-lo. — Agora, venha aqui.

Ele saltou para perto de mim, e eu ri. Depois gritei quando meus pés saíram do chão. Gabe me beijou, primeiro suavemente, então com mais intensidade, e começou a andar na direção do quarto.

— O quarto está longe demais — falei, tentando recuperar o fôlego.

Gabe explodiu em risos.

— Sim, esses oito passos vão demorar muito — respondeu mudando de direção, e logo estávamos no sofá da sala de estar. O mesmo sofá no qual estivemos sentados nem uma hora antes, conversando sobre coisas que você conversa com seus futuros sogros: o clima, nossos empregos, as reuniões de família, o casamento iminente.

— Aqui é melhor — falei, rolando para me posicionar em cima dele.

— Concordo. Eu gosto da vista.

Soltei o sutiã e deixei cair no chão.

— Agora — falei, me inclinando para beijar seus lábios, depois o pescoço e o peito, e movimentando a mão até encontrar o que estava procurando. Gabe ficou com a respiração presa na garganta, deixando escapar um gemido que indicava a sua aprovação. — Onde a gente estava mesmo?

~

— Eu adoraria te levar à Itália um dia. A Ravello, onde a minha mãe foi criada.

Tudo estava limpo e nós finalmente fomos para a cama. Era quase meia-noite.

— Eu também adoraria — falei. — Parece um lugar lindo.

— E é mesmo — afirmou, assentindo. — Não tem lugar como Ravello. E a comida... é de morrer.

— Se os dotes culinários da sua mãe servirem como referência, eu acredito.

Ele rolou para o lado e apoiou a cabeça na mão.

— Você fez um trabalho incrível no jantar hoje, Teg. É sério. Eu percebi que a minha mãe ficou impressionada.

— A sua mãe é educada. — Olhei-o de soslaio. — Eu me esforcei, mas sem dúvida não tinha o mesmo sabor dos pratos dela. — E me aconcheguei nele, forçando-o a se deitar de costas. Gabe passou um braço sobre meus ombros e eu encontrei a posição que estava procurando. — Eu adoraria aprender a preparar pratos italianos autênticos. Talvez eu pudesse fazer um curso?

— Minha mãe sem dúvida iria adorar te ensinar.

— Não acho que seja boa ideia — fui logo dizendo. — Não quero que ela saiba que eu sou péssima na cozinha.

— Você não é péssima. — Gabe me cutucou com o ombro, pedindo para se levantar. — Mas eu tenho uma ideia.

— O quê?

— A lista. Vamos incluir na lista.

Ele se levantou da cama e voltou um momento depois com uma caneta e o caderninho que eu deixava na cozinha para anotar a lista de compras.

— Uma aula de culinária autêntica em Ravello, na Itália — falou enquanto escrevia. — Para Tegan — acrescentou.

— Espere, você não vai fazer a aula comigo?

— Não, senhora. Além do mais, a minha mãe já me contou todos os segredos da culinária dela anos atrás.

Fiquei boquiaberta, assenti e sorri.

— Então agora você vai me contar? — Dei um soco leve nele. — Se eu soubesse disso, teria mandado você preparar todos os pratos.

Gabe deu uma piscada.

— Exatamente.

— Olhe, eu adoro a ideia — admiti. — Aprender a cozinhar na Itália é muito melhor que em alguma cozinha sem graça com luz fluorescente aqui da cidade.

Gabe dobrou a folha de papel e a jogou no vaso, que ficava em nossa cômoda. Estava cheio até a metade, e eu me perguntava se teríamos tempo de realizar tudo aquilo.

Como se lesse minha mente, ele olhou para o vaso.

— A boa notícia é que nós temos a vida toda para cumprir essa lista.

— Verdade. Mas não vamos esperar até o nosso cabelo estar grisalho e nós precisarmos de cirurgia no quadril pra fazer essas coisas, está bem?

Gabe puxou a calça do pijama o mais alto que conseguiu, até as costelas, e amarrou o cordão apertado para mantê-la daquele jeito. Curvou os ombros para a frente e veio lentamente na minha direção, como um idoso.

— Você ainda vai me amar quando eu perder a cintura? E os dentes?

Usou os lábios para esconder os dentes e se fingir de banguela e sorriu. Eu explodi em risos.

— Sempre e para sempre. — Eu o puxei para perto pelo nó do cordão da calça. — Mesmo se eu tiver...

— Ai! — falou. — Como alguém consegue usar a calça assim? — Fez uma careta e se afastou, puxando a calça de algodão listrada de azul-marinho e branco até ela alcançar a altura do quadril. — Ah, bem melhor.

— Como eu estava dizendo... — continuei, me erguendo sobre a cama de frente para ele. Levei as mãos ao seu rosto e me abaixei um pouquinho, para que nossos lábios ficassem no mesmo nível. Em seguida, dei alguns selinhos nele. — Mesmo que eu tenha de bater toda a nossa comida no liquidificador depois que você perder os dentes, prometo que vou te amar... — Beijei-o outra vez, agora mantendo nossos lábios unidos por mais tempo. — E te alimentar para sempre.

30

— É maravilhoso — elogio, sem fôlego por causa do esforço.
— Eu sei — Gabe responde. — Um pedacinho do paraíso.

Paraíso. Olho a paisagem repleta de paredes rochosas irregulares, decoradas com fileiras de belos limoeiros e oliveiras, até onde a vista alcança. Toco o pingente em meu pescoço, afastando-o um pouquinho da pele, que grudou com o suor. É difícil acreditar que estamos aqui. Que saí da minha cama em Chicago, onde tentava dormir, tentava esquecer, tentava respirar com a pesada dor que carrego como uma bola de boliche em minha caixa torácica.

O mar, o azul intenso que se estende por todos os lados, sempre pontuado por barcos — alguns pequenos, de pesca, voltando depois do turno da manhã; uma balsa a caminho de Capri; um navio de cruzeiro monstruoso ancorado, esperando os passageiros voltarem do agitado passeio de um dia pelas ruas de paralelepípedo de Amalfi, trazendo louças de cerâmica pintadas a mão ou garrafas de limoncello, ou qualquer outra recordação para provar que aqui estiveram.

A caminhada até as ruínas de Torre dello Ziro, uma fortaleza do final do século XV, é particularmente árdua, com degraus de rocha íngremes e um caminho estreito ziguezagueando o limite do precipício. Porém, quando estou nas ruínas, não tenho medo, apesar da estrutura fina de metal que claramente deve ser uma grade de proteção, mas seria tão eficaz quanto uma corda desgastada para evitar que os turistas caiam. Não temo a morte como antes. Como provavelmente deveria temer.

Enfraquecidas por meses de inatividade, minhas coxas ardem assim que paro de andar. Esfrego-as, inalando profundas lufadas do ar com cheiro do oceano. Olho em volta.

— Não acredito que a sua mãe passou a infância aqui.

Abro os braços e giro em um círculo com movimentos desajeitados, graças às minhas pernas cansadas.

— Cuidado aí — Gabe alerta quando giro outra vez, os músculos relaxando agora que estou novamente em movimento. — Os italianos não são exatamente conhecidos por terem a segurança como prioridade.

Eu o ignoro, permanecendo bem rente à grade e levando as mãos à boca. E grito:

— Eu amo a Itália!

Em seguida, fico parada para ouvir o eco, e rio quando ele é trazido de volta, fraquinho, pela brisa.

A Costa Amalfitana é igualzinha às imagens em nosso guia de viagem. As casas surgem nas colinas como blocos de Lego, caiadas, com telhas de barro cor de ferrugem, formando um contraste com o verde dos limoeiros e oliveiras. As árvores frutíferas, em sua maioria cobertas por redes pretas de proteção, crescem em canteiros que se estendem ao longo das colinas, fileira a fileira, cada uma mais alta que a anterior, como uma escadaria na lateral da montanha. Limões de um amarelo cheio de vida e cachos de azeitonas verdes e pretas se dependuram nos galhos, deixando claro por que esta parte da Itália é famosa por usar muito limão-siciliano e azeitona na culinária. Nuvens baixas pairam sobre o topo da colina à nossa frente, os picos escondidos pela bruma branca que mais parece um merengue.

— É loucura pensar que isso no passado foi um castelo — comento, passando as mãos pelas paredes de pedra áspera enquanto ando pelo que no passado foi a torre de vigia, mas agora é apenas um círculo de pedras de aproximadamente um metro e oitenta de altura. — E que a gente pode chegar tão perto assim, não é? Em Chicago, uma coisa desse tipo estaria atrás de uma parede de acrílico. — Através de um buraco em uma das pedras, observo o mar lá embaixo. — Tem tanta história aqui.

— Na verdade, é impressionante pensar que ainda sobrou alguma coisa — Gabe raciocina. — Não se fazem mais construções assim hoje em dia. Você consegue imaginar alguma parte do nosso prédio ainda em pé daqui a centenas de anos?

— Talvez aquele porão que eles chamam de garagem. — Descanso o queixo na pedra áspera e levo o rosto mais para dentro do buraco. Daqui, quase me sinto flutuando, sem nada além do mar azul e as nuvens finas no céu. Embora eu não queira me afastar, uma onda de vertigem torna isso necessário, para que eu possa me estabilizar.

Eu me sento em uma das pedras que em algum momento caíram da parede e abro a bolsa com o que trouxe para hoje. A brisa acaricia minha nuca suada. Depois de alguns goles de água, prendo o rabo de cavalo mais alto e enfio as pontas do cabelo no elástico.

— Assim está melhor — murmuro, afastando uma mecha de cabelo solto para o lado e a ajeitando atrás da orelha.

Pego o guia de viagem que comprei para esta parte da nossa aventura e facilmente abro na seção de trilhas, graças ao post-it rosa no qual escrevi "Trilhas".

— Você pode tirar a professora de Chicago, mas não pode tirar a professora de dentro dessa garota — Gabe brinca, rindo. — Ou algo assim.

— É, acho que não era bem desse jeito — respondo, mantendo os olhos focados na página. Deslizo o indicador pelo papel, tentando encontrar a parte que contém a história da fortaleza. — Aqui diz que foi construída em 1480 e a rainha que aqui vivia... rainha Giovanna d'Aragona... — Faço uma pausa para ler mais algumas linhas. — Caramba! Ela foi enforcada aqui. — Faço uma careta e olho em volta. — Quer saber onde o enforcamento aconteceu?

Tremo, apesar do calor, tentando imaginar como seria viver em uma época e lugar em que o enforcamento era um risco verdadeiro.

Foco outra vez na página para ler as próximas linhas, mas logo ouço vozes se aproximando. Uma mulher, aparentemente da minha idade, atravessa o gramado alto e vem em nossa direção. Seu cabelo loiro-claro está preso em uma trança francesa bem apertada, e ela segura a mão de um homem que talvez seja a pessoa mais alta que já vi na vida. E estou falando do tipo jogador profissional de basquete. Eles trocam alguns beijos, ele precisando se inclinar para alcançar a boca da garota, e aí ela puxa outra vez a mão dele.

— Venha — ela o chama, com um sotaque britânico. — Estamos quase chegando, seu preguiçoso.

O homem ri e a deixa guiá-lo pelo caminho.

— Ah, oi — a mulher cumprimenta depois de praticamente tropeçar em meus pés. — Não percebi que você estava aí.

— Não foi nada, não se preocupe. — Dobro os joelhos para afastar os pés do caminho, então acho que posso parecer grosseira se não me levantar, como Gabe faz.

— Aqui em cima é lindo, não é? — Gabe comenta, limpando a poeira da parte traseira da bermuda.

— É maravilhoso. — A garota com trança francesa respira fundo e olha em volta.

Com seu short curtíssimo e regata, parece estar extremamente em forma. As pernas delgadas são bronzeadas e musculosas. E não parece nada cansada. Constrangida, puxo até metade da coxa o short de corrida, que estou usando pela primeira vez, embora tenha comprado meses antes do casamento, quando decidi pegar firme nos exercícios. Enquanto puxo a malha, também percebo que não depilo as pernas desde um dia antes do nosso passeio para ver os elefantes em Chiang Mai. Por sorte este lugar tem muitas coisas para as pessoas verem, assim ninguém precisa ficar analisando as pernas com depilação vencida de uma desconhecida.

— Seria incômodo tirar uma foto para nós? — a mulher pergunta, empurrando os óculos de sol sobre a cabeça.

Ela usa a mão para proteger os olhos, castanhos como os meus, e nos oferece um sorriso.

— Imagine. — Solto o guia de viagem na mochila e seguro sua pequena câmera, ajeitando a correia no pulso. — Alguma instrução?

— É só mirar e bater — diz o homem alto. — Pule, amor.

Nesse momento, a mulher ri e salta nas costas dele, sobre os ombros, de modo que as cabeças ficam na mesma altura.

— Bela foto. — Gabe dá alguns passos para a esquerda, apontando para uma área mais baixa da parede de pedra. — Vire para cá para sair a paisagem do oceano ao fundo, se puder.

Fico em pé na pedra em que antes estava sentada, só para ter certeza de que vou capturar um pouquinho de tudo na foto. Alguns cliques mais tarde, devolvo a câmera e a mulher dá uma olhada rápida nas imagens.

— Maravilhosas, simplesmente maravilhosas — elogia, mostrando o último clique para o homem. — Você fica ainda mais lindo na Itália.

Ele beija o topo da cabeça dela, depois os lábios, e ali demora tempo o bastante para eu me perguntar se deveria virar o rosto.

— Você também, amor.

— Desculpa. É que nós estamos em lua de mel.

Ela sorri para o marido e ele se abaixa para mais um beijo. Depois de se afastar, a mulher bate o dedo na têmpora e nos observa com olhos arregalados.

— Ai, que grosseria a minha. Quer que eu tire uma foto também?

— Seria ótimo — Gabe concorda, caminhando na direção da parede de pedra.

— Ah, claro, obrigada.

Entrego a câmera e me apoio ao lado de Gabe, na parede que é baixa o suficiente para dar vista para o oceano.

— Colin, por que não tira essa foto? — a mulher pergunta, entregando a câmera ao marido. Ela ri ao dizer: — Sou tão baixinha que talvez só consiga capturar dos joelhos para baixo.

— É só dizer "vino" no três. Um... dois... três!

O dedo de Colin está posicionado sobre o botão do obturador, e ele se agacha ligeiramente para conseguir um bom ângulo.

— Vino! — Gabe e eu ecoamos em uníssono, com um sorriso enorme no rosto.

— Ficou ótima, ótima! — Colin afirma, olhando pelo visor. — Vou tirar mais uma. Por favor, quero ver esses dentes!

Ele tira mais uma foto, depois me entrega a câmera. Eu agradeço e estou prestes a me apresentar quando um grupo de turistas com roupas cáqui chega, trazendo câmeras que parecem profissionais dependuradas no pescoço e usando aquelas bermudas que com um zíper podem ser transformadas em calças. Inclinam a aba dos chapéus e olham em volta, falando em uma língua desconhecida e oferecendo sorrisos ao passar por nós. Cheiram a suor e cerveja.

— É melhor irmos andando se quisermos fazer aquele tour — Colin diz à esposa. — Vamos visitar a fábrica de limoncello mais para o fim da tarde — acrescenta, para explicar, segurando a mãozinha dela em sua mão enorme.

— Depois de todo esse exercício, é hora de encher a cara! — ela responde, rindo.

Eles entrelaçam os dedos e acenam seu adeus com a mão livre enquanto descem pela trilha.

Suspiro e dou uma última olhada em volta. Agora que temos tanta companhia, o lugar parece ter perdido parte da magia.

— Pronta para ir?

Confirmo com a cabeça e pego minhas coisas. Ajeito as alças da mochila sobre os ombros e agradeço porque o que vamos encarar agora é só descida.

31

Depois da trilha, é hora de almoçar — uma pizza marguerita feita a mão, com molho de tomate fresco, manjericão e muçarela de búfala derretida — na pequena cidade costeira de Atrani. Depois da pizza, me sinto suficientemente pronta para enfrentar o pesado caminho de volta a Ravello. Não fica tão longe assim, talvez três quilômetros, mas as subidas são íngremes.

Ravello, uma cidadezinha surpreendentemente sofisticada e elegante com sua arquitetura, hotéis refinados, ruas de paralelepípedo e lojas de artesanato de alta qualidade, fica no topo da montanha e tem uma vista do Mediterrâneo de tirar o fôlego. A mãe de Gabe sugeriu o Hotel Villa Maria, um lugarzinho charmoso, no qual o restaurante fica exatamente no limite do penhasco, oferecendo aos clientes uma vista incrível das colinas e dos vilarejos lá embaixo.

Vou colocando um pé na frente do outro na primeira dúzia das centenas de degraus de pedra que guiam para fora de Atrani e a caminho da trilha de Ravello, sentindo a pizza e a cerveja pesarem desconfortavelmente no estômago.

— Eu falei que a salada de rúcula era uma ideia melhor — lembra Gabe quando reclamo.

A salada em questão era uma mistura de rúcula com tomates frescos, mas eu estava faminta demais para comer só salada.

— Eu devia ter evitado a cerveja. — Estendo os braços para cima e inclino o corpo para trás, dando ao meu estômago um pouco mais de espaço para digerir o enorme almoço. — E o sorvete de pistache.

Embora estivesse receosa de provar o sorvete feito com pistaches verdes, prometi ao pai de Gabe que tentaria. Ele me contou que era uma sobremesa tradicional desta parte da Itália, e deliciosa. Estava certo — cremoso e doce, com um leve toque salgado, o sorvete já se tornou o meu favorito.

— Você jamais deve evitar sorvete quando está na Itália — afirma Gabe. — Vamos lá! Continuando você vai queimar essas calorias bem rápido.

Com um gemido, volto a subir as escadarias que serpenteiam pela colina, contando os degraus no caminho e tentando me distrair. *Oitenta e seis. Oitenta e sete. Cento e cinquenta e um. Cento e noventa e três.*

Minha respiração acelera com os batimentos cardíacos e me dou conta de como estou fora de forma. Eu me sinto especialmente patética quando uma senhora tão redonda quanto alta passa por mim carregando sacolas de compras supercheias e em momento algum diminuindo o ritmo. Cerca de cinquenta passos depois, ela para e coloca as sacolas no chão, levando uma chave à fechadura de uma enorme porta de madeira com barras na frente, antes de entrar.

Esta escadaria que leva de Atrani ao topo da colina é ladeada por portas similares a cada cinco metros mais ou menos. Algumas são de madeira, outras de uma combinação de madeira e metal, mas a maioria não tem janela. Também há dezenas de gatos de rua que chamam essa escadaria de casa, mastigando ossos de peixes e pedaços de pão endurecido, servidos pelos habitantes.

Paro de contar quando chego ao degrau de número duzentos e trinta, porque preciso me concentrar em fazer as pernas continuarem subindo. Elas queimam e minha respiração acelerada faz meus pulmões arderem. Sinto uma dor terrível na lateral do corpo, em virtude do almoço e exercício pesados.

— Agora falta pouco — Gabe afirma, e eu o xingo em silêncio quando ergo o rosto e não vejo nada além de degraus e degraus de pedra se estendendo à minha frente, sem fim no horizonte.

Mas, como era de esperar, depois de duas curvas os degraus misericordiosamente terminam e são substituídos por um caminho de terra e pedra, ainda íngreme, porém mais fácil de subir.

Muitas das casas pelo caminho são construídas na encosta da colina, algumas com quintais cobertos por telhas de argila que guardam bicicletas, caixas de madeira e, em alguns casos, uma scooter ou moto, que parecem ser o meio de transporte preferido nas estradas sinuosas e estreitas da Costa Amalfitana. As roupas secando balançam com a brisa nos varais entre as janelas dos andares superiores, com suas persianas de madeira abertas para deixar o ar entrar.

— Tudo aqui é tão... nem sei como descrever... antiquado, talvez? — comento. — Exceto aquilo ali.

Aponto para outra scooter vermelha lustrosa estacionada na garagem estreita de cimento de uma das casas.

Gabe dá risada.

— Eu não diria antiquado. Talvez tradicional?

— Tradicional — repito, parando no fim da estrada de terra para tomar um gole de minha garrafa de água. — É, eu queria dizer algo assim.

Agora faz muito calor, o sol do meio-dia brilha no céu aberto. Subo meu short mais cinco centímetros e tiro as meias.

— Você vai se arrepender de ter feito isso — Gabe comenta, apontando para meus pés agora descalços, que estou tentando enfiar outra vez nos tênis sujos de terra e úmidos de suor.

Meus pés parecem ter crescido um número com o calor e não querem entrar nos tênis.

— Vou ficar bem — respondo, conseguindo, com alguma dificuldade, calçar os tênis outra vez. Amarro o cadarço, dando dois nós por precaução.

— Você acha que falta quanto? Mais meia hora?

— Imagino que sim.

Nesse momento, ouço uma cabra balir e dou um salto.

— Puta merda! — Levo a mão ao peito, o coração acelerado. — Que susto do cacete!

A criatura, que aparece do outro lado da estrada, empurra a cabeça para a frente e emite outro balido.

— Essa cabra está bem irritada — Gabe diz.

O animal dá mais alguns passos até estar no meio do caminho, parado bem à minha frente.

— Vá com calma, colega — peço, olhando assustada para ela. — Cabras mordem? — pergunto, mantendo os olhos focados na criatura.

— Certamente podem morder — Gabe responde. — Mas só têm dentes no fundo da boca, eu acho, então não deve doer muito.

Aqui, olhando para a cabra e seus olhos amarelos e pretos e sua barba longa e desgrenhada, não consigo ter tanta certeza disso. Ela parece malvada e nem um pouco feliz ao me ver.

— Cai fora, cabra — ordeno, com a voz mais firme que consigo, a que uso na minha sala de aula no jardim de infância. — Xô!

— É, parece que ela não está muito interessada no que você tem a dizer — ironiza Gabe quando o animal me ignora e, em vez de sair do caminho, morde um punhado de grama na lateral da estrada.

Seu maxilar desliza de um lado a outro enquanto mastiga lenta e metodicamente.

Dou um passo na direção dela, esperando que se assuste e saia do caminho, mas, em vez disso, a cabra baixa a cabeça e corre na minha direção.

— Merda! — Gabe exclama enquanto eu grito e salto para fora do caminho, sentindo minhas pernas expostas serem arranhadas pelos espinhos nos arbustos e no mato alto.

— Gabe, faça alguma coisa!

— Tipo o quê? — Ele está rindo, o que me irrita infinitamente. E Gabe nota minha irritação. — Você está se saindo bem. Além do mais, acho que o balir da cabra é pior que a mordida.

Ele dá uma piscada para mim e aponta para o animal, que agora parece mais interessado na área gramada onde está.

— Obrigada por não ter feito nada, engraçadinho.

Cambaleio outra vez pela estrada e rapidamente me afasto da cabra. Olho algumas vezes para trás, e ela continua parada no meio do caminho, aparentemente alheia à nossa presença.

Eu me viro e dou alguns passos para trás.

— Sabe, você ficaria perfeita no meio de um sanduíche — grito para ela. — Se eu fosse você, dormiria com um olho aberto.

A cabra para de mastigar, nos encara e volta a correr. O que me faz gritar outra vez. Gabe uiva de rir, mas eu o ignoro, concentrada demais em correr bem rápido os últimos metros até onde a estrada de terra termina em uma via pavimentada que leva a Ravello. À minha frente, Gabe estende a mão e eu a agarro, trêmula e desajeitada pela descarga de adrenalina. Quando estou segura no fim da trilha, olho para trás e percebo que a cabra simplesmente correu para perto de outra cabra, parcialmente escondida pelas estacas de madeira e plantas altas de um pomar. Parece que, no fim das contas, em momento algum eu corria o risco de ser mordida por uma cabra italiana. Os animais se alternam para baixar a cabeça na direção de um balde plástico que, presumo, guarda algo mais interessante que o capim na lateral da estrada.

— Maldita cabra atrevida! — resmungo, olhando para os dois lados da via antes de atravessá-la. Um pequeno Fiat e duas scooters passam, depois é seguro atravessar. Do outro lado, a trilha continua, com uma pequena placa na rocha. As palavras são pintadas em um azulejo de cerâmica azul emoldurado por flores amarelas delicadas. Está escrito "Ravello" e exibe uma flecha apontando para seguirmos a trilha.

— Acho que é bom a gente morar na cidade. — Gabe continua rindo. — Você não é exatamente o Dr. Dolittle.

— Quieto — resmungo. — Aquela cabra já foi o suficiente para mim.

Mas aí eu também começo a rir e não consigo parar. Lágrimas escorrem pelas minhas bochechas, e tenho de me agachar para evitar perder o controle da bexiga. Algumas pessoas passam, nos observando com curiosidade. Aceno para elas e ergo o polegar para avisar que estou bem, ainda rindo demais para conseguir pronunciar uma palavra sequer.

Acho que talvez eu devesse voltar e agradecer a cabra. Mas logo chego à conclusão de que uma mordida de cabra pode realmente acabar com o clima, então, em vez disso, grito o mais alto que consigo:

— Obrigada, sua cabra idiota!

E me desfaço em mais um acesso de riso. Durante todo o tempo, Gabe gargalha comigo.

~

— Nunca precisei tanto de um banho — comento enquanto passo pelo portão do hotel. — Estou fedendo.

Já estou tendo fantasias com a água quente e o sabonete com cheiro de limão que o próprio hotel produz.

— Eu não queria dizer nada, mas... — Gabe arqueia uma sobrancelha e eu rio com facilidade. Apesar de meus músculos estarem tremendo por causa da trilha e meus calcanhares cobertos por bolhas dolorosas por causa da minha decisão de seguir caminho sem meias, sinto-me energizada. Feliz por estar aqui. O dia de hoje parece um copo de refrigerante bem gelado quando tudo o que você bebeu por muito tempo foi água morna da torneira.

A recepção, com suas paredes pêssego calorosas, piso em mosaico cinza e branco e mobília escura, encontra-se consideravelmente vazia e é um bom alívio do calor insuportável lá fora. Um ventilador de teto enorme trabalha duro para manter o espaço fresco.

— Ah, sra. Lawson, estávamos tentando encontrá-la.

O concierge me chama em sua mesa. Coloca os óculos e olha para uma pilha de papéis à sua frente enquanto nos aproximamos.

Sento na cadeira para a qual ele aponta, sentindo as coxas suadas grudarem no estofamento de couro. Eu me ajeito e a cadeira faz um barulho constrangedor.

— O que aconteceu?

Resisto à necessidade de explicar que o barulho saiu do estofamento, e não de mim.

— Um familiar da chef faleceu — começa a explicar, inclinando o queixo para olhar sobre a armação dos óculos.

— Nossa, que triste — lamento, o sorriso em meu rosto se desfazendo.

— Sinto muito — Gabe diz.

O concierge assente, depois bate a caneta no papel em cima da pilha. Eu o encaro, observo sua caneta oscilando e espero. Embora certamente seja uma notícia triste para a chef, não sei como isso nos afetaria.

— Sim, bem, por isso vamos ter de cancelar a aula de culinária da próxima semana, enquanto ela está de licença.

Agora entendi.

A aula de culinária. A lista de desejos.

Um misto estranho de terror e fúria se espalha por mim, fazendo minhas bochechas corarem. Solto o corpo nas costas da cadeira e o couro chia outra vez, mas agora não dou a mínima.

— Vocês não podem cancelar a aula de culinária! — digo, com a voz grave e oscilante.

Todas as sensações de alegria que tive momentos antes desaparecem.

O concierge me lança um olhar solidário.

— Entendo que deve ser frustrante precisar mudar seus planos de férias, mas, se me der um momento...

Eu me levanto tão rapidamente que o concierge chega a ficar assustado.

— Acho que você não está entendendo.

Minhas palavras ecoam pela pequena recepção. Sinto enjoo, muito ciente da pizza em meu estômago, mas não volto a me sentar.

— Tegan, respire. — A voz de Gabe é leve, tranquila e forma um contraste forte com a minha.

Ergo a mão, ignorando-o, e me concentro outra vez no concierge, que parece confuso e tenta falar, mas volto a interrompê-lo:

— Esse é o único motivo pelo qual estou aqui, entendeu? — esbravejo constrangedoramente alto, e as lágrimas escorrem rápidas pelas minhas bochechas.

O concierge se levanta de sua cadeira e tira os óculos, mantendo um sorriso forçado no rosto. Sei que devia ouvi-lo e também ouvir Gabe, que diz que está tudo bem, para eu me acalmar, respirar, me sentar. Mas não ouço.

Meia hora atrás, eu teria dito que hoje foi um dia ótimo.

Porém um dia ótimo não é o bastante para vencer a fortaleza de mágoa que eu construí.

Não estou melhor, nem me curando, apesar das minhas declarações contrárias. A dor alimentada pela raiva ainda paira na superfície. Um pequeno imprevisto — desta vez uma aula de culinária cancelada — é o bastante para libertar essa dor, e, com uma sensação de pânico, percebo que não sei me livrar dela.

— Vocês não podem cancelar essa aula. Não podem. Eu paguei à vista. — Enfio freneticamente a mão na bolsa, mexendo até encontrar o celular. — Vocês me enviaram um número de confirmação. Está aqui... Só me dê um segundo.

Com dedos trêmulos, digito a senha e meu celular vibra para avisar que digitei o número errado. Xingo e digito violentamente a senha uma segunda vez. O celular vibra outra vez em resposta. Agora estou quase histérica e posso sentir os outros hóspedes me encarando, além da equipe da recepção.

— Esta aula é... é a única coisa que importa.

A aula de culinária deveria me ajudar a fechar as cicatrizes, a curar essa hemorragia que está me matando. Sem ela, posso fazer outra vez a trilha pela montanha italiana e saltar sobre aquela grade de segurança inútil.

Eu queria encontrar um jeito de explicar isso a Gabe e ao concierge, sem soar, na melhor das hipóteses, excessivamente dramática — ou, na pior delas, louca. Porém não consigo encontrar palavras. Chorando, tento digitar a senha uma terceira vez.

— Sinto muito — Gabe diz ao funcionário, tentando acalmar a situação. Ele me observa cuidadosamente. — Nós tivemos um... Estamos passando por um momento difícil.

O concierge parece ter se recuperado da força da minha explosão e agora nos oferece um sorriso gentil.

— Por favor, vamos nos sentar. A senhora claramente ficou frustrada e eu quero ajudar.

— Prefiro ficar em pé.

Meus dentes batem. Sinto-me estranha, como se a cabeça estivesse flutuando acima do corpo. Um vazio toma conta de mim, como se alguma coisa tivesse sugado meu interior e deixado apenas pele e ossos. Agarro as costas da cadeira à minha frente, e Gabe me segura por trás.

— Amor, está tudo bem — ele diz. — Vai ficar tudo bem.

O concierge me observa com preocupação.

— Vamos consertar isso. Por favor, sente-se. Vou pedir um copo de água para a senhora.

Ele aponta para alguém atrás de mim e, um instante depois, um copo de água gelada com um semicírculo de limão flutuando aparece.

Para dizer a verdade, não sei se consigo suportar muito tempo mais, então me sento e aceito o lenço que o funcionário me entrega. Minha respiração fica presa enquanto tento me controlar, e meu corpo treme em ritmo com o bater dos meus dentes.

— Era muito importante para mim — explico, secando os olhos com o lenço.

— Eu entendo — ele responde.

Seus olhos são bondosos, e eu me sinto mal pela maneira como me comportei, mas ele não dá muita atenção quando peço desculpas.

— Sou eu quem sente muito. Eu devia ter começado com a boa notícia: de que encontrei outra aula para você participar.

Ele estende a mão para dar tapinhas na minha, que agarra a beirada de sua mesa, os nós dos dedos esbranquiçados com a pressão. Relaxo o corpo e respiro fundo. O tremor diminui um pouco.

— A Escola de Culinária da Francesca fica a uma rápida caminhada do hotel. Por sorte, alguém cancelou a matrícula e eu consegui agendar para você fazer uma aula amanhã — ele conta. — É claro que o hotel vai cobrir os custos, e reembolsaremos também a aula que você pagou para ter aqui conosco.

— Obrigada — agradeço, agarrando o lenço úmido na mão. Gabe massageia o ponto entre minhas omoplatas e a tensão começa a se dissipar. — Muito obrigada.

— Imagine, sem problemas. — O concierge me entrega um lenço seco. Em seguida, inclina o corpo na minha direção, apoiando os cotovelos sobre a mesa. — Agora, nunca conte a ninguém que eu falei isso, mas acredite quando digo que Francesca é a melhor — sussurra. — E não é só a melhor daqui, de Ravello, mas de toda a Itália, se quer saber a minha opinião. — Ele dá uma piscadela e se recosta outra vez na cadeira. — Aqui está tudo o que você precisa para a aula. — Com os óculos empoleirados no nariz, me entrega o papel que estava sobre a pilha. — Peço desculpas mais uma vez pelo inconveniente e pela confusão, mas sei que vai gostar de Francesca e sua aula.

Quando volto para o quarto — com as paredes de gesso branco que ainda ontem eram limpas e frescas e agora parecem escuras e frias —, vou para o banheiro tomar banho. Estou fisicamente exausta da trilha e emocionalmente abalada pelo incidente na recepção.

— Você está bem? — Gabe pergunta.

Nós dois sabemos que não, mas não quero falar disso agora.

— Sim — respondo, esperando que ele perceba em meu tom de voz que não estou a fim de discutir esse assunto.

— Tem certeza?

— Gabe, eu preciso muito tomar um banho.

Ele fica um instante em silêncio antes de responder:

— Claro. Eu espero aqui.

Fecho a porta do banheiro e ligo o chuveiro, deixando a água ficar o mais escaldante possível. Tiro o short e a regata e arfo quando entro debaixo da água quente. É doloroso, mas não mudo a temperatura. A água desliza pela minha pele, mudando a cor de um bronzeado leve para um vermelho forte e furioso.

Aguento o máximo que consigo. Com a água ainda correndo, abro a porta do box e inclino o corpo na direção do bidê — que por sorte fica bem ao lado da área do chuveiro no banheiro pequeno. Meu corpo se contrai e eu vomito a pizza do almoço, que deixa meu estômago em um instante. Depois de terminar, volto para debaixo do chuveiro e me ajoelho na água quente, abraçando o ventre para cobrir as cicatrizes.

32

— Ai, ai! — exclamo, tentando andar sem mancar pelo quarto.

Tiro os sapatos plataforma bege e olho para meus calcanhares cobertos de bolhas.

— Pelo menos você correu mais rápido que a cabra — Gabe brinca. — Tenho certeza de que as meias teriam diminuído a sua velocidade. Eu preferiria de longe as bolhas a uma mordida de cabra na bunda.

Ele está tentando manter o clima leve desde ontem, quando tive o ataque na recepção. E, embora eu ainda sinta os efeitos do ocorrido, fico contente por ter motivos para rir.

— Engraçadinho — respondo.

— Vou passar o dia todo aqui.

— Bom saber. — Sorrio e tiro a mochila do armário. — Você acha que posso usar chinelos na aula? O papel dizia sapatos fechados. — Reviro a mochila em busca das sandálias de borracha que sei que eu coloquei ali. — Onde estão?

Suspiro, frustrada, mas logo encontro as sandálias enterradas no fundo da mochila.

Gabe balança a mão como se tentasse afastar uma mosca insistente.

— Esqueça o papel. Ele serve para pessoas desastradas que não sabem nem segurar uma concha. Você, meu amor, não é assim.

— Talvez, mas está escrito bem aqui — respondo, lendo a folha de papel que o concierge me entregou. Aponto para o último parágrafo: — "Use roupas confortáveis e sapatos fechados. Aventais e demais itens necessários serão oferecidos. Traga o seu apetite!"

— Bem, se uma regra ridícula é mais importante que o seu conforto, vá em frente e calce sapatos.

Coloco os chinelos e suspiro, desta vez com contentamento.

— Nossa, muito melhor. — Dou alguns passos. — Que se dane, vou usar estes chinelos mesmo. Pelo menos meu vestido é longo o bastante para ninguém conseguir ver.

— Boa! — Gabe elogia. — Conforto e moda. — Reviro os olhos. — Agora vá lá e aprenda a cozinhar de tudo. É para isso que estamos aqui, afinal de contas.

Um nó se forma em minha garganta.

— Não é o único motivo — retruco, mas aí me pergunto por que sempre faço isso.

Acabo nos levando de volta ao passado, em vez de olhar para o futuro. Por algum motivo, por mais ilógico que seja, tenho medo de parar de me concentrar no acidente. Em tudo o que perdemos.

— Eu sei, Tegan, mas não vamos pensar nisso agora, pode ser?

Confirmo com um gesto, passando um braço pela alça da minha pequena bolsa de couro para que ela fique atravessada no peito. Aliso o vestido listrado de amarelo e branco que chega a tocar o chão para que se ajuste ao corpo e amarro um lenço de pashmina na alça da bolsa.

— Até mais tarde? — digo enquanto pego o cartão-chave na mesa ao lado da porta, além de três envelopes fechados e já selados, um para meus pais, um para os pais de Gabe e outro para Anna, e enfio tudo na bolsa.

— Acho que termina antes das quatro.

— Com certeza — diz Gabe. — A gente se vê quando você voltar.

Desço as escadas dos fundos do nosso andar para evitar a recepção, ainda constrangida depois da minha explosão. A caminhada do hotel à escola de culinária é curta, e o fato de eu ter de andar por ruas de paralelepípedo me faz sentir grata por ter optado pelos chinelos. As ruas estão agitadas, apesar de ainda ser supercedo. Turistas provam cappuccinos espumosos e delicados docinhos de massa nos cafés ao ar livre enquanto analisam seus guias de viagem e mapas. Comerciantes expõem os produtos disponíveis em suas lojas nas ruas de paralelepípedo para atrair a atenção de quem passa. E os moradores locais, com suas sacolas vazias, formam fila na frente da peixaria, esperando para escolher o jantar de hoje em meio ao que foi pescado mais cedo.

Dois restaurantes, uma igreja e um mirante que oferece um panorama incrível da Costa Amalfitana ladeiam a praça de Ravello. Enquanto atravesso a praça, deixo os envelopes em uma caixa de correio perto do mirante e tiro algumas fotos da vista, pensando em quanto meus pais adorariam este lugar. Conversei com eles ao telefone algumas vezes desde que meu pai sofreu o ataque cardíaco e também falei com o pai de Gabe, que me reafirmou que meu pai está muito bem. Anna enviou uma série de e-mails nos últimos dias, detalhando desde o primeiro até o quarto encontro com Samuel, sua nova paixão.

Todas as correspondências me fazem sentir saudade de casa, mas ao mesmo tempo agradecida pela distância. Porque sei que, se estivesse lá, em nosso apartamento cheio de lembranças e tristeza sufocante, continuaria deitada na cama enquanto todos seguiam a vida. Aqui tenho momentos de dor intensa quando abro os olhos e percebo que nada daquilo foi um sonho ruim, mas também espero ansiosa pelo que os dias reservam para nós. Aqui existe possibilidade.

Alguns minutos depois, chego ao meu destino e toco a campainha enquanto um golpe rápido de nervosismo e ansiedade invade meu estômago. Não sei direito se estou ansiosa porque vou cozinhar ou se é o fato de que, dos três papéis que tiramos do pote, esta é a segunda atividade. Depois de hoje, já terá passado mais da metade da viagem que supostamente seria a minha salvação.

A aula de culinária acontece em uma casa particular, uma construção de duzentos e cinquenta anos com vista para o oceano. É cercada por jardins nos quais tudo, de pés de tomate-cereja a abóboras, alecrim, manjericão e salsa italiana, cresce ao lado de flores amarelas e rosadas vibrantes que jamais vi na vida e pés de alcaparra. Embora eu tenha chegado com cinco minutos de antecedência, parece que todos os alunos já estão aqui. Os outros sete participantes usam aventais brancos gravados com o logo da Escola de Culinária da Francesca e esperam na cozinha de tamanho decente e surpreendentemente moderna, com bancadas de granito e aparência de industrial. O cômodo está tomado por conversas animadas e muitos aromas maravilhosos. Penduro a bolsa em um cabide ao lado da porta e prendo o avental na cintura.

— Bem-vinda — a mais nova de duas mulheres, que andam de um lado a outro do espaço, diz quando me aproximo dos outros alunos, na ilha da cozinha. — Sou a Gianna, mas todo mundo me chama de Gia.

Ela estende a mão, e eu a aperto.

— É um prazer conhecê-la. Eu sou a Tegan.

— Obrigada por vir estudar na Escola de Culinária da Francesca, Tegan. Estamos muito felizes pela sua presença com a gente hoje — continua, mantendo um sorriso enorme no rosto.

Seu inglês, embora carregue algum sotaque, é excelente. Ela me apresenta à sua mãe, Francesca, que não fala inglês mas é, pelo que entendi, o gênio criativo por trás da escola de culinária e das receitas. Gia avisa que ela dá as explicações enquanto sua mãe faz as demonstrações.

Durante os mais ou menos dez minutos de apresentações, descobrimos que Francesca cozinha desde criança e também quais são algumas das pessoas famosas para as quais ela já preparou pratos ao longo dos anos. Enquanto ouvimos Gia explicar como tudo vai funcionar, provamos cappuccino e um bolo de limão-siciliano coberto com açúcar. Penso em Rosa, imagino sua vida aqui, cercada por tanta beleza e perfeição. Aqui, em Ravello, eu a entendo melhor — mais ou menos como aconteceu quando descobri que teríamos um filho. Estar aqui me ajudou a entender que sua intensidade, que em alguns momentos é bem desafiadora, tem pouco a ver comigo, mas tudo a ver com seu amor feroz por Gabe.

Alguns participantes tomam nota enquanto Gia fala. Um deles tira uma foto de todas as superfícies da cozinha, e outros, como eu, simplesmente desfrutam do bolo, do café e da atmosfera.

— Agora, primeiro o mais importante — Gia começa. — O molho de tomate básico. Minha mãe...

— Caramba, Colin! — vem a voz de uma mulher atrás de nós. — Eu falei que começava às nove horas, e não às nove e meia.

O grupo se vira na direção dos atrasados e eu fico surpresa ao reconhecê-los. São os recém-casados da Torre dello Ziro.

— Ah, oi! — ela me cumprimenta. Em seguida, dá um tapa no braço do marido e aponta: — Colin, veja só quem está aqui.

O que se segue é um momento de desconforto enquanto o restante do grupo desliza o olhar em nossa direção. Constrangida, aceno em resposta e digo:

— Oi de novo.

Gia dá a volta na ilha e entrega os aventais aos recém-chegados. Comenta que, com o tamanho de Colin, a peça provavelmente vai ficar parecendo um babador, o que faz todo o grupo rir. Colin e sua esposa, cujo nome ainda desconheço, amarram os aventais e se posicionam ao meu lado.

O cabelo loiro dela agora está preso em um rabo de cavalo alto, e não em uma trança francesa, e ela usa uma regata branca de paetê e saia jeans que só alcança metade das coxas. E realmente tem pernas impressionantes.

Ela estende a mão.

— Não fomos devidamente apresentadas da última vez. Meu nome é Becca, e este é o Colin.

Aperto sua mão e depois a dele.

— Tegan — digo.

Gia retoma a aula, então Becca se aproxima.

— Você está sozinha aqui?

Faço que sim e sussurro em resposta:

— Meu marido ficou no hotel.

— Sortudo esse cara — Colin diz discretamente, e Becca lhe dá outro tapa.

Sorrio antes de voltar minha atenção a Gia, que explica que, para preparar molho de tomate, o alho nunca deve ser picado, mas acrescentado inteiro ao óleo, e que alho queimado estraga o molho, por isso temos que observar com atenção. Tomates inteiros e sem pele, colhidos dos tomateiros da família e colocados em conserva no verão anterior, são acrescentados e amassados no alho e óleo. Em seguida vem um punhado de manjericão — agora sei o que é um bom punhado de manjericão —, uma pitada generosa de flocos de pimenta vermelha e mais ou menos duas xícaras de tomate-cereja bem maduro, tudo proveniente do jardim da família. Enquanto o molho vermelho e aromático cozinha em fogo brando, Gia dá mais algumas dicas.

— Vejam bem, este é o molho de tomate básico que usaremos hoje para a parmegiana de berinjela. Aqui em casa preparamos uma boa quantidade deste molho aos sábados e usamos no restante da semana em massas e pizzas.

Seguro a colher que Gia me entrega. Assopro algumas vezes o molho, conforme ela sugere, depois levo a colher à boca. O sabor explode em minha língua — o gosto forte do tomate que traz consigo um toque leve da terra recém-mexida, notas sutis de manjericão e alho e um toque de calor dos flocos de pimentão. Não se parece com nenhum molho que já fiz em casa, mesmo com os tomates importados de Roma que compro no mercado italiano autêntico não muito longe de nosso apartamento em Chicago.

— Bom, não é? — Gia pergunta enquanto o grupo murmura sua apreciação, provando o molho, cada um com sua colher. — O segredo aqui é usar os melhores tomates, o mais fresco possível, e acrescentar, conforme a *mamma* diz, *un pizzico di amore*, uma pitada de amor.

Ao longo das próximas horas, aprendemos que a culinária italiana tradicional é composta de pouquíssimos ingredientes, mas sempre os mais frescos e produzidos localmente, como azeitonas, limões-sicilianos, tomates e muçarela de búfala, pelos quais a região é famosa. Saboreamos todas as ervas e legumes, tanto crus quanto cozidos, conforme vamos preparando os pratos do cardápio da aula: espaguete com tomate-cereja, alho e azeitonas pretas e verdes; peixe com limão e alcaparras; e berinjela à parmegiana, que sai do forno macia e com uma cor dourada, puxada para o marrom, graças ao provolone defumado que cobre as camadas do legume cortado em fatias finas.

Gia e Francesca servem nosso almoço, e o marido de Gia, Alberto, nos acompanha em um passeio pelo jardim, explicando por que esta região da Itália tem as condições ideais de plantio: uma combinação de sol, chuva de montanha e brisa do oceano. Também visitamos a vinícola da família e descobrimos que eles defumam seu próprio queijo.

Os sinos de uma igreja próxima nos avisam que são quatro da tarde e somos acompanhados até a enorme mesa rústica no quintal. Sob um arco de videiras e flores, desfrutamos da refeição que preparamos e de algumas garrafas do vinho tinto produzido artesanalmente pela família. Diferentemente dos demais vinhos artesanais que provei no passado, este tem um sabor requintado e desce tão suave que tomo três taças e já me sinto tonta antes mesmo de o segundo prato ser servido.

— Então, há quanto tempo você e... Qual é mesmo o nome do seu marido? — Becca pergunta, enrolando o macarrão de massa fresca no garfo.

— Gabe.

— Certo. Há quanto tempo você e o Gabe estão casados? — Ela leva a garfada de massa à boca e seus olhos se arregalam. — Caralho, isso aqui está uma delícia!

— Um ano em setembro — respondo, tomando um gole demorado de vinho para engolir o nó na garganta.

— Ah, então vocês também se casaram recentemente — Colin diz, brindando comigo.

— Eu diria que sim.

Tomo mais um longo gole de vinho.

— A gente se casou só faz duas semanas, mas está tudo indo bem até agora. — Colin sorri para Becca. — Ela é uma doidinha e eu não quero perdê-la nunca.

— Se bem que o casamento quase não aconteceu — retruca Becca, apontando o garfo para Colin e arqueando uma sobrancelha.

Ele dá risada.

— É verdade — confirma, limpando a boca no guardanapo de tecido em seu colo. — Eu caguei feio no pedido de casamento.

Becca ri, levando mais uma garfada de espaguete à boca e estendendo a mão para mergulhar um pedaço de ciabatta no prato repleto de azeite de um verde intenso. Ela já comeu mais do que Colin e eu juntos, e não tenho ideia de como cabe tanta comida.

— Por quê? — pergunto, afinal parecem esperar que eu peça esclarecimentos. — O que aconteceu?

Colin e Becca trocam um olhar.

— Você conta — ela diz.

— Não, conte você, amor — é o que ele pede.

Becca baixa o garfo e inclina o corpo sobre a mesa.

— Eu sempre falei para ele: "Quero passar o resto da minha vida com você, seu louco, mas não vou dizer sim para nada sem uma aliança no dedo". — Ela empurra o corpo para trás e mordisca um pedaço de ciabatta com azeite. — Então, cinco anos se passaram desde que começamos a sair juntos e, sim, eu esperei cinco malditos anos para ele finalmente tomar juízo...

— Com sua mão enorme, Colin aperta a bochecha de Becca enquanto beija seus lábios sorridentes. — Tínhamos uma grande noite planejada com amigos em Londres, e ele agia como um louco, então percebi que estava rolando alguma coisa. Além do mais... — Para de contar e mastiga algumas vezes. Engole e prossegue: — Era nosso aniversário de namoro, então eu tinha a sensação de que alguma coisa estava por vir.

Ela se vira e sorri para o marido. Sorrio educadamente para os dois enquanto me pergunto por quanto tempo mais essa história vai se arrastar. Dentro de mim, alguma coisa se revira, alguma coisa que não tem nada a ver com comida, então imagino que mais vinho — muito mais — vai ajudar a acalmar. Decido tomar outro gole da minha taça e percebo que está vazia. Colin estende a mão e me serve.

— Mas enfim, para encurtar uma história que é enorme, no fim da noite estávamos bem zoados de bêbados e era hora de pegar o metrô. E este dedo aqui? — Becca ergue o anelar, no qual há duas alianças, uma de ouro simples e a outra com três diamantes grandes. — Continuava sem nada. Então, finalmente chegamos em casa e eu começo a tatear, tentando achar a chave do prédio...

— E ela me dando trabalho — Colin acrescenta, apontando o polegar para Becca. — Dizendo que eu não estava ajudando em nada.

Becca assente, tomando um gole de seu copo de água.

— Aí eu me virei para fazer ele sofrer ainda mais, e lá estava esse cara, de joelhos na minha frente.

Ela abre um sorriso enorme, mostrando os dentes ligeiramente arroxeados por causa do vinho.

— Tudo estava acontecendo do jeito perfeito — Colin afirma. — Exatamente como eu tinha planejado para surpreendê-la. Mas aí...

— Mas aí... — Becca encosta a mão no braço do marido, para que ele pare de falar. — Ele segurou a aliança e começou a me pedir e... deixou cair a porra do anel.

Colin começa a rir.

— Rolou para dentro do maldito bueiro.

Fico de olhos arregalados.

— Sério?

— Sim — Becca confirma. — Sumiu. Rolou para dentro de uma piscina gigante de merda.

— Shhh! — Colin chia, rindo, mas percebendo a reação dos demais alunos à mesa perto de nós ao palavreado de sua esposa.

— Bem, mas é verdade! — Becca exclama. Inclina outra vez o corpo para a frente, e eu faço a mesma coisa. — De jeito nenhum eu diria sim sem uma aliança. E de jeito nenhum eu aceitaria uma aliança toda cagada! Quem aceitaria? Então eu gritei um pouco mais com ele.

— Ela ficou um pouquinho brava, é verdade — Colin confirma.

— É claro que fiquei! — Becca dá de ombros. — Que mulher não teria um ataque em uma situação desse tipo. Não é? — Concordo com a cabeça, entornando outra vez a taça. Colin rapidamente me serve mais vinho. — Então, depois que terminei de bater nele com a bolsa e de lhe dizer exatamente o que achei de seu pedido de merda, entrei no apartamento e o deixei na escada na frente do prédio.

— Você não fez isso! — Agora estou rindo, embriagada e me divertindo muito com meus companheiros de jantar.

Ela assente, seus olhos arregalados e sinceros.

— Fiz. Disse a ele para voltar quando tivesse uma aliança.

— E eu voltei — Colin conta. — No dia seguinte, assim que a loja abriu, comprei para ela o anel lindo e não cagado que agora está no seu dedo e a pedi em casamento outra vez.

— E eu disse sim — ela lembra. — É claro, que tipo de idiota não sabia que eu teria dito sim até mesmo se fosse uma aliança de plástico?

Colin dá de ombros e Becca olha amorosamente para ele.

Meu estômago afunda e eu volto minha atenção à massa à minha frente, que a esta altura já está fria.

— E você? — Becca pergunta. — Como foi que o Gabe te pediu em casamento?

Seco as últimas gotas de vinho da beirada da taça e sorrio.

33

ONZE MESES ANTES DO ACIDENTE

— Acho que vou ficar em casa esta noite — falei o mais alto que minha voz rouca permitia. Limpei a garganta algumas vezes. — Eu me sinto péssima.

Deixei a água da pia da cozinha escorrer até sair quente, enchi o copo alto, acrescentei uma colher de sopa de sal e mexi até dissolver.

Gabe saiu do quarto, veio até a cozinha enquanto eu fazia gargarejo e se encostou à bancada, esperando até eu cuspir.

— Ah, que nojo! — falei, com uma careta.

— A garganta não está melhorando?

Ele massageou minhas costas enquanto eu gargarejava outro gole de água, me esforçando para segurar a ânsia.

Fiz gargarejo de novo, quase vomitei outra vez e aí cuspi na pia. Com um "Não, eu não consigo continuar", descartei o resto de água morna com sal.

— A Lucy falou que isso aqui ajudava a melhorar, mas acho que prefiro a garganta inflamada mesmo.

Enxaguei a boca com um pouco de água fria e sem sal antes de soltar o corpo no sofá.

— O que você acha de uma xícara de chá? — Gabe agachou atrás da ilha em nossa cozinha. Panelas e frigideiras batiam enquanto ele procurava a chaleira, que só era usada quando minha mãe nos visitava ou quando algum de nós estava doente.

Neguei com a cabeça.

— Não, obrigada. Toda vez que vou engolir, é como se um punhado de lâminas descesse pela minha garganta — respondi, com a voz ainda rouca.

— Devem ser estreptococos. A Anna disse que pegou há duas semanas. Agora as bactérias estão passando para todos os funcionários. — Limpei outra vez a garganta e tremi. — Por que você não vai sem mim? É muito provável que eu vá dormir antes das oito, mesmo.

— Ah, não — Gabe respondeu, sentando-se ao meu lado no sofá e arrastando meus pés para cima de seu colo. — Para começo de conversa, é a noite de estreia do Scotty e, além do mais, você não vai me deixar sozinho com a Anna e o... Qual é o nome daquele cara? Não, não vai mesmo.

Estávamos a caminho de um pub em nosso bairro, onde passávamos várias noites de sábado com um grupo de amigos próximos. Era o primeiro show de talentos amadores do bar, e Scott, o melhor amigo de Gabe do curso de direito, faria seu primeiríssimo número de comédia de toda a vida.

Além do mais, Anna estava saindo com um estudante de administração que conhecera na academia. O rapaz tinha uma boa aparência, mas, com apenas vinte e um anos — é claro que tínhamos apenas vinte e cinco, mas de alguma maneira a diferença de quatro anos significava algo relevante nessa fase da vida —, era irritantemente confiante para alguém que não podia beber legalmente até poucas semanas atrás.

— Em primeiro lugar, o Scott só se importa se você vai estar lá — respondi. — Em segundo lugar, o nome dele é Chad, e a Anna me contou que ele gosta de malhar e correr, acho. Vocês podem conversar sobre isso.

Envolvi a garganta com as mãos enquanto engolia, lançando a Gabe o olhar mais solidário que consegui, o que não era difícil, considerando como eu me sentia.

— Esqueça, doentinha. Você vai, nem que eu tenha que te arrastar até lá. — Olhou para o relógio e deu alguns tapinhas em minha perna antes de afastá-la de seu colo e ficar em pé. — Pode ir levantando. Vou buscar todos os analgésicos que conseguir e amassar com uma colher de mel se assim tiver que ser. Depois disso você vai se vestir.

— Está bem — concordei, rouca. — Mas não vou falar com ninguém e a gente volta cedo para casa.

— Você fica muito chatinha quando está doente — respondeu Gabe, dando uma piscadela. — Os remédios já vão chegar, *milady*.

Soltei minha cabeça dolorida e febril contra o sofá e tentei imaginar como sobreviveria àquela noite.

Fiz uma última tentativa de ficar em casa, de pijama, ao ligar para Anna enquanto Gabe buscava os analgésicos, e tentei convencê-la a pedir a ele para me deixar ficar em casa. Porém minha amiga se mostrou igualmente fria e determinada a me fazer sair naquela noite.

— Já se passaram eras desde a última vez que fomos juntas ao Flying Fork — ela chiou. — Você não pode furar hoje.

— Acho que "eras" é um pouco melodramático — respondi. — Mas foram "eras" porque *você* ficou duas semanas doente, lembra?

— Você vai ficar bem — ela respondeu, distraída.

— É claro que eu vou ficar bem — resmunguei, prendendo o telefone entre a orelha e o ombro e me levantando para dobrar o cobertor.

Eu claramente não precisaria dele esta noite.

— Teg, eu preciso desligar. — Sua voz respingava animação. — Ele chegou. A gente se vê em vinte minutos, está bem?

Vinte e cinco minutos mais tarde, lá estava eu, sentada em uma das cadeiras bastante usadas de madeira, à mesa redonda que sempre ocupávamos, usando um cachecol de crochê azul-marinho bem apertado em volta do pescoço. Era começo de fevereiro e eu vinha basicamente morrendo de frio desde a primeira neve, em dezembro. Mas essa noite estava pior, o que provavelmente significava que minha garganta em chamas fazia a sensação de febre aumentar.

Anna e Chad chegaram alguns minutos depois; em seguida, Scott e sua namorada, Harper, sentaram-se. Por fim, Cass, uma amiga próxima de Anna desde os tempos de colegial, e James, outro colega de trabalho de Gabe, que tinha uma queda enorme por Cass, tomaram as duas outras cadeiras.

Todos acenaram e cumprimentaram enquanto tiravam chapéus, luvas e casacos pesados, antes de pedirem uma rodada de bebidas. Enquanto nosso grupo tomava cervejas e martínis, eu bebia chá morno em uma xícara lascada, sentindo pena de mim. Ninguém jamais deve pedir chá ou café em um bar. Estava horrível.

O palco pequeno e mal iluminado à frente do salão, normalmente usado para alguma banda local tocar no Flying Fork nas noites de sábado, hoje abrigava somente um banquinho e um microfone.

Scott e Harper deram a volta na mesa e foram até onde Gabe e eu estávamos sentados; Scott me deu um beijo enorme na bochecha enquanto Harper e Gabe se abraçavam.

— Está nervoso, Scotty? — Gabe perguntou, dando tapinhas nas costas dele.

— Nem um pouco — foi a resposta, acompanhada de um sorriso largo. Scott tinha uma pele lisa, de tom caramelo, graças à mãe indiana, e olhos de um azul profundo, presente do pai californiano. A combinação tornava difícil chamá-lo de qualquer coisa senão bonito. — E você? — ele perguntou, piscando para Gabe.

— Por que ele estaria nervoso? — indaguei, mas minha voz mal podia ser ouvida em meio à música de fundo e aos clientes do bar. Como de costume, o lugar estava lotado. — Quer dizer, exceto pela vingança que sua namorada doente pode estar tramando por ele a ter arrastado para um bar gelado onde servem um chá tenebroso?

— Caramba, Teg! — exclamou Scott. — Você não parece nada bem. Deveria estar na cama.

Harper, que tinha a pele tão clara quanto a de Scott era escura, mas igualmente bela, assentiu.

— Você sem dúvida deveria estar na cama, Tegan.

— Obrigada, pessoal. — Eu me virei para Gabe. — Está vendo?

— Ela é forte — Gabe respondeu, sorrindo para mim. — Não se preocupe. Depois que o Scotty mostrar a que veio, eu prometo te levar para a cama.

Gabe mexeu as sobrancelhas, o que lhe rendeu risadas de Scott, um revirar de olhos meu e um olhar solidário de Harper.

— Homens... — ela falou. — Sempre pensando com a cabeça de baixo.

Dei risada, depois fingi melodramaticamente estar chorando enquanto levava as mãos à garganta.

— Pobrezinha — falou Gabe, beijando minha testa. — Nossa, caramba, você está quente. Eu devia ter deixado você na cama e liberado uma noite de domínio pleno do controle remoto.

— Tudo bem. — Minha voz falhou outra vez. — Vai ser assim imediatamente depois que o Scotty terminar, promete?

— Prometo — ele garantiu.

A energia se tornou mais intensa quando o dono do pub, um cara conhecido apenas como Sully, subiu ao palco e deu algumas batidinhas no microfone.

— Olá a todos — falou, fazendo o bar vibrar um cumprimento em resposta. — Certo, então. Eu sei que nós costumamos ver shows de música aqui no Fork aos sábados, mas esta noite vamos tentar algo diferente. Vou chamar este evento de "Então você acha que é o fodão?". — Todos deram risada e alguns assobios ecoaram pelo ambiente. — É uma noite de talento amador, e teremos grandes atrações, começando com um dos nossos frequentadores habituais, Scott Tramsworth. — Sully levou a mão à testa e tentou encontrá-lo no meio do pessoal. — Scotty, cadê você, cara? Suba aqui e mostre a que veio.

Houve palmas e mais gritos, especialmente da nossa mesa, enquanto Scott percorria o caminho até o palco.

Enquanto ele se sentava no banquinho e ajustava o microfone, meu estômago revirou de nervoso. Gabe levou os dedos à boca e assobiou bem alto enquanto Harper batia palmas e lançava beijos na direção do palco.

— Então, obrigado, Sully — Scott começou, e todos vibraram um pouco mais. — Tenho uma piada para vocês, pessoal, só para começar a aquecer. Querem ouvir?

Os gritos aumentaram em intensidade.

Scott assentiu e levou a mão ao microfone.

— Mas tenham em mente que eu sou advogado e não comediante, está bem? Sejam bonzinhos comigo. — Assobios e gritos animados preencheram o salão e, com um sorriso, Scott sentou-se na beirada do banco. — Está bem, aqui vamos nós, então. O que um tijolo falou para o outro? — Uma pausa para efeito dramático fez o ambiente ficar quieto. — Há um ciumento entre nós.

Silêncio. Eu me encolhi e, constrangida por Scott, olhei para Harper, e não para o palco. Ela ficou ali sentada, tentando esconder o risinho com as mãos. Algumas risadas acabaram brotando pelo salão, acompanhadas pelo barulho dos copos, preenchendo o silêncio desconcertante.

— Eu entendo por que essa piada não fez muito sucesso com esse público — falou Scott, levantando-se do banquinho. — A boa notícia para vocês é que, na verdade, eu não vou fazer stand-up nenhum esta noite.

Ele ergueu o dedo, pedindo um instante, e saiu do palco.

Eu me aproximei de Gabe.

— O que ele está fazendo? — perguntei.

— Não tenho a menor ideia — foi a resposta.

Do outro lado da mesa, Anna lançou um olhar questionador para mim, parecendo tão perplexa quanto eu. Dei de ombros e me virei outra vez para o palco.

Alguns segundos depois, Scott voltou ao meio do palco, desta vez trazendo uma guitarra na mão.

— Ei, parece a sua guitarra — sussurrei para Gabe quando notei, na parte traseira, o adesivo roxo de Willie, o Gato Selvagem, mascote da Northwestern. — O que ele está fazendo com a sua guitarra?

Pela moral do próprio Scott, torci para ele não estar planejando fazer um interlúdio musical depois de uma piada péssima.

Ele segurou o microfone com uma das mãos e a guitarra com a outra.

— Gabe? Gabe Lawson? Quer subir aqui e me salvar desse público tão exigente? — O comentário gerou algumas risadas e Scott fingiu sentir-se ofendido. — Ah, então vocês acham graça nisso? Nossa! Boa sorte, meu amigo — desejou a Gabe, que tinha acabado de subir no palco e agora estava ao lado de Scott.

Fiquei boquiaberta, me perguntando que raios meu namorado estava fazendo no palco. Teria ele decidido tocar alguma coisa na noite de talentos amadores? Gabe vinha praticando muito ultimamente, em geral enquanto eu preparava minhas aulas à noite ou assistia a algum dos dramas que ele não suportava e costumava estragar com seus comentários.

— Valeu, cara — Gabe respondeu, aceitando a guitarra das mãos do colega e se sentando no banquinho.

Scott lhe deu um tapinha nas costas e voltou à nossa mesa, onde Harper o beijou.

— O que foi isso, Scotty? — perguntei. — O que ele está fazendo?

— Espere e você vai ver — ele respondeu com um sorriso enorme no rosto, mantendo os olhos focados em Gabe. — Só espera.

Olhei de novo para Gabe, que agora havia passado a correia da guitarra por sobre o ombro e já dedilhava alguns acordes. Ergueu o olhar e ajustou o microfone.

— Em primeiro lugar, eu quero agradecer ao Scotty por ter me ajudado contando a pior piada que, tenho certeza, todos vocês já ouviram — ele disse, fazendo o salão todo rir. — Depois da performance dele, eu posso fazer basicamente qualquer coisa e parecer um astro do rock.

Muitas pessoas bateram palmas, mas eu estava confusa demais para acompanhá-las. Deslizando o olhar por nossa mesa, percebi que todos sabiam de alguma coisa que eu não sabia. Eles me olhavam e sorriam — todos menos Anna, que chorava lágrimas pesadas enquanto mantinha a mão na altura do coração.

— E também obrigado ao Sully, que me ajudou a tramar tudo isso. Não tem nada de noite de talento amador aqui, acho que todos vão ficar felizes em saber — Gabe revelou, tocando os primeiros acordes de uma música que me soava familiar. — Escrevi esta canção para a minha namorada, Tegan, e ela está aqui esta noite. — Parou de tocar e levou a palheta à boca, apontando na direção da nossa mesa. — Em algum lugar por ali — continuou, falando com a palheta na boca.

— Ela está bem aqui! — gritou Scott, pulando e apontando para mim enquanto as pessoas giravam em suas cadeiras para olhar na minha direção.

Eu deslizei um pouquinho o corpo na cadeira, sentindo o coração bater mais rápido.

— Ela está superdoente, mas veio mesmo assim — Gabe continuou.

— O que é bom, porque, apesar de esta música ser curta, e acreditem, assim que eu começar a cantar vocês vão ficar felizes por isso — Gabe abriu um sorriso enorme e continuou tocando sua guitarra —, são as palavras mais importantes que eu vou dizer na vida.

Agora o salão estava em silêncio, exceto pelo som da guitarra e da voz de Gabe. Devo admitir que sua voz era clara e doce, mas jamais lhe renderia qualquer prêmio em uma competição de talentos.

— *Promise me your heart...and I will carry it with mine... Promise me your body... I will worship for all time.*

Ele balbuciou algumas linhas da melodia e começou a cantar outra vez.

— *Promise me your mind... and it will carry us away... Promise me your soul... I will feed it every day.*

Em seguida, ainda dedilhando os acordes da canção que agora eu reconhecia como aquela que eu ouvia ecoando em nosso quarto todas aquelas noites, Gabe se levantou do banquinho e desceu a escada do palco, aproximando-se de nossa mesa. Segurei a respiração; meu coração poderia explodir a qualquer momento.

Logo Gabe estava na minha frente e éramos só nós dois. Ele balbuciando a melodia da canção, e eu com lágrimas escorrendo pelo rosto enquanto ele me fitava e sorria. Gabe me olhou nos olhos e cantou os dois últimos versos com uma voz doce e segura:

— *Promise me your love... and I will let mine flow... Promise me your hand... I will never let it go.*

Ele entregou a guitarra a Scott, que lhe passou uma caixinha preta. Gabe ficou em pé à minha frente mais um instante antes de se ajoelhar e abrir a caixa. Embora eu soubesse o que o cetim preto ali dentro guardava, nem notei como era o formato, porque não conseguia afastar os olhos do rosto de Gabe.

— Tegan Jane McCall, quer se casar comigo?

Não houve nenhum momento de hesitação.

— Sim — respondi, rouca, minha voz quase sumindo. Eu ria e chorava ao mesmo tempo. — Sim, sim, sim!

Todo o bar explodiu de alegria com minha resposta, e Gabe se levantou e me puxou para que eu ficasse em pé, encostando sua boca à minha com tanta intensidade que pressionamos o nariz e nossa testa bateu.

Encostei meu corpo ao dele e imediatamente o empurrei para longe.

— Espere aí, pare — falei, minha voz agora só um sussurro. — Você vai ficar doente.

— Mas vale muito a pena — respondeu, me beijando de novo. — Vale muito, muito a pena.

Na manhã seguinte, acordei sem voz e coberta da cabeça aos pés com erupções cutâneas vermelhas. Gabe imediatamente enviou uma mensagem de texto para Lucy, sua irmã, apesar de eu implorar para ele não fazer isso, apesar de eu lembrar que era domingo e eu podia esperar um dia, até ela voltar ao consultório.

— Para que serve uma irmã médica se eu não posso enviar mensagens para ela a qualquer momento? — perguntou, rindo, enquanto puxava o telefone das minhas mãos, que eu já havia arrancado das mãos dele antes.
— Além do mais, eu sou o irmão mais novo, o que significa que ela sempre vai ficar feliz quando eu entrar em contato.

Ele enviou uma foto da minha pele e uma lista de sintomas, além de outra foto da minha mão, com direito a foco no anel de noivado. Lucy respondeu imediatamente:

> Parece que a Tegan tem escarlatina... e um futuro marido. Diga à futura sra. Lawson para ficar na cama e lhe dê as boas-vindas à família. Parabéns aos dois! Bj

Mesmo tomando os antibióticos prescritos por Lucy para a garganta e enfrentando o repouso mandatório que Gabe e minha mãe me forçaram irritantemente a fazer, precisei de quase uma semana para voltar a me sentir bem. Mas eu não estava nem aí. Afinal, tinha um anel de noivado no dedo — uma linda aliança de platina com diamantes reluzentes — e uma promessa do homem que eu amava mais que tudo no mundo.

34

Somente quando saio da escola de culinária e tento vencer a rua de paralelepípedos irregulares me ocorre que posso estar embriagada. Tento lembrar quantas taças de vinho tomei. Quatro? Seis? Eu me viro para Colin a fim de perguntar quantas vezes ele encheu minha taça, mas faço movimentos rápidos demais e minha cabeça gira.

— Ahôô, Tegan! — Colin segura meu braço quando tropeço em uma pedra um pouquinho mais alta que as demais e meu chinelo vira de lado. E que bom que ele me segura, senão eu cairia de cara no chão e certamente não conseguiria me levantar. — Tudo bem com você?

— Obrigada — agradeço enquanto o álcool faz sumir qualquer constrangimento que eu possa sentir por ter caído nos braços de um desconhecido.

— Então, como vocês, mulheres, dizem? — Colin pergunta enquanto nos aproximamos da praça. — Topam mais um drinque?

Becca ergue a mão e responde:

— No mínimo mais um!

E os dois dão risada. Ela entrelaça seu braço ao meu e seguimos a caminho de uma mesa vazia, onde solto o corpo, sem a menor elegância, em uma cadeira de aço. Sinto-me aquecida e ligeiramente confusa.

Enquanto tomamos duas outras taças de vinho, conversamos sobre nossos trabalhos — Becca atua na área de design gráfico e Colin na de finanças — e sobre as diferenças entre a vida em Chicago e em Londres, além de fazermos planos ambiciosos de nos encontrarmos outra vez neste mesmo lugar para uma garrafa de vinho todos os anos.

Acho que eu poderia ficar aqui a noite toda, com meus novos amigos cujo sobrenome sequer conheço, se eles não quebrassem o encanto.

— Uma pena o Gabe não ter vindo encontrar a gente — Becca comenta. — Tenho certeza de que o Colin iria adorar uma perspectiva masculina, especialmente se levarmos em conta toda a nossa conversa sobre sapatos.

Ela pisca para o marido, que sorri em resposta. Ao ouvir o nome de Gabe, um leve choque percorre meu corpo e aquela sensação de calor desaparece.

— É, é melhor eu voltar para o hotel. — Puxo desajeitadamente um punhado de euros da bolsa. — Já deve ser tarde.

Colin empurra as notas de volta na minha mão.

— Nada disso. Essa é por nossa conta. — Agradeço aos dois pela bebida e companhia. — Peça desculpas ao seu rapaz, por favor, por termos sequestrado você — diz Colin.

— Pode deixar, pode deixar. — Eu me levanto e imediatamente inclino para o lado, apoiando pesadamente o cotovelo na beirada da mesa. Xingo e esfrego meu braço formigante, depois seguro com força o tampo da mesa enquanto tiro os chinelos. — Acho que vou me sair melhor sem eles — comento, enfiando as sandálias de borracha debaixo do braço.

Colin e Becca me perguntam se vou chegar bem ao hotel, respondo que sim, depois dão as mãos sobre a mesa e pedem outra garrafa para o sempre presente garçom. Eu me viro para trás e aceno para eles enquanto parto em direção à Villa Maria, andando descalça pelas ruas.

No entanto, quanto mais perto chego do hotel, mais a sensação de alegria e leveza desaparece. É substituída por uma apatia, uma sensação familiar e sombria que eu queria poder ignorar. De volta ao hotel, encontro o caminho até o quarto e, num primeiro momento, tenho a impressão de que Gabe não está. Tudo parece escuro, exceto por alguns poucos raios de luz que entram pela janela, vindos do jardim lá embaixo. Então ele limpa a garganta.

— Porra! — Os chinelos caem no chão. Acendo a luz e tento recuperar o fôlego. — Você me assustou.

— Onde você estava? — Gabe quer saber.

Está sentado de braços cruzados na poltrona em um dos cantos do quarto. E não parece nada contente.

— Desculpa.

Luto com minha bolsa para conseguir passar a alça por sobre a cabeça. Sou barulhenta e desastrada. Sem dúvida exagerei no vinho, mas espero não parecer tão embriagada quanto me sinto. O fecho da bolsa prende em meu cabelo e eu xingo quando o puxo e sinto dor. Enfim consigo me desembaraçar e sentar na cama.

— Aquele casal que nós conhecemos na trilha, Becca e Colin? — conto, as palavras saindo com dificuldade. — Fui beber com eles depois da aula.

Gabe fica calado por um instante, e, no silêncio, deixo escapar um arroto, o que me faz rir. Solto o corpo na cama.

— Você está bêbada — ele constata, decepcionado.

— E daí? — Eu me viro de bruços e descanso a cabeça na curva dos cotovelos. Com as pálpebras pesadas, tento, sem sucesso, disfarçar um bocejo. — Eu me diverti.

— Pensei que nós tivéssemos concordado que ficar bêbada não era uma boa ideia agora, já que você está tomando remédios.

É irracional, mas fico irritada com o jeito como ele pronuncia a palavra "remédios". Como se ele e os medicamentos fossem velhos amigos ou algo assim.

— Nós? — Ergo a cabeça para olhar para ele. Minha vertigem é forte demais para a cabeça continuar erguida, então volto a baixá-la. — Você deve ter chegado à conclusão de que seria melhor assim — murmuro. — *Nós* não concordamos com coisa nenhuma.

Não sou uma boa bêbada, se é que existe algo assim. Das mais ou menos meia dúzia de brigas que tive com Gabe ao longo dos anos, pelo menos cinco aconteceram depois de eu beber demais. Uma birita ou outra me relaxa e me transforma em uma Tegan divertida; o excesso me deixa malvada e chorona. Duas coisas que não preciso na minha vida agora.

— Além do mais, eu tomei aqueles remédios idiotas no começo da manhã. Tenho certeza de que a maior parte do efeito já passou a esta altura.

— E o seu adesivo?

Abro um dos olhos e viro a cabeça para olhar meu ombro exposto. *Merda*. Esqueci de colocar um adesivo hormonal novo hoje cedo.

— Sem problemas, eu coloco agora.

Rolo pela beirada da cama e de algum jeito consigo ficar em pé.

Saio cambaleando em busca da minha mochila, onde guardo um saquinho cheio dos adesivos.

— Ah, aí está você.

Eu me inclino para pegar a mochila, apoiada no armário. Somente quando vou colocá-la sobre a cama me dou conta de que ela está de ponta-cabeça. Tudo o que tem dentro cai.

— Ops — digo, rindo enquanto olho as coisas espalhadas pelo chão. Embalagem de chicletes. Meias esportivas enroladas. Kit de primeiros socorros, presente de Connor. Brilho labial e protetor solar. Uma caneta com a tampa mastigada. Dois frascos e meio de antiácido guardados em uma sacola plástica. A caixa de cartões da minha mãe. O livro de Anna, que ainda tenho que ler.

— Os adesivos estão no banheiro, na bancada — Gabe informa.

Com a mão na cintura, eu me viro na direção dele e quase perco o equilíbrio.

— Essa informação seria valiosa, digamos, dois minutos atrás.

Irritada, agacho e arrasto o braço pelo chão, arrumando tudo em uma pilha descuidada. Estou prestes a jogar as coisas de volta na mochila, mas congelo ao ver o envelope saindo do livro.

Eu tinha esquecido que o havia enfiado no meio do livro que Anna me deu, no último minuto antes de ir para o aeroporto. A ponta dos meus dedos segura a borda e eu o puxo para fora das páginas do livro, levando o envelope ao peito. Fecho os olhos e respiro fundo algumas vezes, permitindo-me segurar as lágrimas que escorrem tão facilmente por causa do vinho.

O envelope está amassado, a cola da aba há muito tempo seca e a fita agora mal o segura fechado. Também está todo sujo por ter passado esse tempo dentro da mochila. Não vou abrir agora, embora sinta uma necessidade desesperada de fazê-lo, porque não quero que Gabe saiba o que tem ali dentro. Contudo, nem preciso abrir para formar uma imagem mental do papel dobrado em um pequeno quadrado para caber no envelope, com as palavras "Feliz Natal ao meu marido. Te amo para sempre. Bj, T" escritas com tinta dourada. Nunca entreguei a ele, nunca tive a chance. E agora, depois do acidente, entregar não faz mais sentido.

Gabe se abaixa atrás de mim, coloca uma das mãos em meu ombro para tentar me virar, para que possa ver com seus próprios olhos se estou bem. Salto ao sentir seu toque, mas resisto firmemente.

— Tegan, o que está acontecendo? — pergunta, com uma voz afiada que só me faz chorar mais. Afastando a mão do meu ombro, ele suspira e eu sinto vontade de lhe dizer que estou bem. Lembrá-lo de que algumas lágrimas são perfeitamente normais quando bebo vinho demais. Estou prestes a falar que deveríamos simplesmente ir dormir quando ele xinga baixinho, mas alto o suficiente para eu ouvir, e diz: — Está vendo? É por isso que você não devia beber tanto. Você fica triste.

A raiva ferve dentro de mim.

— Bem, maridinho do meu coração — começo, enfiando o envelope de volta nas profundezas do livro. Depois, me levanto para encará-lo. — Você está certo. Como sempre. — A boca de Gabe se transforma em uma linha firme e reta. — Mas quer saber? Tudo me deixa triste pra caralho. Então vou me dar o direito de provar alguns dos bons vinhos italianos enquanto estiver aqui. Porque, sejamos francos, nada disso foi ideia minha.

Embriagada demais para ficar em pé, eu me sento na cama e luto com meu lenço até ele se soltar do pescoço. Com um suspiro, me deito no travesseiro.

Gabe é inflexível.

— Estou preocupado com você, Teg — anuncia, vindo para a lateral da cama e pairando acima de mim. — Que você volte a fazer alguma coisa, como antes...

— Como antes quando? — pergunto, a amargura escapando em minha voz. Mantenho os olhos focados no teto. — Você está falando dos remédios? Puta que pariu, quantas vezes...

— Tegan, pare.

— Não, pare você, Gabe. — Levanto a cabeça e o quarto inteiro gira. Por um instante, tenho certeza de que vou vomitar, mas a náusea passa. Sento com as costas apoiadas na cabeceira, grata pela superfície estável atrás das minhas costas, e me viro para ele. — O que você acha que eu vou fazer? Tentar me matar com o melhor vinho tinto que já tomei na vida? Ou talvez com este lenço? Você acha que vou dar voltas e voltas com ele no pescoço e aí amarrá-lo na sacada e pular? Ou que vou outra vez me arriscar com aquela cabra? — Dou uma risada amarga e Gabe franze o cenho. — Aquele episódio com os remédios foi um acidente. Quantas vezes tenho que explicar isso para as pessoas? Re-la-xa.

— Eu sei que não foi acidente, Tegan.

Suas palavras ecoam entre nós, e a raiva dentro de mim ferve até derramar.

— Quem se importa com o que você pensa?! — Tento me levantar sobre a cama, mas minhas pernas cedem. Gabe estende a mão para evitar que eu caia, mas eu a afasto com um tapa. — Não encoste em mim.

Minha fúria cresce, e eu faço o possível para não dar uma bofetada na cara dele — em seu semblante, o misto de tristeza profunda e um toque de medo.

— Nada disso jamais teria acontecido, jamais estaria acontecendo, se você não... se você não... — Meus olhos estão fervendo e arregalados outra vez. — Você arruinou tudo para a gente, Gabe. — Aponto um dedo trêmulo para o peito dele. — *Você* provocou isso.

— Chega! — ele grita, e eu fico surpresa, mas me mantenho de joelhos, encarando-o. — Foi um acidente, Tegan. Você por acaso percebeu aquela camada fina de gelo na pista? Acha que eu queria que tudo isso estivesse acontecendo? — Sua voz vai ficando alta, instável, com raiva e sofrimento. Levo o punho fechado à boca e tento engolir o gemido que quer escapar, mas não me viro. Quero que ele veja exatamente o que fez comigo, o que fez com a gente. O choro estilhaça meu corpo, mas Gabe não estende a mão na minha direção, como espero que faça.

— Você é tão insuportavelmente egoísta — reclama. — Como se você fosse a única... a única que perdeu algo. — Enterra o rosto nas mãos por um instante antes de me estudar outra vez, agora com olhos vermelhos e úmidos. — Quer saber? Vá se foder, Tegan. Ele também era meu filho.

Apesar de suas palavras duras, eu poderia — deveria — ser solidária, afinal entendo o que o sofrimento intenso pode provocar em uma pessoa. Que pode nos transformar em alguém que sequer reconhecemos. No mínimo, não tenho que piorar ainda mais as coisas. Mas estou tomada por uma raiva pesada demais para me importar com qualquer coisa ou qualquer pessoa.

Calmamente afasto as mãos da boca, tremendo da cabeça aos pés, mas me inclino na direção dele para que nosso rosto esteja a centímetros de distância um do outro. Quando encaro seus olhos, percebo que não conseguimos deixar para trás o que aconteceu. Nós dois estamos destruídos a um ponto além do corrigível.

E compreender isso me faz odiá-lo ainda mais.

— Você está certo, Gabe. Isso não diz respeito só a mim. Mas você deixou de fora um detalhe importante. — Minhas pernas trêmulas mal me sustentam, mas afasto os joelhos para me equilibrar e seguro com força a cabeceira. — Nosso filho está morto, e a culpa é exclusivamente sua.

Seu maxilar se aperta e, por um instante, não sei o que Gabe vai fazer, o que vai dizer. Mas aí ele desfaz o contato visual e se senta pesadamente na poltrona, me deixando ali, cambaleante, instável na cama, totalmente sozinha e tomada por adrenalina, pronta para uma briga da qual ninguém além de mim tem interesse em participar.

— A propósito — diz, com um tom sem emoção que me acerta com mais força que sua raiva. — Você esqueceu a sua corrente hoje. No criado-mudo.

Meus olhos correm para a superfície de madeira escura e, claro, ali está a corrente. Eu a tirei para tomar banho e me esqueci de colocar outra vez. Sou tomada por choque, depois por uma profunda sensação de culpa.

Eu me esqueci de colocar a corrente.
E não tenho ideia do que isso significa.

―

Algumas horas depois, acordo com uma dor de cabeça insuportável, em um quarto escuro. Deitada aqui, a cabeça explodindo e a boca amarga pelo vinho, repasso os eventos anteriores. Um alívio se espalha por mim quando levo a mão ao pescoço e sinto a corrente de volta no lugar.

— Tegan?

Primeiro não respondo. Aí a pausa parece longa demais.

— Sim?

— Desculpa.

O silêncio cai como uma cortina sobre mim, e eu me sinto claustrofóbica e com muito calor. Tiro as cobertas e percebo que ainda estou de vestido. Incerta sobre como dizer tudo o que quero expressar, uso as únicas palavras que me vêm à mente.

— Tudo bem.

— Eu... eu não quero brigar com você.

Minhas pupilas começam a se ajustar à escuridão e eu olho para o teto, me forçando a não chorar. Quero que a raiva volte, porque ela me protege da tristeza.

— Tudo bem — repito e fecho os punhos com força enquanto rolo para longe dele.

35

UM DIA ANTES DO ACIDENTE

— E aí, o que você achou?

Anna estava boquiaberta.

— Uau — disse. — É... mesmo especial.

Estávamos no feriado escolar de Natal, prestes a sair para trocar presentes, como fazíamos todos os anos — uma combinação de comida indiana com o filme de terror mais cafona em cartaz, já que Gabe jamais assistiria a algo assim comigo —, mas eu disse que precisava mostrar para ela o presente de Gabe. "Não vejo a hora de você ver", eu havia comentado, sugerindo que primeiro tomássemos café em casa antes de sairmos. "Este ano eu me superei."

Ela girou na mão o cubo de cristal, que tinha mais ou menos o tamanho de uma caixa de chá, levando-o perto do rosto. Sua franja preta sedosa caiu sobre os olhos e ela a empurrou para o lado, segurando firmemente o cristal com a outra mão.

— É bem pesado, não? Quanto custou?

De costas para Anna, de modo que ela não visse meu rosto, dei uma risadinha enquanto ia à cozinha pegar a garrafa de café. Embora eu tivesse dito a todos que só bebia descafeinado agora que estava grávida, incluindo Gabe, que separava minha vitamina pré-natal todas as manhãs em um suporte para ovo cozido ao lado de um copo de leite, era mentira. Só Anna sabia a verdade, porque eu tinha certeza de que ela jamais me julgaria por algo tão inofensivo quanto um pouco de cafeína. Era minha terceira xícara do dia.

— Na verdade, não foi tão caro. Acho que cento e cinquenta?

Eu tinha gastado só quarenta dólares, mas sabia que um leve exagero era necessário.

Anna fechou a boca e assentiu vigorosamente, deixando o rabo de cavalo balançar. Colocou o cubo na mesinha entre nós. Escondi o sorriso atrás de minha caneca enquanto a observava colocar creme no café.

— Nada mau. Não foi um preço ruim — comentou. — Quer dizer, eu não tenho a menor ideia de quanto essas coisas custam, mas me parece um preço bem razoável.

Segurei o cristal cuidadosamente com as duas mãos.

— O Gabe vai ficar tão surpreso.

— Não tenho a menor dúvida. — Anna tomou um demorado gole de café e desviou o olhar. — Queria estar junto para ver a cara dele.

Meu plano era levar essa história um pouco além, mas não consegui segurar a risada, que me escapou quando vi a expressão em seu rosto. Anna era reconhecidamente terrível em esconder suas emoções ou tendências sarcásticas.

— O que foi? — perguntou. Eu não conseguia parar de rir nem o suficiente para recuperar o fôlego, o que a fez acrescentar: — O que eu fiz?

— A-ai! — exclamei, o soluço repuxando meu diafragma, que já começava a ser apertado pelo bebê.

— Cuidado aí, gravidinha. Você vai fazer esse bebê sair antes da hora — falou minha amiga, se encolhendo quando outro soluço alto me escapou. Ela levou a mão à minha barriga, e eu apoiei a minha sobre a dela. — Quer um pouco de água? — Neguei com a cabeça, segurando a respiração para tentar acalmar os soluços. — Da próxima vez que encontrar minha *zu mu*, vou trazer casca de tangerina doce. É o melhor remédio para soluço. Sério, funciona — prometeu ao ver minha reação, que era no mínimo cética. — Nem pense em tirar uma com os remédios da minha *zu mu*, está bem?

— Acho que já passou. — Respirei fundo e, quando nada aconteceu, respirei outra vez. Em seguida, tomei um gole de café. — Tudo sob controle.

— Certo. Então o que foi que eu não entendi? Qual é a graça?

Apoiei o corpo outra vez nas almofadas do sofá e arqueei uma sobrancelha.

— Anna, você me conhece melhor do que ninguém. Você acha mesmo que eu ia escolher um negócio desse para o Gabe no nosso primeiro Natal depois de casados? Sério?

— Não sei! — Anna lançou as mãos para cima e enfiou as pernas debaixo do quadril. — Quer dizer, espero que não, mas você agora tem todos esses hormônios correndo aí dentro. E mais: tem um pênis crescendo dentro de você. — Apontou para minha barriga e riu. — Não consigo nem imaginar o que uma coisa assim é capaz de fazer com uma mulher.

Peguei o cubo de cristal e tentei manter uma expressão neutra enquanto estudava a imagem em holograma ali dentro. Era uma imagem gravada a laser do nosso primeiro ultrassom, com as palavras "Principezinho do papai" logo abaixo.

— É mesmo um horror — enfim falei, rindo.

— É, é mesmo — Anna admitiu, e nós duas começamos a rir descontroladamente. — Agora uma pergunta: já passou pela sua cabeça que o Gabe pode realmente gostar desse presente?

Parei de rir e a encarei. Neguei com a cabeça.

— É impossível. Bom, você está vendo a peça, não está? Ela é meio... assustadora, não é?

Anna deu de ombros.

— Para um futuro papai superanimado e emotivo, e nós duas sabemos que o Gabe é justamente isso, uma coisa dessas pode ser vista como sentimental.

Mordisquei a parte interna da bochecha, analisando o cristal com olhos críticos.

— Putz! Pode ser que você tenha razão. — Era mesmo possível que minha brincadeira se transformasse em um tiro saindo pela culatra. — Mesmo assim, eu vou seguir com o plano e correr o risco de magoar o Gabe quando anunciar que a peça vai direto para a gaveta de meias dele.

Anna riu e entornou a caneca de café enquanto eu guardava o cristal de volta na caixa. Eu o embrulharia quando voltasse do cinema.

— E qual é o presente verdadeiro? Espero que seja alguma coisa boa.

— É, sim — afirmei, me levantando do sofá. — Só um segundo.

Na suíte, abri a gaveta onde guardava absorventes — uma gaveta que eu não precisava abrir havia meses e onde eu sabia que Gabe jamais fuçaria — e puxei um cilindro branco de plástico. Outra vez no sofá, entreguei-o a Anna e me sentei. Ela girou a peça nas mãos, buscando alguma pista na superfície discreta. Depois olhou para mim.

— Que gracinha, Teg. Você comprou um tubo de plástico para ele. Sério, você é a melhor esposa *do mundo*.

Dei um tapinha em Anna e lhe mandei abrir o embrulho. Ela riu e puxou a tampa para olhar dentro do tubo. Meu coração bateu um pouquinho acelerado quando imaginei a reação de Gabe ao abrir o presente, dali a dois dias, no Natal.

Ela puxou com cuidado o papel no interior e o abriu. Vi seus olhos absorverem o que estava escrito no topo da página — "Feliz Natal ao meu marido. Te amo para sempre. Bj, T" — antes de analisar o restante. Um momento depois, seus olhos brilharam e ela fungou algumas vezes.

— Ai, Tegan. Que lindo.

— Muito melhor que um cristal com um holograma, né?

— *Bem* melhor — ela concordou, olhando outra vez para o papel. — Quem escreveu para você?

— Foi o Adam, um amigo do Scotty. Ele é professor de música e parece que faz uns bicos tocando por aí. O Adam compôs a música e nós dois trabalhamos juntos na letra. Pensei que o Gabe poderia aprender a tocar na guitarra e depois cantar para este menininho quando ele nascer.

Acariciei o meu ventre. Nunca me cansava de sentir a protuberância firme sob minhas mãos.

— Ele vai amar, Teg — Anna falou, assentindo com veemência. — É perfeito.

— Obrigada. — Peguei a partitura de volta, enrolei-a bem apertado e a enfiei outra vez no cilindro de plástico. A peça era meio uma canção de ninar, meio uma balada romântica, e eu estava louca para entregá-la. Olhei para o relógio em meu pulso. — Melhor a gente ir.

— Ele vai chorar como um bebê. Espero que você esteja preparada.

Anna pegou nossas canecas e as levou à cozinha, deixando-as na lava-louças.

— Esse é o plano — falei, embrulhando o cristal e o escondendo atrás de uma pilha de revistas antigas na estante.

Anna vestiu seu casaco e me abraçou, enfiando a cabeça debaixo do meu queixo.

— Que foda. Vocês dois são lindos demais! — Suas palavras me fizeram sorrir, e eu a abracei também. — Sério, não sei como eu suporto isso.

— Desculpa — falei por sobre o ombro enquanto ia ao banheiro. — No próximo Natal eu vou tentar levar os seus sentimentos em consideração, está bem?

Antes de sairmos para jantar, escondi o presente outra vez na gaveta de absorventes.

36

— Tegan?

Assustada ao ouvir meu nome, eu me viro.

— Ah, *buongiorno*! Sabia que era você. — Gia, da Escola de Culinária da Francesca, está na minha frente. Seus braços seguram sacolas de compras com itens de todos os tamanhos e formas, mas ela faz parecer que simplesmente não pesam nada. — Você está hospedada aqui? Em Amalfi?

— Ah, não — gaguejo. Estou confusa, de ressaca, com uma dor de cabeça insuportável por causa do vinho, sem dormir direito. E ontem à noite briguei com o Gabe. — Eu estou... Bem, nós estamos hospedados em Ravello.

— Vai entrar? — Gia inclina a cabeça na direção da enorme escadaria de pedra que leva à famosa Catedral de Amalfi.

Eu estava pensando em entrar, mas sem saber direito o que fazer lá dentro. Fora o presépio de cerâmica que minha mãe coloca na cornija da lareira todo Natal — quando eu era criança, quebrei o bonequinho de Jesus, que minha mãe substituiu por outro de cortiça —, religião não é exatamente uma coisa à qual minha família dá muita atenção.

— Acho que eu vou tomar um café primeiro — respondo, mesmo que esse não fosse o plano.

Para dizer a verdade, quando entrei no táxi hoje de manhã, eu não tinha planos senão escapar de Ravello ou, mais especificamente, do quarto do hotel e de Gabe. Estou parada na base da escadaria da catedral há mais ou menos meia hora, alternando entre arrependimento pela briga de ontem à noite, que eu instiguei, e irritação comigo mesma por me sentir culpada. Não consigo evitar a decepção profunda. A aula de culinária foi incrível, tudo o que eu esperava, mas a briga com Gabe? Dois passos à frente, dois passos para trás. Todavia, me parece melhor não comentar com Gia tudo o que aconteceu, porque, neste momento, não confio no que posso dizer.

— Estou com um pouco de dor de cabeça — digo, desejando, não pela primeira vez esta manhã, não ter saído para beber com Becca e Colin ontem.

— A melhor cura para dor de cabeça é um espresso bem forte — Gia sugere. — No mínimo um, mas dois funcionam melhor ainda. — Faço uma careta e levo a mão ao estômago, fazendo-a rir. — Confie em mim. Venha, venha comigo. — Eu me ofereço para levar algumas de suas sacolas de compras, mas ela recusa. — O Alberto vem me buscar daqui a vinte minutos, então eu te acompanho.

Ao lado da escadaria da igreja, na praça de Amalfi, conhecida como Piazza del Duomo, há uma fachada de mármore com um toldo de lona. O nome Andrea Pansa aparece gravado no mármore, sobre a porta, e lá dentro meia dúzia de pessoas formam fila diante de uma vitrine repleta de doces. O cheiro de café, chocolate e doce recém-saído do forno passa pela porta e eu inspiro fundo. Gia deixa as sacolas em uma das cadeiras acolchoadas na parte de fora da loja e aponta para que eu me sente.

— Eu entro e faço o nosso pedido. Nós sempre tomamos cappuccino de manhã, mas vou pedir um espresso primeiro para você. Pode ser? — diz.

Confirmo com um gesto e mexo desastradamente no zíper da bolsa, tentando encontrar a carteira.

— Por favor, hoje é por minha conta.

— Não, não, não — Gia recusa, já entrando na loja. Volta após alguns minutos, trazendo uma xícara pequena de espresso em uma das mãos. Diz que o garçom vai servir nossos cappuccinos e doces em breve. — Se você vir a minha mãe, não conte a ela que eu parei para tomar café da manhã aqui — acrescenta, com uma piscadela. — Ela iria reclamar até cansar.

— Não vou comentar nada.

Sorrio e, hesitante, tomo um gole do café. O líquido é quente, mas não tão ruim quanto eu me lembrava. Depois de outros goles, começo a gostar do sabor intenso. Tomo mais um bocado e Gia sorri para mim, apontando com a mão, como se quisesse me dizer para entornar a bebida de uma só vez.

— A minha *mamma* acha este lugar muito caro — conta, tirando o lenço de seda do pescoço. Fico impressionada: todo mundo aqui tem estilo, mesmo a esta hora. Se você sair para buscar café de manhã em Chicago, moletom, tênis e boné formam uma combinação perfeitamente aceitável.

— E ela deve estar certa, mas eu não gosto de concordar, porque se eu admitisse isso ela ia ficar toda cheia. — Gia dá risada e eu tomo toda a minha xícara de espresso.

O garçom traz dois cappuccinos, lindamente espumosos e perfumados, e dois doces que mais parecem uma sobremesa que um café da manhã.

— Este é um café da manhã tipicamente italiano — ela me diz antes de murmurar *grazie* ao garçom, que usa smoking e faz uma leve reverência para deixar nossa mesa.

— Que lugar lindo — elogio, olhando outra vez para a doceria, onde a fila continua crescendo. — E esse deve ser o melhor cappuccino que eu já tomei na vida. Obrigada.

Bebo mais um gole e sinto o café escuro sob a espuma queimar levemente meus lábios.

— Esta loja existe desde 1830 — Gia conta. Em seguida ergue o prato, no qual há um doce coberto com açúcar de confeiteiro no formato de uma enorme concha, com camadas delicadas de massa no topo. — E eles servem a melhor *sfogliatella*, na minha opinião.

— O recheio é de quê? — Mordo a massa amanteigada e crocante e meus dentes afundam em alguma coisa doce e espessa.

— Creme de ricota e laranja — ela revela, antes de morder seu doce.

— Uma delícia — elogio, e passamos um minuto comendo em silêncio, com os barulhos da manhã de Amalfi preenchendo o ar.

— Quando eu era mais nova, comia um desses todas as manhãs — ela confessa, usando o guardanapo preto de tecido para limpar a fina camada de açúcar em seus lábios. — Mas hoje em dia, não importa quantas escadarias eu suba, não posso me dar esse luxo.

Percebo um fluxo constante de moradores andando, a maioria entrando e saindo da doceria. Olhando em volta, observo que turistas ocupam a maioria das mesas.

— Ninguém se senta aqui para comer? — pergunto.

— Em geral, não. Na Itália, o café da manhã é um cappuccino e algum docinho da lanchonete. Você encontra os amigos por alguns minutos, come, bebe e segue o seu dia.

— Você sempre morou aqui? — pergunto.

— Sim, tirando alguns anos que eu passei em La Sapienza. — Arqueio a sobrancelha e faço uma afirmação, como se soubesse onde fica o lugar. — Na Universidade Estadual de Roma. Estudei arquitetura e depois morei na Inglaterra por um ano para aprender inglês. Depois... — Faz uma pausa para terminar de tomar seu cappuccino. — Voltei para Ravello para ajudar com a escola. E você? Sempre morou nos Estados Unidos?

Confirmo com a cabeça.

— Sou professora do jardim de infância lá.

— Professora! — Gia exclama. — Eu devia ter imaginado. Você tem um jeitinho especial. Curiosa e, ao mesmo tempo, uma excelente ouvinte.

Estou mastigando o doce, então ofereço um sorriso de boca fechada para agradecer o elogio.

— Está viajando sozinha? — ela pergunta em tom casual, embora eu tenha certeza de que ela já notou a aliança no meu dedo.

Gia parece ser muito atenta.

— Hum, não — respondo, me sentindo desajeitada. A xícara de café escorrega da minha mão e cai ruidosamente no prato abaixo. Por sorte, nada quebra. — Desculpa, estou toda atrapalhada hoje. — Com meu guardanapo, seco um pouco do café derramado. — Eu sou casada. — E aí percebo que isso não responde a sua pergunta. — Ele ficou no hotel.

A hostilidade da noite anterior ainda se agarra em mim, e me pego feliz por não ter que estar com Gabe agora. Mesmo que algumas horas de sono e essa dor de cabeça tenham de algum modo diminuído a raiva, ela ainda queima forte em meu fígado.

Ela assente, educada, mas não diz nada.

— Eu bebi muito vinho ontem à noite e, bem, rolaram algumas palavras pesadas... — Então me contenho e dou de ombros. As palavras não foram o problema, obviamente. Mas não é uma coisa que eu queira discutir enquanto tomo café e como um doce com alguém que é praticamente uma estranha. Porém minha desculpa clichê parece explicar tudo para Gia.

— Entendo — ela diz, batendo as mãos. — Não precisa dizer mais nada, mais nada. Eu sou casada há vinte e dois anos. Sei que o vinho pode tornar uma mulher passional ainda mais passional. — Dá uma piscadinha para mim. — Como está a sua cabeça agora?

Penso por um instante e percebo que o latejar nauseante se transformou em nada além de um incômodo leve.

— Muito melhor.

Gia sorri e se levanta. Também fico em pé.

— Bem, o Alberto já deve estar está me esperando. — Ela me abraça e os aromas de alecrim, alho e lavanda permanecem no ar algum tempo depois que se afasta. — Foi um prazer.

— Muito obrigada pela companhia — respondo. E acrescento: — E pelos cafés e pelo doce. Ainda bem que tenho uma caminhada longa me esperando para queimar esse café da manhã.

Gia ri e empurra a cadeira para perto da mesa.

— Você tem sorte de ainda ser nova — comenta.

Quando consegue pegar suas sacolas, para e olha para mim por um instante. E de repente me sinto exposta. Como se ela soubesse que há alguma coisa importante que não revelei.

— Se você estiver procurando um lugar bonito para dizer algumas palavras, siga à direita da escadaria da catedral. — Aponta para um beco que aparentemente desaparece sob a igreja. — Você vai ver duas portas pequenas com vitrais. Fica bem naquele túnel, alguns metros à frente. Não tem como passar reto, e eu sei que está aberto hoje.

— Obrigada.

— *Ciao*, Tegan. Foi um prazer enorme te reencontrar. Espero que você volte em breve e nos visite outra vez.

— Também foi um prazer te ver, Gia. E eu espero voltar em breve.

Um instante depois, percebo um casal aguardando uma mesa na agitada doceria, então tomo um último gole do meu cappuccino, que já começou a esfriar, e reúno minhas coisas. Seguindo na direção que Gia apontou, logo me deparo com as portas que ela descreveu. O cadeado está aberto nas portas de ferro, que são coloridas por vitrais instalados nas laterais, e eu empurro uma delas. Ali dentro, fileiras de velas iluminam o espaço pequeno, que só abriga alguns bancos diante de imagens de divindades religiosas. Não tem ninguém, mas mesmo assim eu me sento no fundo. As velas queimam lentamente, e eu ouço a música fraca vinda de algum lugar próximo.

O banco de madeira é desconfortável, bem parecido com os outros em que me sentei nas poucas vezes em que fui a uma igreja. Casamentos e funerais, minhas experiências religiosas praticamente se baseiam nesses eventos — embora eu tenha ido com os Lawson no penúltimo Natal, o que foi interessante, talvez estranho. Eu me mexo no banco, incomodada, tentando encontrar algo para dizer, se é que tenho algo para dizer. Eu sei que muita gente encontra conforto na ideia de Deus, mas não sou uma dessas pessoas. Na minha visão, depois que você morre, está morto. Queria acreditar em alguma coisa diferente, especialmente agora, quando preciso ser reconfortada.

Levo uma das mãos ao pingente e fecho os olhos, na esperança de que ele me aproxime de uma resposta. Deixo escapar um suspiro profundo enquanto espero alguma coisa surgir em minha mente.

As risadinhas são baixas, e, num primeiro momento, penso que estão vindo do túnel. Abro os olhos e analiso o que há em volta, na esperança de encontrar alguém à porta, mas não tem ninguém ali. Então as risadas ficam mais altas e eu percebo que estão vindo lá da frente. Um segundo depois, um casal muito jovem — menos de vinte anos, imagino — se levanta diante da fileira de velas. Estão bem desgrenhados, com as bochechas coradas, e só têm olhos um para o outro. De mãos dadas, sussurram *scusi, scusi* para mim enquanto passam rapidamente, preenchendo o túnel com suas risadas assim que saem da sala.

Não consigo segurar. Também começo a rir. Peço desculpas a ninguém específico quando a sala fica outra vez vazia e depois vou embora. Eu me pergunto se Gia tem ideia de que este lindo refúgio de adoração também é um lugar onde os amantes adoram uns aos outros.

Se eu estava em busca de um sinal, concluo que ele acabou de surgir.

Voltando lentamente pelo túnel, que é esculpido bem na saída de uma rocha, mas parece moderno com a tinta branca nas paredes e as lâmpadas fluorescentes, sinto os vestígios finais da ressaca deixando meu corpo, abrindo espaço para a clareza.

Se eu quiser que as coisas funcionem, preciso passar menos tempo focada em tudo o que perdi naquela noite e mais tempo tentando descobrir como viver sem o que ficou para trás. E, embora ainda seja assustador e desconhecido, o perdão começa a espreitar nos cantos escuros e devastados da minha alma.

37

Mordo uma cutícula solta no dedão e espero, enquanto o telefone toca, em um banco desocupado em um portão próximo, em busca de um lugar mais silencioso. Nosso portão de embarque é barulhento, repleto de ruídos de anúncios em vários amplificadores se misturando aos gritos de crianças indisciplinadas e entediadas brincando de pega-pega, enquanto seus pais as ignoram munidos de celulares e outros aparelhos. Tapo o outro ouvido e me viro na direção das enormes janelas que dão para a pista enquanto o telefone toca pela sexta vez. Estou prestes a desligar quando alguém finalmente atende.

— Alô.

— Ei — digo, confusa. — Jason, o que você está fazendo aí? Por que está atendendo o telefone dos nossos pais? Está tudo bem?

Meu coração acelera quando imagino qual problema pode ter acontecido.

— Está tudo bem, Teg. — Jason soa tranquilo, como de costume. — Só estou fazendo companhia para o papai enquanto a mamãe está fora. E acabando com ele no Banco Imobiliário. Você precisava ver todos os hotéis que eu comprei. — Ele expira algumas vezes, e sei que está fingindo polir os nós dos dedos. — De agora em diante, pode me chamar de Jason Trump.

— Vá com calma com o papai — digo, franzindo a testa. — Você sabe que ele pode ficar muito competitivo quando está perdendo no Banco Imobiliário.

— E quem foi que disse que eu estou perdendo? — meu pai pergunta, agora na linha. — Tudo é uma questão de estratégia. O Jase pode estar ganhando agora, mas vai acabar tendo que engolir o próprio ego.

— Até parece que você engana alguém, meu velho — Jason responde, rindo. — É melhor você não mexer nas minhas propriedades aí.

— Vá fazer o café e fique quietinho no seu canto — meu pai retruca.

— Espero que seja descafeinado — eu me intrometo.

— É, sim, não se preocupe — meu pai garante. — E é muito bom ouvir a sua voz! Estamos morrendo de saudade.

— Também estou com saudade. — Suspiro demoradamente e logo desejo não ter feito isso. Não quero que meu pai se preocupe comigo mais do que sei que já está preocupado. — Daqui a pouco estou em casa.

— E como é a Itália? — indaga com leveza, ignorando meu suspiro. Ainda bem.

Relaxo o corpo no encosto da cadeira. *Como é a Itália?* Linda. Inesquecível. Complicada. Desgastante. Deliciosa. Renovadora. Decepcionante. Cheia de memórias — algumas adoráveis, outras... Escolho a resposta mais simples:

— A Itália é espetacular.

— A sua mãe adorou a sua última carta. Ela vai se doer toda por não estar aqui para falar com você — afirma.

— Aonde ela foi? Muito me admira ela ter deixado você sozinho.

— Ei, ele não está sozinho! — Jason retruca.

— Você me entendeu.

Sua petulância me faz virar os olhos.

— Ela foi ao mercado, provavelmente para encher o carrinho com qualquer coisa que seja verde, folhosa e com pouca gordura — conta meu pai, irritado. — Ah, não podemos esquecer que tem que ter gosto de terra ou... pior ainda, de coisa *saudável*.

Jason bufa.

— O ataque cardíaco não derrubou o papai, mas pode ser que a couve consiga.

— Ela está fazendo exatamente o que deve ser feito, pai — digo. — Nós precisamos de você por perto por muito tempo, então coma a sua couve e não reclame, está bem?

— Sim, senhora — meu pai responde, e posso ouvir o sorriso em sua voz.

Só de imaginá-lo, com os cabelos grisalhos e a cicatriz na testa — de quando colidiu com uma parede na infância —, que o faz parecer mais jovem do que realmente é, sinto saudade de casa. Uma breve onda de pânico se instala em meu estômago enquanto penso mais uma vez no que teria acontecido se ele não tivesse tanta sorte. Resisto à necessidade de dizer que vou trocar meu voo e ir direto para casa.

— Então, o que tem na agenda para hoje? — ele pergunta, como se sentisse que estou vacilando e me empurrasse para seguir com a conversa. — Por favor, diga que é alguma coisa que envolve algum tipo de massa coberta com muito queijo derretido ou uma cerveja gelada olhando para o Mediterrâneo. Ah, ah... ou um daqueles doces que a Rosa faz. — Ele suspira. — Se você quer saber, eu cheguei a sonhar com eles.

— Sim, aqueles seios de freira são coisa de louco — Jason concorda, e ouço um farfalhar ao telefone. — Aqui, pai, seu café orgânico, regional, amigo dos pássaros e descafeinado acaba de ser servido.

Dou risada só de imaginar a cara do meu pai. Provavelmente uma careta, já que ele costuma tomar café com o dobro de chantili e o triplo de açúcar.

— Para que perder tempo com um café assim?

— Hábito — meu pai responde. — É uma das poucas coisas que eu ainda posso ter na vida depois que o meu coração resolveu dar defeito. E você provavelmente não vai acreditar, mas eu realmente gosto de café puro agora. — Ele toma um gole barulhento e eu o escuto assoprando a bebida quente. — Agora eu sei qual é o verdadeiro gosto do café.

Sei exatamente do que ele está falando.

Depois de mais alguns minutos recebendo notícias de casa e contando para eles aonde vamos agora, a companhia aérea anuncia que o embarque do voo de Roma para Los Angeles, o destino da nossa escala, está aberto. Eu me despeço apressadamente e peço a meu pai que mande lembranças à minha mãe e a Connor.

— Pode deixar, meu amor — ele responde. — Mas, antes de você ir...

— Eu estou bem, pai. Sério. Eu estou bem.

Não acredito muito em minhas palavras, mas espero que meu tom de voz venda a ideia de que estou bem.

— Ok, então — ele fala. — Você me parece bem e, se diz que está tudo certo, eu acredito. Faça uma boa viagem e ligue quando chegar lá, senão a sua mãe fica preocupada.

— Pode deixar — respondo, sabendo que é meu pai quem vai ficar mais preocupado. — Te amo.

— Também te amo, Tee, meu amor.

Desligo e volto ao nosso portão de embarque.

— Como estão as coisas em casa? — Gabe pergunta.

— Tudo certo. Minha mãe foi fazer compras, então o Jase estava lá com o meu pai. É claro que ela não ia deixá-lo sozinho, exatamente como eu esperava — relato.

Eu ficaria surpresa se ela sequer o deixasse ir ao banheiro sem supervisão. Gabe dá risada.

— E o seu pai pareceu estar bem?

— Superbem. Cheio de energia. Apesar de não muito feliz com a minha mãe. Parece que ela o está obrigando a comer couve em todas as oportunidades que aparecem. E agora ele toma café sem açúcar. Dá para acreditar?

— Vou ter que contar isso para a minha mãe. — Ele dá um sorriso afetado. — Ela vai ficar superorgulhosa.

Uma calmaria se espalha entre nós enquanto a companhia aérea transmite as instruções antes do embarque. Apesar de não saber exatamente qual é a situação das coisas entre Gabe e mim atualmente — a briga ainda é muito recente —, eu me lembro da promessa que fiz na catedral. De manter os olhos voltados para a frente. De me concentrar no futuro. Uma onda de ansiedade e expectativa me preenche, e eu puxo o papel com nosso último destino do bolso de trás da calça jeans. Desdobro-o e leio outra vez.

— Então, está pronta para pisar de novo em solo americano? — Gabe pergunta enquanto volto a dobrar o papel em um quadrado.

— Estou. — Jogo a mochila no ombro e enfio no bolso o papel no qual está escrito "Pegar onda em Maui". — Aqui vamos nós, Havaí.

PARTE 4
Havaí

38

A boneca havaiana no painel acena conforme o sacolejar do veículo faz seu quadril balançar de um lado para o outro. Faço uma anotação mental para encontrar uma boneca parecida para meu pai. Ele vai adorar. Minha mãe provavelmente não vai curtir, e imagino que sugira que combina melhor com a mesa dele, e não com o painel de seu carro de luxo.

Estamos na van do traslado, seis passageiros mais o motorista, a caminho do hotel em Waikiki. O ar está saturado com notas florais do colar havaiano em nosso pescoço, um presente de boas-vindas ao Havaí oferecido por Rudy, nosso motorista.

— Flores verdadeiras. — Toco uma das pétalas, branca com pontinhos rosa-choque. — Maravilhosas.

— Acho que os homens tiveram mais sorte — Gabe comenta, me fazendo olhar para o círculo marrom e acetinado de castanhas que formam o colar masculino. — Estes colares aqui devem durar para sempre.

— Qual é mesmo o nome dessas castanhas? — indago. — Não consigo lembrar como se chamam. Acho que começa com k...

— *Kukui* — responde Rudy. — Mas os colares são feitos só com a casca. As castanhas são usadas para um monte de coisas. Por exemplo, para fazer tinta de tatuagem — explica, deixando para trás o aeroporto e entrando na rodovia que nos leva ao centro de Waikiki. — E a *kukui* também é usada no preparo do condimento *inamona*, necessário para fazer um bom *poke*.

— O que é *poh-kay*? — pergunta um dos passageiros, um homem de meia-idade com barriga grande e olhos pequenos atrás de óculos cujas lentes escurecem sozinhas com a luz do sol.

Neste momento, as lentes estão mais ou menos escurecidas. Ele tem sotaque do sul, embora eu não saiba especificar exatamente de onde.

— *Po-ke* — Rudy repete, corrigindo a pronúncia do homem. — Quer dizer "cortado ou fatiado" em havaiano e é basicamente composto de cubos de peixe ou frutos do mar crus misturados com molhos, especiarias e pedacinhos de legumes. — Ele abre um isopor perto de seus pés, sem em momento algum afastar os olhos da estrada. — Alguém aceita água?

O grupo murmura "sim, por favor" e ele passa as garrafas até todos termos água gelada nas mãos. A superfície da garrafa plástica está úmida pelo contato com o gelo, e eu a esfrego em meu short para secá-la.

— O *poke* é um dos nossos pratos tradicionais — Rudy continua. — Se surgir a oportunidade de provar enquanto estiverem aqui, aceitem. De onde vocês são?

Cada passageiro diz o nome de sua cidade e Rudy comenta que nunca esteve em Chicago, que adoraria conhecer, mas não na temporada de neve. Dou risada e sugiro que vá no verão, quando as temperaturas são altas o suficiente para fritar um ovo no asfalto.

— Talvez eu vá — diz. — Chegamos, pessoal. Ao belo Moana Surfrider.

Paramos na entrada em semicírculo do hotel, que, com seus enormes pilares brancos e leques de bambu, transmite um ar majestosamente colonial. Há três palmeiras na lateral da entrada de carros. Mais adiante, um saguão a céu aberto abriga muitos assentos almofadados e um piso de mármore polido.

Gabe assobia quando entramos.

— Que lugar incrível!

— É mesmo maravilhoso — elogio.

Uma senhora parada ao meu lado assente.

— Não é? — Seus olhos verdes, úmidos, mas ainda cheios de brilho, apontam para nós. — É a terceira vez que eu me hospedo aqui, e minha décima segunda visita ao Havaí. — Sua mão treme ligeiramente ao aceitar uma taça do drinque de boas-vindas oferecido pelo gerente do hotel. — Obrigada. — O gerente sorri para ela e faz uma leve reverência antes de também me entregar uma taça. A senhora toma um demorado gole e suspira alegre. — É a sua primeira visita?

— Segunda. — Tomo um gole da bebida. É frutada e vermelha, e eu sinto alguma coisa formigar na língua.

— Mas sem dúvida não vai ser a última — Gabe afirma, depois de recusar a bebida. Em geral ele é fiel à cerveja — ou vinho tinto, se estiver visitando seus pais.

— A gente acaba ficando viciada neste lugar. — Ela ergue a taça junto da minha e murmura "Saúde". — Foi o que aconteceu comigo e o Wyatt, meu marido. Nós viemos ao Havaí pela primeira vez na nossa lua de mel, cinquenta anos atrás, o que revela que eu sou bem velha. — Ela ri e toma mais um gole. — Nós éramos duas crianças, mas nos achávamos muito, muito espertos.

Eu me pergunto onde estaria Wyatt e tenho esperança de que esteja só no banheiro ou cuidando da bagagem, mas sinto que não é exatamente esse o caso. Damos um passo adiante, nos aproximando da recepção, quando um casal à nossa frente termina de fazer o check-in.

— O Wyatt faleceu há oito anos — ela continua, como se tivesse sentido minha pergunta no ar. — Desde então eu passei a vir a este lugar todos os anos, no nosso aniversário de casamento. Eu me sinto muito próxima dele aqui.

— Eu... sinto muito. — Lágrimas brotam em meus olhos, e eu começo a chorar. Um soluço tão alto que chega a ecoar no saguão me escapa, o que me surpreende tanto quanto parece surpreender à mulher e também a Gabe, que me observa com preocupação. Morrendo de vergonha, seco os olhos com o guardanapo que me foi entregue com a bebida.

— Parece uma maneira maravilhosa de celebrar a memória dele — Gabe comenta, mantendo os olhos em mim.

Invejo essa característica dele de saber o que dizer nos momentos difíceis. Quando murmura "Você está bem?", confirmo com um gesto e lhe ofereço o sorriso mais seguro que consigo.

— Obrigada — a mulher agradece. — Ele era um bom homem. — Ela então arqueia a sobrancelha. — Não era perfeito, de jeito nenhum. Ah, não. O meu Wyatt, não. Mas um homem bom. E ele amava esta ilha.

— Eu sem dúvida entendo por quê. — Fico aliviada por ela ter mudado de assunto. — Até o ar tem um cheiro impressionante aqui.

— É demais, não é? — Seus olhos verdes ficam arregalados. — É como se tivéssemos pousado no meio do jardim de flores favorito de Deus.

Sorrio para ela e então chega a nossa vez de sermos atendidos. A mulher pede licença para fazer seu check-in. Tomo o último gole da minha bebida e entrego a taça ao homem uniformizado que segura uma bandeja.

— Bem, eu preciso ir — diz a senhora, já com o cartão de acesso ao quarto em uma das mãos e uma nova taça do ponche de boas-vindas na outra. — Espero que voltemos a nos encontrar.

— Eu também — Gabe responde calorosamente.

— Aproveite a viagem — desejo.

— Boa diversão! — Ela acena enquanto segue pelo corredor na direção dos elevadores. — Obrigada, rapaz — diz ao mensageiro que a acompanha, levando uma valise pequena. — Eu poderia facilmente levar a minha mala, mas você é bonito demais para eu dizer não.

Dou risada, e Gabe e eu acenamos antes de ela fazer a curva para ter acesso aos elevadores.

— Espero ter essa disposição quando chegar à idade dela.

— Só se passaram cinco meses, Tegan — Gabe responde, ouvindo o que eu não falei. — Dê tempo a si mesma.

Faço um gesto afirmativo com a cabeça e dou um passo à frente para fazer o check-in.

Depois de uma trilha pela montanha Diamond Head, onde venta tão forte que o chapéu dos turistas sai voando em taxas alarmantes, e de um passeio rápido pelas lojas perto do hotel, decido que nadar para me libertar do calor e da sujeira na pele parece uma boa ideia. Vou à praia na frente do hotel, deixo a toalha em uma cadeira e, agora que tenho o envelope seguramente guardado em um bolso da minha mochila, abro o livro que Anna me deu. Sorrio ao ler o provérbio escrito na contracapa e penso que devo ligar para ela mais tarde. Sinto saudade de minha amiga.

Gabe apoia levemente a mão no meu joelho exposto, como sempre faz quando nos deitamos juntos na cama à noite. Coloco os óculos de sol e leio as primeiras páginas do livro. Um thriller com reviravoltas de acelerar o coração e cenas dignas de causar gritos, exatamente como Anna prometeu. Porém o barulho das famílias brincando e dos barcos passando dificulta minha concentração.

— Vou nadar um pouco — digo, dobrando o canto da página do livro.

— Vai lá — ele responde preguiçosamente. — Vou ficar aqui relaxando um pouco.

Pego meu vestido de algodão e meus óculos de sol e os ajeito na cadeira de praia antes de me aproximar da água. A onda gentil acaricia meus pés, meus tornozelos, fazendo arrepios agradáveis percorrerem minhas pernas. Afundo os dedos dos pés na areia até chegar à camada fresca e úmida abaixo da superfície e olho para o oceano, tomado por caiaques e barcos a remo coloridos que os turistas alugam por hora. Um parapente desliza pelo céu, e um paraquedas com estampa de arco-íris o acompanha. Lá parece muito mais tranquilo que na praia, onde é tudo lotado e caótico, especialmente perto da água. Os pais descansam em cadeiras de praia sob guarda-sóis, lendo revistas e livros e dormindo um pouco enquanto seus filhos berram, correndo para perto das ondas, muitos com boias laranja-fluorescentes nos braços.

O sol esquenta meus ombros e eu ajusto as alças do maiô preto. Eu usava biquíni no passado, em grande parte porque pensava que maiôs eram reservados a mulheres no próximo estágio da vida — ou mães querendo esconder os danos colaterais de várias gestações ou mulheres mais velhas, como minha mãe, que sentiam que os biquínis só eram apropriados para mulheres com menos de trinta.

Agora eu uso maiô por causa das cicatrizes.

— Como está a água?

Eu me viro e dou de cara com uma jovem ao meu lado. Está usando um biquíni listrado de branco e roxo, com uma barriguinha flácida e seios que parecem prestes a escapar dos dois pequenos triângulos de tecido. Em seus braços há um bebê usando um macacãozinho que imita um uniforme de beisebol e um boné largo com as palavras "Pequeno lançador".

— Está morna — respondo, sorrindo para ela. — Quanto tempo?

— Amanhã ele completa nove semanas. — Ela aconchega seu rosto junto ao do bebê, que parece mais um homem velho que um querubim gordinho. Claramente ainda tem que ganhar um pouco de peso. — Não é? Não é, meu amorzinho? Está bem, a mamãe vai parar. Não precisa chorar, meu docinho.

O bebê em seus braços protesta quando ela o agrada, geme levemente, mas logo volta a dormir um sono pesado junto à pele exposta de sua mãe.

Não consigo afastar os olhos da criança.

Nosso bebê teria mais ou menos a mesma idade.

Poderia ser eu parada com os pés no mar, segurando nosso menininho, usando meu biquíni esmeralda preferido, minha barriga ainda flácida e meus seios cheios de leite. Gabe sorrindo para nós das cadeiras de praia, tirando uma dezena de fotos do mesmo momento — fotos que depois forçaríamos todos a ver, nosso coração explodindo de amor e orgulho. Eu nem perceberia meu corpo inchado pós-gravidez nas fotos; só teria olhos para nosso bebezinho amado.

Eu queria chamá-lo de Harrison, mas a reação de Gabe ao nome não foi muito entusiasmada.

— Harrison? — ele falou. — Sério?

— Bem, é um nome de família, do lado do meu pai — expliquei. — Além do mais, eu gosto. É um nome forte. Harrison Gabriel Lawson.

— Você sabe o que vai acontecer, não sabe?

— O quê? — Puxei o edredom do cesto de roupas lavadas. Gabe puxou a outra ponta e nós o dobramos em um quadrado perfeito.

— Vamos passar os primeiros quatro anos da vida dele chamando o menino de Harrison e dizendo a todo mundo que não ele não tem apelido — supôs Gabe, enquanto me ajudava a dobrar o próximo lençol. — Depois, no primeiro dia de aula, ele vai vir para casa e, daquele momento em diante, vai ser "Harry".

— Acho que você está sendo um pouco dramático. E eu meio que gosto de Harry.

Gabe parou de dobrar uma camisa polo e me encarou.

— Não gosta, não.

Dei risada.

— Eu gosto! Acho um nome lindo. Veja só o príncipe Harry. Ele combina bem com o nome.

— Meu amor, qualquer nome soa melhor quando tem "príncipe" na frente — retrucou Gabe.

Balanço a cabeça, me livrando da lembrança e voltando à praia. A mulher com o bebê espera a resposta de alguma pergunta que eu não ouvi.

— Perdão, o que você disse?

— Você está aqui em lua de mel? — pergunta, apontando para minha mão esquerda, onde o diamante brilha ao receber a luz do sol.

— Sim — respondo, porque é a resposta mais fácil. — Nós vamos para Maui amanhã cedo.

— Meus parabéns! Era para nós nos casarmos neste verão, mas este menininho decidiu chegar primeiro. — Ela passa a mão pela bochecha do filho e seu rosto é tomado por um amor ao mesmo tempo familiar e misterioso. — Mas eu não mudaria nada. Ele é perfeito. Sim, você mesmo, meu rapazinho. Sim, você é!

Ela ergue o rosto, e seus olhos azuis acinzentados encontram os meus. Tento manter o semblante cauteloso para ela não descobrir o que realmente estou pensando.

— Está tentando parar? — Lanço um olhar confuso para ela, que aponta para o adesivo de estrogênio em meu antebraço. — Eu vi o adesivo. O meu noivo começou a usar assim que o Jack nasceu.

Simplesmente confirmo com a cabeça. Deixo-a presumir que meu maior problema é tentar parar de fumar.

— Você planeja ter filhos? — pergunta, daquele jeito sem noção de alguém que nunca foi forçada a questionar a maternidade.

— Sim — respondo, mais uma vez porque é muito mais fácil que qualquer outra resposta que eu possa dar.

— É uma bênção enorme. Eu espero ter quatro, mas vamos nos casar primeiro. Temos muito tempo para fazer bebês!

Sorrio educadamente antes de olhar outra vez para o oceano.

— Bem, acho melhor eu ir dar de mamar para este menininho e tirá-lo do sol. Aproveite o restante da lua de mel. Ouvi dizer que Maui é incrível.

— Obrigada — respondo. — Aproveite a sua viagem também.

Ela volta para a areia da praia, onde se senta sob um guarda-sol e tira a parte superior do biquíni. Cobre os seios com uma manta leve quando o bebê começa a mamar, sorrindo e cumprimentando as pessoas que passam por ali. Sem noção. Feliz. A inveja é sufocante, e eu me viro.

Respiro fundo e assisto às ondas estourarem na costa, desejando encontrar uma maneira de me esconder debaixo da água cristalina que vem na minha direção. Ando até o mar alcançar minhas coxas, respiro o mais fundo que consigo e mergulho. Depois de deslizar pela água por alguns segundos, respiro fundo outra vez e ergo os braços para afundar ainda mais o corpo. Quando meus dedos tocam o fundo arenoso, cruzo as pernas e expiro, o que me permite afundar no chão do oceano. Fico ali sentada até meus pulmões gritarem por ar.

Ao voltar à superfície, inspiro profundamente e repito o movimento, me sentando no fundo com toda a estabilidade que a força da maré me permite. Mais uma vez e mais uma vez, absorvo o ar e desapareço debaixo das ondas para me sentar no chão do oceano, onde ninguém pode me encontrar. Então um rapaz nada até onde estou, quando saio da superfície pela quarta vez, e pergunta se estou bem.

Digo que estou, antes de nadar de volta à areia.

39

DOIS ANOS E MEIO ANTES DO ACIDENTE

O grito que preencheu o ar era feliz, mas ainda fez Gabe se assustar ao meu lado. Dei risada e tapinhas em seu joelho dobrado enquanto ele olhava ferozmente em volta, tentando se livrar do sono, os óculos de sol pendurados em uma orelha.

— Que diabo foi isso? — perguntou, esfregando os olhos.

Parecia irritado e mal-humorado enquanto tentava acordar.

— Não tenho ideia. — Estreitei os olhos e levei uma das mãos à testa enquanto analisava a praia. — Ah, foi ali. — Apontei para o lugar de onde vinha a comoção, a cerca de dez metros. — Parece que alguém está se divertindo demais. Como ela se atreve?

Dei uma piscadinha para Gabe, que virava o rosto ainda sonolento na direção do meu dedo.

Uma menina, provavelmente com menos de vinte anos e usando um biquíni minúsculo, gritava de alegria enquanto um garoto igualmente jovem a empurrava na direção da água cristalina. O mar estava quente naquela época do ano, então o drama tinha mais a ver com flerte do que com a temperatura da água. Quando ela se levantou, resmungando depois de ser molhada, o rapaz a segurou nos braços e a beijou, cheio de paixão. Dava para vê-la praticamente derretendo no corpo dele, braços e pernas agarrando-o, os dois se movimentando em círculos, fazendo a água rasa à sua volta girar.

— Essa molecada hoje em dia...

Gabe bufou e se deitou outra vez, agora com um sorriso no rosto. Cruzou as mãos sobre o peito musculoso e bronzeado, brilhando de filtro solar e suor. Estava calor em Maui. O tipo de calor em que até nua você sente que está com roupa demais.

— Sim, com vinte e quatro a gente é tão maduro — retruquei, rindo.
— Você só está com inveja.

Inclinei o corpo e o beijei intensamente na boca, sentindo o gosto de sal ao me afastar. Ele me puxou de volta com força suficiente para inclinar a cadeira de praia, o que me fez cair em cima dele. Deslizei um pouco, pois nossa pele coberta de óleo estava escorregadia. Ele me segurou com força e pude sentir cada parte de seu corpo através da sunga.

— Hummm. Agora são eles que estão com inveja... — murmurou em minha orelha enquanto fazia cócegas com a língua em meu lóbulo sensível.

Dei risada e me aninhei nele. Gabe me abraçou e puxou o hibisco rosa da minha bebida, ajeitando-o em minha orelha.

— Você é tão linda — elogiou.

Beijei seu pescoço. Em seguida, minha boca encontrou sua garganta e eu deixei meus lábios descansarem ali por um instante. Era um dos meus pontos favoritos — fundo o bastante para meus lábios se encaixarem perfeitamente.

— Não consigo acreditar que você nos trouxe a este lugar tão, tão horrível. — Inclinei ligeiramente o corpo e cruzei os braços sobre seu peito.

O sol esquentava minhas costas e eu suspirei, satisfeita.

— Não é? Essa praia. Esse mar. O sol. A perfeição absoluta disso aqui... — Ele ergueu seu drinque, uma espécie de ponche de rum havaiano servido em uma casca de coco, e tomou um longo gole. O líquido rosado subiu pelo canudo de plástico. Já estávamos na segunda rodada e ainda era meio-dia. — O que eu vou precisar fazer para conquistar o seu perdão?

— Pode começar pedindo outra bebida para mim. — Tomei o último gole do meu drinque e entreguei a casca de coco verde para ele. — Depois pode prometer que nós vamos voltar todos os anos. Este aqui é oficialmente o lugar onde mora a minha felicidade. Quem me dera nunca mais precisar ir embora.

Suspirei, contente.

— Combinado — Gabe falou, tentando equilibrar a casca de coco em uma das mãos.

Apontei para os cocos.

— Acho melhor a gente parar se ainda tivermos planos de mergulhar hoje.

O álcool estava me afetando. Minhas bochechas pareciam quentes, aquecidas de dentro para fora, não pelo sol, e eu sentia sonolência, como se estivesse prestes a me entregar a um cochilo ou acordando de um.

Gabe saltou da cadeira. Seu peso e tamanho extra o tornavam mais imune ao álcool.

— Venha — falou, segurando minha mão com a sua livre e me puxando. Protestei por um instante, mas logo cedi e o deixei me levantar.

— Por quê? — perguntei, fazendo biquinho. — Eu estava tão bem ali.

— Porque, meu amor, eu acho que você está bêbada. — Gabe deixou os cocos na mesa de plástico entre as nossas cadeiras de praia. — E eu preciso saber se está na hora de tirar vantagem disso ou de esperar você ficar sóbria para mergulhar.

Dei risada e cambaleei um pouco enquanto andava pela areia, deixando Gabe me puxar para longe das cadeiras. Arrumei a parte de cima do biquíni e levei as mãos à cintura.

— Como você vai chegar a uma conclusão?

— Com um teste simples de sobriedade, é óbvio — ele respondeu. Afastou-se uns doze passos, desenhando com os dedos uma linha na areia. — Se você conseguir andar em cima desta linha, sem desviar, pode tomar mais um drinque antes de mergulhar.

— E se não conseguir? — Dei um passo à frente, onde a linha começava, e ajeitei um pé de cada lado dela.

Gabe deu de ombros.

— Aí pode tomar outro drinque e nós vamos voltar para o quarto e passar a tarde lá.

— Então essa é uma situação em que, de um jeito ou de outro, todo mundo sai ganhando?

— Bem, nós estamos de férias, graças ao cartão de crédito do meu pai — Gabe falou. Seus pais tinham oferecido a viagem depois que ele passou no exame da Ordem dos Advogados. — Por que fazer qualquer coisa em que alguém saia perdendo?

— Concordo — respondi, em seguida perdi o equilíbrio e acabei pisando na lateral da linha.

— Ah, a situação está pior do que eu imaginei. — Gabe negou com a cabeça e fingiu parecer preocupado. — Pode ser que você precise de dois drinques.

Posicionei outra vez os pés e dei dois passos para a frente, elevando os braços no processo.

— Espere! — Gabe gritou da sua ponta da linha. — Você está fazendo tudo errado. Cara, até parece que nunca teve que passar por um teste de sobriedade.

Dei risada, mas mantive minha posição, esperando as próximas instruções.

— Certo, você tem que abrir os braços, como está fazendo — ele continuou. — Mas precisa tocar o nariz, assim... — E demonstrou, dobrando o cotovelo de modo que seu indicador encostasse na ponta do nariz, depois voltou o braço à posição inicial e usou o outro para repetir o movimento. — Você vai assim até o fim da linha.

Comecei a andar outra vez, meus dedos se alternando para tocar o nariz, algo que consegui fazer quase todas as vezes.

— Espere!

Bufei.

— O quê? O que foi agora?

— Feche os olhos enquanto faz isso.

Eu o encarei.

— É óbvio que eu não consigo andar em linha reta com os olhos fechados.

— Bem, então aí está o resultado! — concluiu com um suspiro. — Tome mais um drinque e vá direto para o quarto. De verdade, pensei que você fosse dar conta.

Estreitei os olhos antes de fechá-los. Levei um pé na frente do outro, continuei tocando o nariz com os dedos. Quando senti as mãos de Gabe envolverem minha cintura, abri os olhos.

— Então, como eu me saí? — perguntei, olhando para trás.

Gabe apenas apontou para a linha, agora quase um metro à minha direita.

Explodi em risos e me virei para beijá-lo. Ele teve a mesma ideia, mas de algum jeito saímos de sintonia e seu queixo bateu em meu nariz. Flashes de luz surgiram diante dos meus olhos e ondas insuportáveis de dor atravessaram minha ponte nasal.

— Puta merda! — Ele segurou meu rosto com as duas mãos, erguendo minha cabeça. — Você está bem?

Só consegui rir, mesmo enquanto sentia o sangue escorrer pelo lábio superior. Em seguida, senti o gosto metálico e quente.

— Como está o seu queixo? — perguntei, vendo uma marca vermelha tomar forma debaixo da barba por fazer.

Gabe pegou alguns guardanapos que estavam debaixo do drinque de coco e os pressionou no meu nariz, apertando.

— Ai! Não com tanta força.

Os guardanapos abafaram minha voz.

— Desculpa, desculpa, desculpa — falou, com uma careta. — Está tudo bem? Você está sangrando muito. — Puxou os guardanapos e franziu a testa ao ver quanto sangue havia saído neles, seu rosto cada vez mais pálido apesar do bronzeado. Ele era bastante sensível a ver sangue, o que eu achava uma graça. — Se você quebrou esse seu narizinho lindo, eu vou...

— Gabe, eu estou bem — afirmei, pegando os guardanapos e os dobrando para encontrar um espaço limpo. Eu me sentei na cadeira de praia e inclinei o corpo para a frente, levando os lenços outra vez ao nariz. — Não quebrou, está vendo? Já está saindo menos sangue.

— Tem certeza? — Ele parecia arrasado.

— Confie em mim — respondi, com a voz nasalada. — Eu fui criada com dois irmãos. Já quebrei o nariz antes. — Sorri e olhei para ele. — Quem sabe você não acabou me ajudando a dar um jeito nele desta vez?

Gabe beijou o topo da minha cabeça.

— Acho que você merece aquele próximo drinque.

— Pensando melhor, que se danem os drinques — respondi. Então me levantei e o deixei passar o braço em volta do meu corpo, que formigava onde suas mãos tocavam a pele exposta. Meu nariz latejava, mas esse formigar falava mais alto.

— Eu gosto do seu jeito de pensar — ele afirmou, com uma voz suave e grossa. Queria já estar em nosso quarto, com meu biquíni listrado de vermelho e branco caído no chão gelado. — É melhor a gente ir embora desta praia antes de ensinarmos uma ou duas coisinhas àqueles adolescentes.

Eu jamais imaginaria que, quase três anos depois, estaria de volta à mesma praia, tentando decidir se entrar no oceano e nunca mais voltar era loucura... ou a solução perfeita.

40

Abro a geladeira e suspiro. Poderia simplesmente preparar uma omelete ou uma salada de frutas, graças à cozinha totalmente equipada do chalé, mas não sinto a menor vontade de cozinhar nem de comer nada. Não sei se por causa do jet lag ou dos pesadelos, que voltaram a acontecer quase todas as noites, o fato é que me sinto cansada demais até mesmo para pegar um copo de suco de laranja. Enfrentar o café da manhã parece uma tarefa intransponível.

— Quer sair? — Gabe pergunta enquanto arrumo as coisas na geladeira.

Quem quer que tenha sido encarregado de abastecer a geladeira do chalé estava com pressa ou não se importou com a organização. Provavelmente a última hipótese. A caixa de leite está largada em cima do pão, que foi esmagado até ficar com a metade do tamanho original, e os ovos, o iogurte e o queijo foram jogados na gaveta de legumes. Potes de plástico com pedaços de abacaxi e coco foram largados deitados na porta da geladeira, e o suco que vazou do abacaxi deixou um resíduo grudento.

— Está bem — concordo, arrumando os laticínios na prateleira do meio e guardando as frutas na gaveta. A bagunça está me deixando louca. Quase nem consigo prestar atenção em outra coisa. — Só vou terminar de guardar os ovos e já estarei pronta.

Pego a cartela de ovos e os coloco cuidadosamente no espaço próprio na porta. Aproveito para jogar na lixeira dois que estão com a casca quebrada.

Quando a geladeira está perto do que considero organizado, pego o suco de laranja e coloco em um copo. Nunca temos suco de laranja em casa, apesar de eu adorar, porque laranja causa urticária em Gabe. Pelo menos é o que ele diz. Nunca questionei; parece perda de tempo brigar por algo tão ridículo quanto uma fruta.

— Por que nós não saímos para procurar um lugar para tomar café da manhã? — ele pergunta enquanto sigo para a varanda.

— Duvido que algum lugar já esteja aberto.

Ainda é muito cedo. O sol acabou de nascer. Eu me sento em uma das cadeiras de plástico e coloco o copo sobre a mesa. Respirando fundo, tento acalmar o incômodo no meu peito. Aqui, apesar da beleza de Maui, eu me sinto inquieta.

Tomo um gole hesitante do suco e observo um grupo de golfinhos brincando na água em frente ao chalé. Em condições normais, eu estaria em pé, apoiada no peitoril da sacada para olhar de perto, gritando alegre ao ver os golfinhos selvagens. Mas, esta manhã, o máximo que consigo fazer é levar o copo de suco aos lábios. A alegria e os pequenos sinais de felicidade que senti na Itália já desapareceram, e eu me pergunto o que mudou.

— Tegan?

Preciso responder a Gabe, mas pareço incapaz de me concentrar em um único pensamento por mais de um segundo. *Do que estávamos falando?*

— Desculpa. O quê?

— O que está acontecendo? Você parece distante hoje.

— Não dormi muito bem — respondo, mas percebo que ele não acredita que seja só isso.

— Certeza que você vai se sentir melhor depois de comer.

Já eu não tenho tanta certeza. O suco revirou meu estômago, e pensar em colocar comida ali é uma ideia desagradável.

— Venha, vamos dar uma volta e ver o que conseguimos encontrar — Gabe propõe.

— Não estou disposta agora. Acho que vou voltar para a cama um pouquinho.

— Por que não toma o Lorazepam? — sugere. — Pareceu ajudar da outra vez.

— Porque eu não quero tomar remédio toda vez que me sinto mal — esbravejo. Gabe não responde e imediatamente me sinto culpada. — Desculpa, eu só estou cansada. Não preciso de remédio. Só preciso dormir.

— Talvez seja uma gripe chegando?

— Talvez — respondo. — Acho que é só o jet lag. Vou voltar um pouco para a cama, tudo bem?

— Faça o que precisar fazer, Teg. Sem problemas.

Eu me levanto e deixo sobre a mesa o copo de suco quase cheio. Passo pela porta de correr. No banheiro, procuro no nécessaire até encontrar o frasco de Lorazepam. Apesar de não querer admitir para Gabe, sei que preciso do remédio. Venho tomando quase diariamente desde o incidente na aula de culinária na Itália, mas parece que não tem ajudado muito.

Abro a tampa, coloco um comprimido debaixo da língua e o deixo desintegrar, vendo minha imagem no espelho. Na verdade, minha aparência está melhor do que me sinto, a não ser que se observem meus olhos de perto. Para mim, eles não parecem normais, embora eu não saiba dizer por que exatamente.

— Podemos sair mais tarde, se você se animar — Gabe diz do quarto.

— Tenho certeza de que vou me sentir melhor depois de descansar.

Dou mais uma observada no espelho. Ao me olhar, ninguém jamais saberia que estou um desastre por dentro. Meu cabelo brilha, tem movimento, graças à umidade e à brisa salgada do mar. Minhas bochechas revelam sardas discretas e meu peito e ombros estão bronzeados. Aparência saudável. Jovem e vibrante. Exceto, mais uma vez, pelos olhos.

Inclino o corpo até meu nariz tocar o espelho. Minha visão fica turva enquanto o cérebro tenta se concentrar em uma imagem, como a lente de uma câmera trabalhando duro para focar automaticamente.

— Você está bem? — Gabe pergunta, já dentro do banheiro.

Ele me faz essa pergunta tantas vezes todos os dias que a esta altura parece uma formalidade. Então dou minha resposta padrão.

— Sim. — Lentamente me afasto do espelho, até minha visão focar outra vez. — Estou bem.

Depois de enxaguar o resíduo amargo e arenoso da boca com um copo de água da torneira do banheiro, vou para o quarto. Quando me deito sobre as cobertas, Gabe se ajeita ao meu lado e me lança um olhar questionador. Ofereço o sorriso mais reconfortante que consigo e me dou conta de que jamais deveria ter voltado a este lugar. Maui era tão cheia de lembranças felizes — de um tempo em que a vida era toda possibilidades e nossos maiores problemas eram uma torção no tornozelo de Gabe e perder algumas aulas de surfe.

Decido conversar com ele sobre procurarmos um voo quando eu acordar. Tenho certeza de que preciso sair deste lugar, ou então vou me estilhaçar em pedaços demais para serem reunidos outra vez.

41

Desta vez o Lorazepam simplesmente não funciona. Quando acordo, me sinto mais exausta que antes, suada, apática e com a boca seca feito o deserto do Saara — efeito colateral do remédio. E, embora eu não tenha nada além de um gole de suco de laranja no estômago, pensar em comer me causa enjoo.

Minha bexiga pede atenção, e eu tento sair da cama, mas parece que o colchão tem uma força magnética me mantendo presa à superfície. Mexendo um braço — e o sentindo formigar porque estava debaixo do corpo —, olho para o celular quando ele apita. Um lembrete aparece na tela e eu solto um palavrão.

Aula de surfe em uma hora.

Todos os que se inscreveram para a aula estão em férias. Felizes e animados, esperando subir na prancha e levar para casa histórias para se gabar. Não sei como qualificar esta viagem, mas ela me parece o oposto de férias. E não consigo parar de pensar na jovem mãe que me abordou na praia em Waikiki, com o bebê doce e perfeito nos braços. Poderia ser eu, deveria ser eu. Tristeza e inveja se misturam dentro de mim, arrasando o que sobrou da minha estabilidade emocional.

Apesar de eu nunca ter dito em voz alta, sempre acreditei que Maui seria o lugar onde eu me sentiria melhor. Onde realmente começaria a me sentir melhor. Era para Maui ser a minha salvação.

Mas agora existe uma chance real de eu fazer xixi na cama porque não consigo levantar, e não sei o que fazer para resolver esse problema. E a pior parte é que não dou a mínima para nada disso.

— Gabe. — Minha voz sai rouca. — Gabe — chamo um pouco mais alto.

— O quê? — ele murmura, perto de mim.

— Eu não posso. Acho que eu não posso ir — sussurro, tentando não perturbar a calma.

— Ir aonde?
— À aula de surfe. Acho que não posso ir.
Agora Gabe está alerta.
— Por que não? É para isso que estamos aqui.
— Eu sei, mas é que... — Pretendo dizer que não estou bem, que devo ter pegado alguma infecção no voo ou que estou com cólica, qualquer coisa, mas não tenho energia para seguir com a mentira. — Eu não quero.
Fecho os olhos e seguro a respiração.
Não sei o que espero que Gabe diga ou o que quero que ele faça para resolver a situação, mas, quando ele diz "não", meus olhos se abrem, surpresos.
— Não? — repito, ainda deitada, embora minha bexiga diga "Saia já desta cama ou vai sofrer as consequências".
Aperto uma perna contra a outra com força.
— Não, Tegan. Nós vamos.
— Gabe, você não entende. Eu estou...
— Você está o quê? — Ele não parece calmo. — O que foi?
Abalada com seu tom abrupto, fecho os olhos e balanço a cabeça. Não estou acostumada com esse Gabe e não sei direito como reagir.
— Eu não consigo sair da cama.
Pronto, está dito. E eu sei que, agora que admiti, ele vai dizer as coisas certas. Vai fazer perguntas que me forcem a contar a verdade e vai cuidar de mim. *Eu entendo, amor. Não vamos fazer nada que você não queira*, ele vai dizer, com um olhar compreensivo, um abraço caloroso e seguro. *Nós podemos ficar na cama até você se sentir pronta para levantar, ou até o dia do nosso voo. Como você precisar.*
Porém desta vez ele não diz nada disso.
— É claro que você consegue sair da cama, Tegan — é a resposta que recebo. Sua voz adota um tom particular, como se ele estivesse falando com uma criança. Aquela minha versão antiga esbravejaria com ele por ser tão condescendente, um dos poucos defeitos de sua personalidade, mas não digo nada. Ele continua: — Você pode não querer, mas sem dúvida *consegue* sair da cama. E, se não começar a perceber essa diferença, nada disso vai mudar. Você nunca vai melhorar.
Espero a onda de raiva me dominar. Prefiro, de longe, sentir alguma coisa, especialmente quando não são aquelas camadas insuportáveis de tristeza. Contudo, por mais que eu tente desencadear aquela dor no peito, ela não surge.

— Está bem — enfim admito. — Eu *consigo* sair da cama. E você está certo, eu não quero. Não quero ir lá e ficar fazendo cara de feliz, sorrindo e fingindo que eu me importo, um pouquinho que seja, com a aula de surfe. Você *consegue* entender isso, Gabe? — Sinto meu corpo tremer e puxo as cobertas até o queixo. — Eu não vou simplesmente superar nada disso, não importa quantos quilômetros me separem daquele trecho de estrada. Não existe mais felicidade verdadeira para mim. Eu já aceitei isso. Então por que você não pode aceitar?

— Eu entendo o que você está sentindo — Gabe fala, agora com um tom mais suave, mas ainda com a frustração crescendo na voz. — Entendo o que é sentir como se...

— Como você poderia entender como eu me sinto? — pergunto, ainda sem raiva. Minha voz sai regular, meus movimentos são preguiçosos. Quero pular da cama, socá-lo e lhe mandar calar a boca, mas só consigo me sentar. — Todos os dias eu desejo que um buraco se abra à minha frente, para eu poder pular ali e nunca mais sair. Todas as manhãs eu desejo não ter que passar por aquele momento em que estou deitada na cama e me pergunto, só por um segundo, se tudo não passou de um pesadelo. Desejo que os seus pais não tivessem nos convidado para aquela festa. Eu desejo... desejo que você tivesse...

Aperto os lábios para evitar as palavras desagradáveis e expiro com força. *Você prometeu, Tegan. Você prometeu manter os olhos concentrados no futuro.*

Um momento de silêncio se espalha entre nós, o ambiente carregado com minhas palavras e o pensamento não concluído.

— Eu também desejo que as coisas fossem diferentes, sabia? — Gabe finalmente diz, a voz embargada de emoção. — Eu desejo tantas coisas, Tegan. Tantas coisas, o tempo todo. — Ele começa a chorar, o que faz meu peito doer. — Eu gostaria que não tivéssemos nos atrasado para a festa. Eu gostaria de ter ido pelas vias mais movimentadas, onde a neve talvez já tivesse derretido.

Suas últimas palavras são pronunciadas entre soluços, e eu tento desesperadamente manter os lábios apertados, para minha própria dor não explodir através deles.

A realidade do que perdemos é pesada demais, e, embora eu venha tentando desesperadamente me convencer de que estou me recuperando, de que a vida poderia talvez, quem sabe, seguir em frente, percebo que isso nunca vai acontecer. Não mesmo.

— Eu gostaria de não ter arruinado a nossa vida, a sua vida — Gabe continua. — Mas sabe o que eu gostaria mais que tudo? Eu gostaria...
Então ele pronuncia as palavras que quase me rasgam:
— Eu gostaria de ter tido a chance de ser o pai dele.

42

TRÊS ANOS ANTES DO ACIDENTE

— Simplesmente não entendo — falei. — Esta mulher deu à luz em uma banheira porque não sabia que estava grávida. — Ergui a revista, onde aparecia estampada a imagem de uma mulher sorridente e de cabelo escuro com um bebê minúsculo dormindo em seu colo. — Como uma coisa assim pode acontecer?

Gabe estreitou os olhos para analisar a página antes de balançar a cabeça e rir.

— Não tenho a menor ideia — falou. — Essa aí alcançou outro nível de falta de autoconhecimento.

Ele então colocou uma colherada de massa na frigideira de ferro fundido, na qual a manteiga derretida já borbulhava e ganhava um tom caramelado.

Voltei a ler, de vez em quando dizendo coisas como "Sério?" ou "Bem, essa deveria ter sido a primeira pista", conforme acompanhava a matéria.

— Adoro a sua indignação quando lê essas revistas — Gabe apontou, inclinando o corpo no balcão.

A cozinha estava se enchendo de fumaça e do cheiro forte de manteiga fritando.

— Não sei onde eles encontram essas pessoas. — Virei mais algumas páginas antes de franzir o nariz. — Pode abrir uma das janelas? Está ficando cheio de fumaça aqui.

Ainda segurando a escumadeira, Gabe se afastou do balcão e foi abrir a janela da sala de estar. Lá fora nevava, mas o ar frio era refrescante.

— Acho que cinco é um bom número — falou, virando a panqueca fina e dourada na frigideira que usávamos unicamente para esse propósito.

Era sábado e, pela primeira vez em meses, acho, não tínhamos que estar em lugar nenhum, então Gabe preparava suas famosas panquecas holandesas.

— Cinco o quê? — Eu agora lia outra matéria, essa sobre como fazer seu próprio protetor solar, e só prestava atenção superficial ao que ele dizia.

— Filhos — esclareceu.

Deixei de ler a página e ergui o olhar.

— Cinco?

— Não faça essa cara de surpresa — Gabe retrucou, rindo. Colocou a panqueca fina, que mais parecia um crepe, em um prato ao lado do fogão e mais massa na frigideira. O cheiro fez meu estômago roncar. — Você sabe que eu adoraria ter o meu próprio time de hóquei.

— Você já comentou.

Deixei a revista de lado, na mesinha de centro, e fui me sentar em um banquinho na ilha da cozinha. Ele pegou a garrafa de café e arqueou a sobrancelha.

— Sim, por favor — falei, empurrando minha caneca quase vazia em sua direção. Ele encheu três quartos dela e acrescentou o creme que eu adorava. Um creme de baunilha tão doce que quase transformava o café em sobremesa líquida. — Mas cinco? — Assoprei o café, que continuava quente mesmo depois de receber o creme. — Lembre-se que sou eu quem tem de empurrá-los eles para fora. Este corpo aqui nunca mais seria o mesmo.

Gabe colocou a próxima panqueca no prato, que agora abrigava uma pilha alta. Desligou o fogo e jogou a tigela da massa na pia.

— Eu faria isso por você se pudesse — falou. Eu lhe lancei um olhar torto, fazendo-o rir. — Está bem, pelo menos dividiria essa função com você. — Sorri por sobre a xícara, imaginando o momento em que Gabe faria panquecas em uma manhã de sábado para nossos filhos, ensinando a eles a quantidade de manteiga que deve ser colocada na frigideira e o jeito exato de usar o punho ao bater os ovos, exatamente como seu pai lhe ensinou.

— Ah, que gracinha — brinquei, pegando uma panqueca e a colocando em meu prato. — É claro que ajudaria muito se você pudesse dar à luz, mas mesmo assim.

— Não posso fazer nada se não tenho o equipamento certo.

Gabe colocou uma panqueca em seu prato. Despejei um bom punhado de calda para nós dois, depois as enrolei, usando os dentes do garfo, até elas formarem longos tubos.

— Você está ficando boa nisso — ele elogiou, dando uma mordida.

— Aprendi com o melhor — respondi. — Tudo é uma questão de como você usa o garfo.

Um silêncio se espalhou entre nós, depois começamos a gargalhar. Um pedaço da minha panqueca voou para fora da boca e caiu no balcão.

— Caramba, menina — Gabe falou quando recuperamos o fôlego. — Não dou conta de você!

Dei de ombros, ainda rindo, e mordi mais um pedaço de panqueca.

— Tudo bem — concordei, depois de engolir. — Que sejam cinco, então. Mas é melhor começarmos logo. O tempo também está passando para mim, sabia?

— Sim, com vinte e três anos você está quase batendo as botas. — Ele tentou manter uma expressão séria. Então soltou o garfo, que bateu ruidosamente no prato.

— Vá com calma — falei, me encolhendo.

Imaginei rachaduras nos pratos brancos ainda impecáveis que compramos quando fomos morar juntos, um mês antes.

— Não se preocupe, esses pratos são indestrutíveis. É o que a Ikea diz. — Gabe limpou a boca no guardanapo e o jogou no prato, já pulando do banco. — É bom a gente começar a praticar — propôs. Sorri e cortei mais um pedaço de panqueca, ignorando sua mão, que já subia pela minha perna. — Estou com a agenda bem tranquila hoje — acrescentou, em sua tentativa de me estimular a esquecer o café da manhã.

Empurrei sua mão para o lado.

— Primeiro as panquecas — respondi, esfregando um pedaço da massa em um montinho de calda que se juntou em meu prato.

Levei-a à boca e empurrei outra vez sua mão.

Gabe parecia estar se divertindo e, ao mesmo tempo, ligeiramente desapontado. Ele se sentou de novo e, dando de ombros, pegou outra panqueca.

— Mas eu tenho que te lembrar... Se você acha essas panquecas boas... — enrolou a massa com o garfo e apontou para o quarto — ... precisa ver o que eu sou capaz de fazer depois de comer bem assim no café da manhã.

— Ah, não se preocupe — respondi. — Eu realmente tenho a intenção de testar suas habilidades, todas elas.

Ele me lançou um olhar enquanto levava a panqueca à boca, deixando a calda respingar no prato.

— Está bem — falei, com um suspiro de resignação. Então me levantei e levei meu prato à pia. — As panquecas podem esperar.

Ainda sem ter comido boa parte de sua panqueca, ele baixou o garfo e me segurou pela cintura.

— Vamos ver do que você é capaz — murmurei, puxando-o para perto. Nós nos beijamos, sentindo os lábios lambuzados pela calda. Ele tinha gosto de açúcar de bordo quente com um toque de café.

— Seu gosto está bom — ele comentou. Eu sorri e seus lábios tocaram meus dentes. — Até os seus dentes são deliciosos.

Dei risada, deixando-o me arrastar para o chão da sala.

— Aqui? — perguntei, sentindo o tapete de lã se esfregar em minhas costas.

— Aqui é perfeito — ele respondeu, ajeitando seu corpo quente sobre o meu. — Assim eu posso comer um pedaço de panqueca de vez em quando. Para manter os níveis de energia, obviamente.

Ele se inclinou para me beijar outra vez e eu ergui o pescoço na sua direção, para que nossa boca se encontrasse de um jeito difícil e desajeitado, mas muito satisfatório. Embora minha barriga estivesse cheia de café sabor baunilha e provavelmente com excesso de panquecas, o tapete estivesse deixando em minhas costas marcas que levariam algum tempo para desaparecer e o peso de Gabe em cima do meu significasse que eu colocaria para fora todo o meu ar ou todas as minhas panquecas, ou as duas coisas, eu não mudaria nada.

43

As coisas pioraram, se é que isso é possível, e eu passo o último dia inteiro na cama. Coloco o aviso de não perturbe na porta e durmo por vinte e quatro horas seguidas. Ignoro o celular quando ele toca, duas vezes, e mantenho as persianas fechadas.

Tenho vagas lembranças de ver Gabe por perto todas as vezes que acordo, embora não tenhamos trocado uma palavra desde a manhã anterior. No entanto, meu silêncio não é porque estou com raiva. Tento reunir a fúria que senti na Itália, o egoísmo que senti com relação a tudo o que aconteceu. E, embora ainda exista uma faísca desses sentimentos dentro de mim, ela parece asfixiada, como quando alguém joga areia molhada nas brasas de uma fogueira.

O relógio no criado-mudo me diz que já passa da meia-noite. Gabe não está no quarto, e me questiono se fico feliz ou não por estar sozinha agora. Eu me arrasto para fora da cama e vou ao banheiro, onde acendo a luz. Fecho os olhos com força por causa da luminosidade, então sinto a dor de cabeça intensa enquanto meus olhos se esforçam para se ajustar. Com uma mão pressionando as têmporas, eu me sento para urinar, depois me levanto para lavar as mãos. Estreito os olhos e abro a torneira, deixando a água esquentar um pouco, e observo meu reflexo no espelho acima da pia. Se tivesse mais energia, talvez eu ficasse boquiaberta com o que vejo.

Meu cabelo escuro, embaraçado e oleoso por não ser lavado há dias, está grudado no rosto pálido. Há círculos escuros abaixo dos meus olhos, e as pálpebras estão inchadas e venosas, como se eu estivesse sofrendo de terríveis alergias sazonais. Linhas profundas se espalham pelos meus lábios, marcadas com sangue ressecado. Até minhas bochechas parecem mais fundas, provavelmente porque estou desidratada e não como há quase dois dias.

Estou com a cara da morte.

Ainda olhando no espelho, lavo as mãos e jogo água no rosto. Meus lábios ardem por causa das rachaduras, e minha pele parece uma lixa. Cambaleio de volta à cama, exausta com o esforço, e sinto o coração acelerado enquanto me ajeito debaixo das cobertas.

Preciso fazer alguma coisa.

Ou não vou conseguir voltar para casa depois de Maui.

Acendo o abajur e, com dedos trêmulos, pego o celular.

Encontro o número em minha lista de contatos e aperto o botão para ligar.

— Alô?

É claro que ela está acordada. Seus filhos levantam cedo, e ela sempre chega ao consultório muito antes dos pacientes.

Abro a boca para falar, mas nada sai.

— Alô? Alô? — ela diz outra vez.

Receosa de que ela possa desligar, limpo a garganta e tento outra vez:

— Lucy?

— Tegan? É você?

Começo a chorar.

— Tegan, você está bem? O que aconteceu?

— Está tudo uma zona. — Minha voz falha. Prendo o celular com força junto ao ouvido para ele não cair da minha mão. — Não sei o que aconteceu. Eu estava bem, ou pelo menos razoável, há poucos dias. — Seco o nariz na manga da blusa de algodão que uso há dois dias e tento parar de chorar. — Acho que estou perdendo a batalha, Lucy. Perdendo de verdade desta vez.

— Tegan, vai ficar tudo bem — ela afirma, parecendo tão segura de si que quase acredito em suas palavras. — Que bom que você ligou. Vamos fazer alguma coisa para melhorar, está bem?

Confirmo com a cabeça e aí lembro que ela não consegue me ver.

— Tá — digo.

Durante os quinze minutos seguintes, Lucy consegue me fazer falar tudo. Bem, quase tudo. Guardo para mim a parte sobre o que aconteceu com Gabe, o que ele falou, afinal ela não precisa saber de nada disso. Droga, eu mesma queria poder apagar aquilo da memória.

— Você não deveria estar sozinha agora — ela afirma, suspirando pesadamente.

Percebo a preocupação em sua voz se transformando em outra coisa, em dor, e quero fazê-la parar antes que fique nervosa com Gabe por ele ter saído. Eu já coloquei para fora um tanto de raiva mais que suficiente para todos nós. Por sorte, ela deixa passar e se concentra outra vez no motivo da minha ligação.

— Qual antidepressivo o dr. Rakesh receitou para você? — pergunta.

— Não lembro o nome.

— Consegue pegar o frasco para me dizer?

Vou ao banheiro e pego o remédio em meu nécessaire.

— Lexapro — respondo, lendo o rótulo. — Dez miligramas por dia.

— Hum. Talvez tenhamos que aumentar um pouquinho a dose. Estava funcionando bem até agora?

— Eu, humm... Eu... — começo. Engulo em seco antes de sussurrar: — Eu não tomei.

— Desculpa, o que foi que você disse?

— Eu, é... Eu não tenho tomado esse remédio.

— Desde quando? — Agora Lucy fala em tom sério. — Você não pode simplesmente parar de tomar um antidepressivo, Tegan. É muito perigoso.

— Eu não... Eu não tomei. Nunca.

Recebo silêncio do outro lado da linha, mas só por um instante.

— Tegan...

— Eu sei — falo um pouco alto demais. Respiro fundo e tento me acalmar. — Eu sei que foi idiotice. O dr. Rakesh só concordou com a viagem porque eu falei que tomaria os remédios. Eu menti. E falei para todo mundo que os comprimidos estavam ajudando... — Lucy fica em silêncio do outro lado da linha, me deixando confessar tudo, sem me interromper. — Eu pensei que enfrentaria tudo sem precisar desse remédio.

Olho outra vez para o frasco, cheio de comprimidos brancos e retangulares que chacoalham com o tremor da minha mão.

Lucy é toda profissional agora.

— Ouça, eu vou ligar para o dr. Rakesh e em seguida telefono de volta para você, pode ser? Não saia daí.

— E aonde eu iria? — pergunto, deixando escapar uma risadinha fraca.

— Aguente aí, querida — ela insiste. — Enquanto isso, arranje alguma coisa para comer. Ou pelo menos beba um pouco de suco, está bem? Vamos dar um jeito nessa situação.

Depois de desligar, vou até a cozinha vazia e pego outro copo de suco de laranja enquanto me pergunto brevemente onde Gabe estaria tão tarde da noite. Minha garganta inicialmente resiste ao suco, fechando quando tento engolir, o que me faz engasgar até o líquido ácido e denso sair pelo nariz. Depois de secar a maior parte com um guardanapo, eu me sento na sala de estar e bebo o copo inteiro, um gole de cada vez. Começo a ficar preocupada. Gabe não costuma me deixar sozinha por tanto tempo. Especialmente quando estou... assim.

Acordo quando o telefone toca, sentindo dor no pescoço depois de ter caído no sono sentada. É Lucy, e ela e o dr. Rakesh têm um plano. Devo começar a tomar o Lexapro esta noite e ligar para ele assim que acordar. Ela também sugeriu que eu tome uma dose de Lorazepam, que pode ser ingerido com o Lexapro, contanto que eu não dirija nem beba nada mais forte que suco de laranja. Isso vai me ajudar, ela diz.

Gabe volta quando estou terminando a ligação.

— Era a Lucy — digo, passando o copo agora vazio de uma das minhas mãos frias e trêmulas para a outra.

Eu me levanto lentamente, sinto a dor se espalhando pelo pescoço e ombros e volto à cozinha.

— Por que você estava falando com a Lucy? Está tudo bem?

— Com ela, sim. — Sirvo mais um copo de suco e abro a tampa do frasco de comprimidos. — Comigo, não muito.

— O que você está tomando? — Gabe quer saber.

— Lexapro. — Pego um comprimido e o coloco sobre a mesa. — É o antidepressivo que o dr. Rakesh prescreveu. — Engulo o remédio, sentindo-o grudar um pouco na minha garganta seca.

Sinto ânsia e tomo mais um gole do suco para ajudar o comprimido a descer.

— Você trouxe mais de um frasco? Esse aí parece cheio.

— Não, é o mesmo. Eu menti, Gabe. Eu não tomei o remédio esses dias.

— Tegan, que história é essa? — ele grita, com frustração na voz.

— Confie em mim — peço, secando as lágrimas. Acredito que seja bom sinal o fato de eu conseguir produzir lágrimas agora. Deve significar que não estou mais tão desidratada. — Não tem nada que você possa dizer que eu não tenha pensado.

— Chega a parecer que você não quer se sentir melhor. — A voz de Gabe continua alta. Raivosa. Estressada. — Você falou para todo mundo que estava tomando os remédios. As nossas famílias concordaram com essa viagem porque você *prometeu* que se cuidaria.

— Eu sei, eu sei. Desculpa. Por favor, Gabe, pare de gritar comigo. Eu não suporto isso.

Gabe suspira e, ainda bem, baixa a voz.

— Eu não quero gritar com você — afirma. — Mas não consigo acreditar que você fez algo tão idiota assim. Você não entende, Tegan? Se alguma coisa acontecer com você...

Ele para de falar, como se tivesse esquecido as palavras que viriam na sequência. Quero perguntar a ele: *O quê? O que vai ser se alguma coisa acontecer comigo?* Mas, em vez disso, fecho o frasco e volto para a cama, levando comigo a esperança de que ele me acompanhará.

44

Uma hora depois, ainda estou acordada, me perguntando por que Gabe não veio comigo ao quarto e por que não lhe pedi para me acompanhar. Depois, lembro que Lucy falou para eu também tomar o Lorazepam, para me ajudar a dormir. Pego o frasco no banheiro, coloco um comprimido debaixo da língua e, com um olhar crítico para meu cabelo ensebado, considero a ideia de tomar um banho. Mas, só de imaginar o esforço necessário, independentemente de quão bem eu possa me sentir, penso duas vezes. Em vez disso, passo metodicamente uma escova pelos fios longos e embaraçados. Conto as escovadas e, ao chegar a cem, paro.

No momento em que termino de escovar o cabelo, sinto que o Lorazepam está fazendo efeito, e minha consciência começa a ficar confusa. No entanto, quando estou prestes a apagar a luz e voltar ao quarto, alguma coisa me faz parar. Meu pingente. Não sei o que me faz pensar nele agora, mas, assim que meus olhos pousam nele, não consigo parar de observá-lo.

Pendurado na delicada corrente, o pingente descansa a alguns centímetros de onde meu decote começa, como se meus seios fossem grandes o bastante para criar qualquer tipo de volume. A corrente se tornou parte de mim, e a esta altura mal a percebo tocando minha pele.

Levo as mãos atrás do pescoço, abro o fecho e seguro a corrente, passando os dedos pelas bordas arredondadas do pingente. Meus dedos descansam no minúsculo parafuso na base, cujo buraco permitiu que as cinzas fossem cuidadosamente guardadas. A funerária me explicou o processo, garantindo que eu entendesse quão pouco das cinzas realmente caberia ali dentro. Também me disseram que eu mesma poderia colocá-las ali, se quisesse, e me deram um folheto com instruções para fazer o procedimento em casa. Simplesmente assenti e pedi para eles realizarem o trabalho para mim.

Ergo o pingente para poder ver melhor o parafuso. É de ouro branco, como o restante do colar, e realmente minúsculo — mais ou menos do tamanho dos parafusos usados para prender pernas de óculos. Uso a unha para ver se ela encaixa na ranhura estreita do parafuso. Ela entra, e sinto um frio na barriga. Meu coração começa a acelerar quando enfio a unha ali e muito delicadamente tento virá-lo. Nada acontece, o parafuso continua no mesmo lugar.

Mas alguma coisa está acontecendo dentro de mim.

Quero abrir esse pingente.

Quero segurar as cinzas na mão.

Não, eu *preciso* segurar as cinzas.

Só por um minuto, digo a mim mesma, depois vou devolvê-las, de algum jeito, para dentro do pingente.

Agora mais decidida, ligo o exaustor do banheiro, tranco a porta e abro o chuveiro. Não quero ser interrompida. Pego minha pinça — dessas para viagem, bem pequenas, com pontas afiadas — e a abro até o metal ceder e dobrar. Enfio uma das pontas na ranhura do parafuso e começo a girar. Não está funcionando. Mesmo assim, sigo tentando, mais frenética a cada instante.

Agora me pego chorando, e as lágrimas caem no pingente, que seguro tão próximo do rosto.

— Vamos, vamos, vamos — sussurro, girando furiosamente.

A pinça continua escorregando e eu já tenho ranhuras no polegar, onde a ponta marcou a pele.

— Vamos! — grito, frustrada, quando a pinça escorrega de novo.

Seco os olhos com o braço, respiro fundo e tento mais uma vez. Acho que sinto algum movimento e empurro a pinça com tanta força que, desta vez, quando ela escorrega para fora do parafuso, o movimento brusco faz o pingente cair das minhas mãos, atingindo ruidosamente a pia de porcelana do banheiro.

— Não! — grito enquanto minhas mãos agarram desajeitadamente o colar.

Por pouco, consigo segurá-lo antes de descer pelo ralo. Mantenho a mão ali por um instante, grudada no pingente, sentindo a frieza da pia na palma da mão. Meu coração acelera e a respiração fica irregular enquanto penso no que poderia ter acontecido.

A corrente poderia ter descido pelo ralo, o que não seria um problema tão grande, afinal o hotel provavelmente tem um encanador que poderia resgatá-la. Não, essa não é a pior coisa que poderia acontecer. Se minha tentativa de abrir o pingente funcionasse pouco antes de a corrente cair, aquelas preciosas cinzas — tudo o que me restou — teriam se espalhado em uma pia barata de hotel. Ali seria seu lugar de descanso final.

Respiro fundo para ter certeza de que minhas mãos trêmulas estão sob controle, arrasto o pingente para a lateral da pia até alcançar a borda, então o agarro bem firme com a outra mão. Fecho os olhos e seguro o pingente encostado em meus lábios por um instante, pedindo desculpa por tantas coisas. Então fecho a corrente outra vez no pescoço.

Somente quando já estou quase dormindo lembro que o diretor da funerária me disse que o parafuso é grudado com supercola, para nunca cair.

45

Os próximos dias transcorrem bem parecidos com aqueles em que a gente está se recuperando de uma gripe forte. Durmo muito. Como o máximo que meu estômago aguenta. Finalmente termino de ler o livro que Anna me deu. Consigo tomar banho todos os dias e, no terceiro, até saio para andar na praia com Gabe. A escola de surfe é muito compreensiva com meu infeliz caso de "intoxicação alimentar" e propõe remarcarmos a aula para a próxima semana, a nossa última em Maui. Tomo o Lexapro. Acabo tirando minha aliança e demais anéis, porque perdi tanto peso que eles podem simplesmente cair, e morro de medo de perdê-los. Mas minha mão parece muito vazia, e fico nervosa só de ver a aliança encostada na gaveta do criado-mudo, então a coloco na corrente em meu pescoço, onde descansa ao lado do pingente.

Passo muito tempo ao telefone com Lucy, o dr. Rakesh, Anna e meus pais — mas minimizo a situação um pouco ao falar com minha mãe e meu pai. Tenho certeza de que, não fosse o ataque cardíaco dele, os dois estariam dentro de um avião em menos de uma hora. Meu pai, especialmente, fica desapontado por eu ter deixado as coisas chegarem a esse ponto e parece tão chateado que só deixa as coisas piores por um tempo. Minha mãe não chora, como eu esperava, e fico grata por ela agir assim. Já Anna me ameaça com mais remédios de sua *zu mu* e faz promessas de que, se eu chegar em casa inteira, ela vai dividir um pacote de pipoca da Garrett comigo. É um alívio contar a verdade. Apesar de eu ter vergonha e me sentir péssima pela preocupação e estresse que estou causando, as coisas não parecem mais tão irremediáveis.

Também converso muito com Gabe.

É mais ou menos como o isolamento de um júri, ou pelo menos como eu imagino que algo assim seria. Quando a porta se fecha, estamos em lados opostos; três dias depois, quando a porta se abre outra vez, chegamos a um consenso.

Não vou mais mentir sobre como estou me sentindo.

Vou tomar meus remédios enquanto forem necessários.

Gabe não vai me deixar, independentemente do que eu diga ou de quanto tempo seja necessário para minha cabeça voltar ao normal.

Finalmente admito que ele está certo: os remédios não foram um acidente, como eu disse a todo mundo. Eu não planejei, mas, uma vez que tinha os frascos na mão, percebi que seria mais fácil simplesmente ir embora. Um adeus suave ao mundo. Ele também diz que me perdoa pouco depois que admito isso, pois sempre soube a verdade, mesmo diante dos meus protestos.

E eu o perdoo por estar ao volante naquela noite, porque, para dizer a verdade, poderia facilmente ter sido eu em seu lugar.

Vou lembrar quanto o amo.

Vou deixar Gabe me amar de volta.

Vamos terminar o que viemos fazer em Maui e depois vai ser a hora de voltar para casa e descobrir o que está por vir.

46

— Tem vestiários lá dentro, se necessário, mas a maioria das pessoas simplesmente veste as roupas de surfe aqui mesmo — Sara, a muito jovem e muito bronzeada assistente da escola de surfe, nos instrui.

Estamos na praia em frente à escola. A areia ainda parece um pouco fresca e úmida, graças ao temporal da última noite. Porém o céu está limpo e o sol já começa a esquentar tudo. Sara distribui as roupas de mergulho, rapidamente avaliando cada um de nós enquanto pega as peças de neoprene preto nos cabides da parede.

— Obrigada — agradeço quando ela me entrega a roupa.

Somos uma turma de oito alunos — o mais novo parece estar no começo da adolescência, e a mais velha tem mais de sessenta. Acontece uma situação desconfortável quando um dos membros do grupo, uma senhora de biquíni dourado, claramente de meia-idade, mas tentando fingir que não, pega sua roupa de mergulho e franze a testa, segurando a peça na frente do corpo. É muito esguia, exceto na área do peito, em que seios que Jase chamaria de "turbinados" clamam por atenção.

— Hum, perdão — a mulher bem-dotada diz para Sara. — Acho que não vai servir.

O homem ao seu lado acrescenta:

— Ela acabou de reformar para o nosso aniversário de um ano.

E sorri, orgulhoso, apontando para os seios de balão da esposa.

— Santo Deus — Gabe sussurra. — Agora eu me pergunto o que ela vai ganhar de presente no ano que vem.

Tento não dar risada.

— Meus parabéns — Sara diz ao casal, apenas o mais discreto sarcasmo acompanhando seu tom alegre. Para mim não fica claro se ela está falando do aniversário ou da "reforma". — Não se preocupe, essas peças são bastante elásticas. Acho que vai servir bem.

Todos começam a tirar as roupas, revelando trajes de banho, o que me faz lembrar que não vesti meu maiô antes de vir. Até Gabe já está de sunga.

— Merda, esqueci de colocar o maiô — sussurro.

— É só entrar e se trocar — Gabe me tranquiliza. — Ela falou que tem vestiários lá dentro.

Sara está outra vez à minha frente.

— Você precisa usar o vestiário? — pergunta.

Faço que sim, me sentindo como a criança que vestiu uma calça jeans rasgada em vez de um vestido chique para o concerto de Natal do colégio.

— Eu não sabia que já era para vir trocada.

— Não se preocupe. Entre e escolha qualquer provador. Vamos demorar uns dez minutos ainda para começar a aula.

— Obrigada — agradeço, e ela sorri e continua entregando as roupas aos outros alunos.

— Eu espero aqui — Gabe fala. — Quero ver se a sra. Biquíni Dourado vai conseguir fechar o zíper.

Dou risada e balanço a cabeça, me virando e levando comigo a roupa de mergulho e minha mochila.

Abro a porta e sinos tilintam, anunciando minha chegada. Sou atingida por um golpe de ar frio e uma variedade estonteante de camisetas coloridas e bermudas de surfista, além de fileiras e mais fileiras de roupas de mergulho. Há pranchas de surfe penduradas no teto, e, embora a loja esteja abarrotada de coisas, por dentro é maior do que parece quando vista da praia.

— Oi?

Ninguém aparece com o tilintar dos sinos da porta, então olho em volta para tentar encontrar o vestiário. Avisto três cortinas abertas de três provadores, nos fundos da loja.

Escolho o primeiro e a cortina não desliza facilmente do varão que a segura. Mas eu a puxo com toda a força para fechar pelo menos a maior parte. Resta uma abertura de dez centímetros de um lado, mas é o melhor que consigo fazer, e não quero perder nem um minuto da aula, então penduro minha roupa de mergulho no gancho e abro a mochila. Pego o maiô e rapidamente tiro o short e a camiseta; estou prestes a abrir o sutiã quando a cortina desliza bruscamente para o lado.

— Ah!

Estou só de sutiã e calcinha. E chocada demais para sequer tentar me cobrir.

— Ah, meu Deus, desculpa. — Por um momento, apenas nos escaramos, em seguida ele sabiamente cobre os olhos e tenta puxar a cortina outra vez no varão. — Achei que não tivesse ninguém aqui. Eu... Merda, pensei que alguém tivesse deixado a cortina meio fechada.

Na pressa para se livrar da situação, ele puxa a cortina com tanta força que o varão cai de um lado e toda a estrutura desaba sobre ele.

— Merda! — o homem grita, tentando se libertar do pedaço enorme de tecido.

Pego minha camiseta e a jogo rapidamente outra vez no corpo. Quase estou com o zíper do short fechado quando ele termina de lutar com a cortina. Usa uma das mãos para cobrir os olhos até eu lhe dizer que tudo bem, que estou vestida.

— Eu sinto muito, mesmo — diz, e aí percebe que estou rindo, o que o faz rir também. Ele estende a mão. — Sou Kaikane Edwards. Eu gostaria de dizer que só estou aqui para limpar as pranchas e usar isso como desculpa para o meu comportamento patético, mas tenho que assumir que sou o dono deste lugar. — Seu sorriso ilumina o rosto, e eu sei que é cafona dizer isso, mas é verdade. Ele tem olhos de um castanho bem escuro e a pele da cor de mel silvestre, âmbar sedoso, que presumo ser fruto de herança genética, e não apenas dos muitos dias ao sol.

— Prazer em te conhecer, Kaikane. — Aperto sua mão. — Meu nome é Tegan. Tegan Lawson. Eu fui estúpida a ponto de esquecer de vestir o maiô antes de vir para a aula.

Dou de ombros e rio, nervosa, enquanto me pergunto quanto ele viu antes de virar o rosto. As cicatrizes em meu abdome ainda estão bem rosadas, especialmente porque contrastam com a pele clara, que não vê sol há pelo menos um ano.

— Ah, você é a Tegan! — exclama, seu rosto deixando claro que já ouviu falar de mim. — Espero que esteja se sentindo melhor. Intoxicação alimentar é uma coisa bem chata quando estamos de férias. Você comeu no Charlie's, no final da praia? Já ouvi alguns alunos comentarem que passaram mal depois de comer lá. Parece que o burrito de camarão não é muito bom.

— Nem Charlie's, nem burrito de camarão — respondo. — Mas obrigada pela dica.

— Por nada. — Ele abre outro sorriso enorme. — E pode me chamar de Kai. Acho que já alcançamos esse nível de intimidade, não é? — brinca, apontando para a cortina e me deixando ligeiramente vermelha.

— Podemos dizer que sim — respondo. — Acho que vou usar o outro provador.

— Claro. — Ele dá um passo para o lado. — E eu prometo que desta vez não vou nem encostar na cortina.

Acho que vejo seu olhar pousar por um instante no adesivo em meu antebraço. Tenho tentado mudá-lo de lugar, porque um dos irritantes efeitos colaterais é uma coceira chata. E, embora fique superexposto no braço, especialmente aqui, em que regatas e roupas de banho são as únicas peças toleráveis, a pele ali parece se sair melhor do que em outras partes do meu corpo.

— Não é um adesivo de nicotina, se é o que você está pensando — vou logo dizendo.

Por algum motivo, não quero que ele pense que sou fumante.

— Ah, sim — responde.

— Eu sofri um acidente há alguns meses, um acidente de carro — continuo, e durante todo o tempo digo a mim mesma para calar a boca. — Eles tiveram que... Eu passei por uma... Agora tenho que usar isso.

Tropeço nas palavras e meu rosto esquenta. Por que raios estou contando isso para esse cara? Kai parece se perguntar a mesma coisa, mas, ainda bem, não fala nada sobre minha explicação confusa, inútil e não solicitada.

— Bom, fico feliz por você estar bem agora — afirma, sorrindo. Ele ergue o varão da cortina e o coloca outra vez no lugar antes de pendurar o tecido de volta na frente do provador. Depois aponta para minha corrente.

— É melhor você tirar também. Nós temos armários aqui, então não precisa se preocupar. Pode pegar um cadeado com a Sara.

— Certo — respondo, embora eu não planeje tirá-la. — Mas tenho mesmo que fazer isso? É que... eu nunca tiro esta corrente.

Ele dá de ombros.

— A escolha é sua, mas eu recomendo tirar. As ondas são bem fortes, e, acredite... — dá uma piscadinha — você vai passar muito tempo com aquelas ondas agora no começo. E eu não quero que você perca a sua corrente.

Tento parecer indiferente, mas me sinto qualquer coisa menos isso.

— Tudo bem. Eu tiro, sem problemas.

Depois de vestir a roupa de mergulho, que tem cheiro de não ter sido lavada depois que mil pessoas suaram aqui dentro, pego um cadeado com Sara e guardo a corrente com cuidado no pequeno armário. Meu pescoço parece nu, desconfortavelmente leve sem a pressão do pingente e da aliança, e rapidamente fecho o zíper da roupa para cobrir esse ponto do corpo.

Quando retorno à praia, todos já estão com suas pranchas, indo para perto da água. Primeiro recebemos um treinamento na areia sobre como ficar em pé e se equilibrar na prancha.

— Está tudo bem? — Gabe pergunta.

Confirmo com a cabeça.

— Tudo bem. — Passo os braços em volta da prancha e a levo até a praia, para encontrar o restante do grupo. — O único incômodo é que estas roupas de mergulho são nojentas. Estou tentando respirar só pela boca.

Passamos os próximos trinta minutos praticando posições, de deitar de barriga até saltar e agachar na prancha e deitar outra vez.

Kai olha em meus olhos e sorri.

— Acho que ele gostou de você — Gabe sussurra no meu ouvido, entre um salto e outro.

Nego com a cabeça e reviro os olhos.

— Ele não está sorrindo para ninguém mais desse jeito — Gabe insiste, mas sem ciúme na voz.

Ele nunca foi ciumento. É uma das coisa de que mais gosto nele, embora Gabe jamais tenha tido motivo para sentir ciúme.

Apesar de tudo o que aconteceu, nunca vai existir outra pessoa para mim.

Retribuo o sorriso de Kai e me deito outra vez na prancha.

47

Embora eu passe muito tempo tentando manter a água do mar fora dos pulmões, não demoro a me apaixonar pelo surfe. E também não sou tão ruim assim. No quarto dia, quando só temos mais uma aula, meus braços não ardem mais de tanto remar e meus pés consistentemente encontram o ponto certo na prancha, de modo que meu peso fique equilibrado o suficiente para brincar com as ondas.

É claro que a parte mais complicada é descobrir qual onda é a melhor. Parece que existe todo um sistema para contá-las, mas eu ainda não consegui entender. A cada aula, Kai e Sara se sentam em suas pranchas, as pernas balançando na água e os olhos analisando as cristas que estão chegando. Quando eles gritam "Agora, agora, agora!", todos nós deitamos e começamos a remar para esperar a onda. Rapidamente saltamos e agachamos por um segundo, encontrando o equilíbrio, aí ficamos com os joelhos e os cotovelos ligeiramente flexionados e tentamos permanecer na prancha o máximo de tempo possível.

Hoje é um dia bom, e pareço capaz de ficar na prancha é mais tempo que os outros, exceto o adolescente, tão bom que certamente mentiu quando alegou jamais ter surfado antes.

— Ele é jovem — Gabe comenta enquanto estamos sentados na prancha, à espera da próxima onda, vendo o adolescente passar por nós surfando sem esforço.

— Eu também sou! — retruco, e ele dá risada.

— Verdade. Eu só estava tentando fazer você se sentir melhor.

Seco a água em meus olhos e espirro três vezes seguidas, graças ao nariz cheio de água salgada que ganhei em minha última queda.

— Tudo bem com você? — Kai grita por sobre as ondas, e eu ergo o polegar para ele.

— Está vendo? — Gabe arrisca, em tom de provocação. — Bem que eu disse.

— Pare com isso. Ele só quer ter certeza de que estou bem. Você sabe que os meus espirros são superdramáticos.

— Ãhã — ele murmura.

Ainda estamos a uma boa distância da areia, e estou pronta para pegar outra onda. Olho para trás, manobrando a prancha de modo que ela aponte para a praia, remando com os braços na água para tentar me estabilizar. Aí espero. Para me divertir, conto as ondas, mas, quando ouço Sara gritar "Agora, agora, agora!", perco a conta e apenas começo a remar o mais rápido que consigo, respirando fundo algumas vezes para me preparar.

Apoio as mãos estendidas nos dois lados da prancha, fico em pé com um salto, sentindo os músculos em meu abdome se alongarem. Então agacho, esperando sentir o equilíbrio e a onda alcançar minha prancha. De repente é como se eu estivesse voando. Ouço os gritos e sei que me dei bem. Vou tranquilamente, a prancha deslizando na crista da onda, o vento nas costas.

Não sei o que acontece, mas vou de alguém gritando com a euforia a alguém sendo rapidamente puxada para debaixo das ondas fortes. Minha tornozeleira repuxa, provocando dor em minha perna, enquanto giro na água agitada, como uma meia solitária na máquina de lavar. Prendo a respiração para tentar me acalmar. Sei que tenho que esperar a água me empurrar de volta para a superfície, mas o pânico começa a ganhar força dentro de mim, e não sei quanto tempo mais vou ser capaz de segurar o ar. Enquanto luto para me livrar dessa situação, bato em alguma coisa e sinto uma dor aguda no cotovelo. Um segundo depois, minha cabeça está outra vez na superfície e, sentindo gratidão, respiro fundo.

Olhando em volta, tento descobrir onde vim parar. Estou cerca de seis metros mais perto da costa do que quando comecei a remar, e vejo alguns outros surfistas da minha turma por perto, que também devem ter pegado uma boa onda.

Meu cotovelo dói quando subo outra vez na prancha. Agora em cima dela, giro o braço para olhar mais de perto. A roupa de mergulho só cobre parte do meu antebraço, e percebo um arranhão vermelho, queimando forte no cotovelo. A impressão é de que raspei a pele no asfalto, e me pergunto em que bati.

— Foi uma onda e tanto, Tegan! — Sara, a primeira a me encontrar, elogia. — Tudo bem com você?

— Obrigada, acho que sim. Bati o cotovelo em alguma coisa.

— Me deixe dar uma olhada — Kai pede.

Todos estão remando na nossa direção, pois o grupo se prepara para pegar mais uma onda antes de terminar o dia. Sara vai para perto dos outros para contar as ondas e ajudá-los a se preparar, e eu viro o braço outra vez para Kai ver.

— O que aconteceu? — Gabe pergunta, remando para trazer sua prancha ao lado da minha.

— Arranhei em alguma coisa quando a onda me derrubou.

Estremeço, a ardência se intensificando. Agora realmente dói muito.

— Nossa! — Gabe exclama. — Está doendo?

— Estou sentindo algumas pontadas. — Mantenho a respiração rasa para enfrentar uma oscilação de dor que sobe e desce em meu braço.

— Foi o coral — Kai explica, franzindo a testa. — Você deve ter batido no recife quando caiu. Vai precisar higienizar.

— Foi só um arranhão. Tenho certeza de que a água salgada vai lavar.

— Se arranhar em corais pode ser coisa séria. Pode infeccionar bem rápido — Kai explica. — A primeira coisa é lavar muito bem com água e sabão. Depois você precisa ir ao médico.

— Merda. — Olho outra vez para o cotovelo.

— Tenho certeza de que vai melhorar quando você lavar — Gabe afirma.

— Você vai precisar tirar alguns dias de folga — Kai acrescenta. — Só para ter certeza de que está cicatrizando.

— Mas amanhã é a última aula — digo, com a voz trêmula. Detesto ficar tão emotiva assim.

— Tudo bem — Gabe fala. — É só uma aula.

— Posso te dar uma aula particular quando você sarar. O que acha? — Kai oferece.

— Legal, obrigada.

Faço outra careta por causa da dor excruciante.

— Que legal. Valeu, cara — Gabe agradece.

— Não tem de quê. Acha que consegue ir remando?

Confirmo com a cabeça.

— Eu estou bem.

— Assim que chegarmos à loja, eu pego para você o nome de uma clínica — afirma Kai, manobrando sua prancha na direção da areia.

— Viu? — Gabe diz. — Está tudo bem.

Suspiro e vou remando do melhor jeito que consigo, enfrentando a dor enquanto as ondas me ajudam a chegar mais rápido à areia. Agradeço a Sara quando ela pega minha prancha e sigo na direção da loja.

— Só vou lavar isto aqui — digo, mostrando o cotovelo. — E já pego o nome da clínica com o Kai.

— Precisa de ajuda? — Gabe oferece.

— Eu estou bem. Volto em um minuto.

Lá dentro, Kai me ajuda a lavar o cotovelo com água morna e sabão, o que realmente me faz sentir melhor, e então me passa o nome do médico. Abro o armário e pego a corrente antes de tirar a roupa de mergulho.

— Obrigada mais uma vez por ter oferecido a aula particular — digo, saindo do vestiário.

— Fico feliz por ajudar — Kai responde. — Só não deixe de ir ainda hoje à clínica.

Aceno e começo a andar na direção da porta.

— Ei, Tegan?

— Oi?

— O meu pai tem um café na cidade, o Banyan Tree, conhece? Talvez você já tenha visto... — Faço que sim. De fato vi o estabelecimento um dia desses, quando fomos almoçar na cidade. Fica perto de uma figueira-de--bengala gigantesca. — O grupo todo está convidado para tomar café da manhã lá depois da nossa última aula — Kai diz, fazendo uma pausa antes de acrescentar: — Enfim, eu só queria estender o convite.

Já com a mão na porta, sorrio para ele.

— Obrigada. Eu não perderia por nada.

~

O médico diz que eu fiz a coisa certa ao lavar imediatamente o ferimento.

— Em qual escola você estava fazendo aula de surfe? — pergunta, segurando meu cotovelo e olhando atentamente sob a luz.

Ele parece novo demais para ser médico, o cabelo loiro-acinzentado caindo em ondas suaves atrás das orelhas. Quando vira a cabeça para analisar mais de perto meu braço, os fios se mexem e eu percebo uma marca mais branca em sua têmpora, provavelmente causada pelos óculos de sol. E me pergunto se é surfista. Parece.

— Surf the Swell? — tento lembrar.

Ele ergue o olhar com um sorriso no rosto.

— Ah, a escola do Kai. Foi ele quem me ensinou a surfar quando eu me mudei para cá, há três anos. — Então eu estava certa. Um surfista. — Ele é o melhor. Toda vez que alguém me pede indicação, digo para procurar o Kai.

Por algum motivo, isso me deixa orgulhosa, o que é ridículo, afinal nem conheço Kai direito.

— Bem, para mim a situação aqui parece boa — continua o médico, girando sua cadeira. — Vou te receitar uma pomada com anti-inflamatório e um antibiótico, só para ter certeza de que não vai infeccionar. — Ele puxa o bloco de receitas e pega a caneta. — Alguma alergia?

— Não.

— Está tomando algum outro remédio?

— Hum, eu uso adesivo de estrogênio — respondo antes de limpar a garganta. Fico tensa em falar sobre o antidepressivo, indagando em silêncio o que o médico-surfista vai pensar de mim, mas aí lembro que prometi a Gabe. — E Lexapro. Cinquenta miligramas por dia.

O médico, cujo nome já esqueci, assente e escreve alguma coisa em seu receituário.

— Aqui está — anuncia, me entregando a receita. Olho para o papel e vejo seu nome, dr. Mark Darbinger. — Tem uma farmácia no térreo, onde você pode comprar esses remédios. Tem plano de saúde? — Confirmo com um gesto. — Certo, ótimo. — Estende a mão. — Foi um prazer conhecer você, sra. Lawson, e espero que esse braço melhore logo. Se notar algum inchaço ou sentir que está esquentando ou ficando vermelho, ou qualquer sinal de infecção, volte aqui o mais rápido que puder, está bem? Estamos abertos sete dias por semana.

— Obrigada, dr. Darbinger. — Aperto sua mão, me levanto e pego a bolsa. Então lembro que Kai ofereceu uma aula particular. — Só uma pergunta: quando eu posso entrar na água outra vez?

— Se começar a tomar o antibiótico hoje, eu diria que depois de amanhã. Está bem?

Faço que sim.

— Obrigada.

— Aproveite o restante das férias — diz o médico.

Respondo que vou aproveitar e saio do consultório.

— Tudo bem? — Gabe quer saber.

— Tudo certo. Só preciso tomar antibiótico e esperar uns dois dias para entrar na água outra vez.

— Nada mau. O que você quer fazer para aproveitar o restante do dia hoje?

— Primeiro um banho quente — respondo, já entrando no carro alugado, um Mustang conversível amarelo-ovo, o único ainda disponível quando chegamos. Gabe brincou que a cor forte fazia o carro parecer "carentão", mas eu gostei. — Depois, compras. O que você acha? Eu quero escolher algumas coisinhas para os nossos pais e para a Anna.

— Também precisamos comprar mais daquele pão de banana — Gabe lembra. — Andei sonhando com ele.

— Eu também, mas isso requer uma viagem de volta a Hana.

— Que tal amanhã? Afinal, você não vai poder entrar na água.

— Eu pensei em talvez ir de bicicleta ao Haleakala de manhã, o que acha? No hotel, eles disseram que ainda tem vagas — proponho. — Falaram que é um passeio incrível, embora eu saiba como me sinto ao misturar alta velocidade de bicicleta e estradas íngremes.

— Eu bem sei — ele diz. — Você acha que não vai ter problema com o braço?

— Vou ficar bem. E o passeio termina cedo, então talvez café da manhã com o pessoal da aula de surfe no Banyan Tree depois? — acrescento, distraída, como se não me importasse.

— Por mim tudo bem — Gabe concorda. — Eu aceito qualquer coisa. Contanto que tenha pão de banana, é óbvio.

Abro um sorriso e ligo o rádio. Paro em uma música de sucesso que reconheço, mas não sei a letra. Enquanto sigo cantarolando, me esforço para afastar a leve culpa que me envolve. Acho que não tem nada de mais, que ele é só um cara legal e uma boa companhia, mas me pego ansiosa para voltar a encontrar Kai.

48

Faz frio aqui no alto, o tipo de frio que temos no fim do outono em Chicago. E está garoando, o que me faz agradecer pelo conjunto de chuva amarelo e enorme que nos entregaram quando saímos da van. Balanço os dedos e assopro as mãos em uma tentativa de aquecê-las. Sinto falta das luvas de caxemira supermacias que ficaram em Chicago e, por um breve instante, tenho saudade de casa.

Além do tempo frio e úmido, o pico está incrivelmente lotado. Todos dizem que esta é uma atração obrigatória em Maui, assistir ao nascer do sol no topo do Haleakala, mas até agora acho que pagamos uma nota para ficar ensopados e com frio antes de descer de bicicleta por uma estrada sinuosa e movimentada até a base do vulcão — o que, só para constar, parece uma ideia muito ruim e perfeita para causar ferimentos. E nem de longe se trata de uma experiência intimista. Vans e ônibus lotados de turistas sonolentos, mais parecendo enormes latas de sardinha, formam filas no estacionamento.

Subimos até o ponto de onde assistiremos ao nascer do sol e seguimos a multidão para dentro do centro de visitantes do Haleakala, quando então nos aquecemos um pouco. Não me sinto cansada, apesar do horário, nem cinco da manhã, ou do fato de terem ligado para nos acordar às duas.

Espio pela janela e só vejo escuridão e umas duas dúzias de estranhos usando roupas igualmente horrendas. Parece que a cor da sua capa de chuva identifica em qual grupo você está. As peças amarelas, vermelhas e azuis me fazem lembrar de quando meus alunos do jardim de infância ficam livres para usar cores primárias e pintar o mural da sala de aula. Além das cores vibrantes, dentro do prédio de paredes marrons há um cheiro bastante desagradável de borracha molhada.

— Tem tanta neblina hoje — comento. — Você acha que vamos conseguir ver alguma coisa?

— Espero que sim — Gabe responde. — Senão, acordamos na hora dos loucos para tirar fotos da neblina havaiana, que, só para deixar registrado, é bem parecida com a neblina de Chicago.

O céu começa a mudar, a se iluminar aos poucos, e eu olho para o que agora se transformou em um mar cinza e fofo.

— Aqui em cima é estranho. Parece que nós estamos suspensos nas nuvens.

Ouvimos o anúncio de que é hora de sair outra vez e uma fila rapidamente se forma perto da porta. Sou empurrada por um grupo de turistas ansiosos e forçada a sorrir quando um deles se vira para pedir desculpa. As capas de chuva criam um contraste intenso com o asfalto preto no qual estamos enquanto competimos por uma posição perto do peitoril metálico. Flashes estouram incessantemente à minha volta, me lembrando de pegar a câmera na mochila.

E, de uma hora para a outra, o sol nasce. É impressionante ver um céu preto como nanquim se transformar com tanta rapidez em incandescente. Agora que o sol esquenta a atmosfera, a vista é espetacular. Estamos acima das nuvens. Os picos formados pelo vulcão tentam alcançar o céu, que está sendo tomado por camadas de rosa intenso e laranja vibrante. O que restou das nuvens, que mais parecem fios de fumaça, gira em torno da cratera. Parou de chover e está tudo muito quieto, todos nós impressionados com a cena.

Sou arrebatada e, por alguns segundos, esqueço tudo o que me trouxe até aqui.

Estendo a mão para segurar a de Gabe, mas acabo sentindo dedos desconhecidos tocando os meus. São grossos e frios e pertencem a um homem igualmente surpreso ao me ver segurando sua mão.

— Ai, desculpa — gaguejo, puxando a mão de volta e a enfiando no bolso. — Pensei que fosse outra pessoa.

Ele tem pelo menos alguns anos mais que eu, um sorriso gentil e uma criança parada ao seu lado.

— Sem problemas — diz, rindo. — Eu estava ainda agora pensando em como minha mão está fria.

Também dou risada e nós dois voltamos a assistir ao nascer do sol.

Não sei aonde Gabe foi e começo a chamar seu nome. Primeiro baixinho; depois, quando não ouço sua resposta, um pouco mais alto. Algumas pessoas olham na minha direção. Um pânico irracional toma conta de mim.

— Estou aqui — ele enfim responde, ao meu lado. — Algum problema?

— Você sumiu — respondo, respirando fundo e tentando me acalmar. — Eu não estava te encontrando.

— Aonde eu iria? — ele pergunta, rindo discretamente, o que não ajuda. Não estou no clima para brincadeiras. Ele sente meu humor e acrescenta: — Tegan, eu não quero estar em nenhum outro lugar que não aqui. Com você, com isto.

O que vem em seguida é um suspiro de satisfação coletivo de todo o grupo, assim que deparamos com o sol apontando acima da cratera. É a coisa mais linda que já vi. Conforme o globo de fogo continua subindo, o céu vai de roxo intenso a fúcsia entremeando tons mais claros dos dois, até meu rosto esquentar com os raios que o atingem.

— Vai ficar tudo bem, Tegan. — Sinto os dedos de Gabe se entrelaçando aos meus. — Você vai ver.

49

TRÊS MESES ANTES DO ACIDENTE

— Vai ficar tudo bem, Tegan. — Gabe garantiu. — Você vai ver.

Ele segurou com mais força meus ombros trêmulos e beijou a lateral do meu rosto, umedecida pelas lágrimas. Sequei os olhos com o lenço que ele tirou da caixa ainda na triagem do hospital e tentei relaxar. Respirar fundo pelo nariz e expirar lentamente pela boca. Repetir. Repetir. Repetir.

A sala de espera estava lotada, mal havia uma cadeira disponível. Uma senhora ao meu lado segurava junto à testa ensanguentada um pano de prato que obviamente já fora verde-claro, mas agora tinha um tom vermelho-escuro. Um jovem preocupado permanecia sentado ao seu lado, conversando com ela em voz alta de tempos em tempos. Uma menina de cinco ou seis anos à nossa frente parecia nauseada, mantinha um pote de plástico no colo e estava acompanhada pela mãe aparentemente entediada, que passava as páginas de uma revista. Também havia pessoas com bolsas de gelo em várias partes do corpo e outras que pareciam se encontrar na mesma situação que eu — aparência saudável, mas claramente ali por algum motivo.

A enfermeira da triagem abriu a porta de acrílico.

— Tegan McCall?

Todos na sala ergueram o rosto, como se esperassem que ela chamasse seu nome, depois voltaram a esperar.

Gabe me ajudou a levantar, mantendo uma das mãos em meu cotovelo e a outra em minhas costas, e a enfermeira acenou para que nos sentássemos à sua mesa.

— Na verdade, é Tegan Lawson — corrigi. — É que eu ainda não tive tempo de atualizar todos os documentos. A gente se casou há um mês.

— Meus parabéns — cumprimentou a enfermeira, quase sem desviar o olhar do que estava escrevendo. Eu me sentei em uma das cadeiras baratas de madeira e vinil à sua frente, e Gabe na outra. — Então, sra. Lawson, aqui diz que são treze semanas de gravidez, certo?

Era estranho ser chamada pelo meu nome de casada, mas eu adorava ouvi-lo mesmo assim.

Assenti antes de Gabe responder:

— Sim, ela vai completar catorze semanas no sábado, acredito.

As palavras fizeram a enfermeira erguer o olhar e abrir um sorriso.

— Vamos colocar treze semanas e meia aqui, está bem? — falou. Retribuí o sorriso, mas minha vontade era de chorar. — E você está tendo cólicas e sangramento? Quando começou?

— Há mais ou menos três horas. — Abracei forte o meu ventre. — Começou por volta das dez horas, certo, amor?

Olhei para Gabe, que assentiu. A enfermeira observou seu relógio e anotou alguma coisa na planilha.

— É a sua primeira gravidez?

— Sim — sussurrei, já prestes a chorar. — Nós fizemos um ultrassom na semana passada. O médico falou que tudo parecia perfeito.

Eu tremi e Gabe massageou minhas costas. Olhei para ele, mas não consegui fazer um sorriso brotar em meus lábios. Meu marido também parecia tenso, o rosto apertado e cansado, mas eu sabia que estava tentando esconder seus sentimentos para me acalmar.

— Está bem, sra. Lawson. Eu vou verificar a sua temperatura e em seguida vou te levar para conversar com um médico.

Alguns minutos depois, eu estava em uma maca na sala de emergência, usando um avental que, apesar de ser grande demais, parecia não cobrir as partes que eu queria que cobrisse. Gabe permanecia ao meu lado, se abaixando a cada minuto para beijar minha testa e meus lábios e perguntar como eu me sentia.

— Estou bem — respondi. — Só quero saber se o nosso filho também está.

E aí comecei a chorar. Eu estava guardando esse sentimento havia tanto tempo que não consegui mais segurar as lágrimas. Fiquei constrangida com os soluços que me escapavam, mas não o bastante para conseguir parar.

— Shhh — Gabe chiou, se abaixando para me abraçar enquanto eu tremia, em prantos. — O bebê vai ficar bem. Você vai ver.

Eu nunca quis tanto uma coisa na vida. Embora não tivesse sido uma daquelas meninas que sonham em ser mãe um dia — parece que minha mãe chegou certa vez a comentar que, quando criança, nunca me interessei muito por bonecas, mas atribuo isso ao fato de ter dois irmãos —, assim que vi o teste de gravidez positivo não consegui pensar em nada que eu desejasse mais.

Outra onda de cólica se espalhou em minha barriga, me fazendo respirar agitadamente. Gabe logo me soltou e passou a me olhar no rosto.

— Você está bem?

Apertei os lábios com força e assenti. Ele beijou minhas bochechas úmidas, depois usou um lenço para secar meus olhos. Gabe seria o mais incrível dos pais. Eu rezava veementemente para que ele não tivesse que esperar mais por essa chance.

A cortina foi puxada para o lado por uma mulher com aparência jovem, usando jaleco e uma trança loira que deslizava por suas costas. Tinha um rosto lindo, mesmo sem maquiagem. Trazia muitas coisas penduradas no corpo: um estetoscópio em volta do pescoço e um rolo de fita branca encaixado no aparelho; três canetas presas ao bolso do jaleco, acompanhadas por um pequeno bloco de notas encadernado; um crachá do hospital e um celular grudado na cintura da calça: uma corrente com uma aliança de ouro; e um punho cheio de pulseiras de plástico trançado, que denunciavam que ela tinha uma filha ou sobrinha. Por algum motivo, aquela coleção de pulseiras coloridas me fez sentir melhor.

— Sou a dra. Megan Foster — ela se apresentou, estendendo a mão sem as pulseiras para mim. Apertou minha mão, depois a de Gabe e enfim fechou outra vez a cortina, nos isolando e fazendo a saleta de repente parecer lotada. — Podem me contar o que está acontecendo?

Ela ouviu cuidadosamente enquanto eu descrevia os sintomas. Gabe acrescentava alguns detalhes de vez em quando.

— Quanto você diria que sangrou?

— Não foi muito — respondi, olhando para o rosto de Gabe. — Mais que um sangramento de escape, mas não o suficiente para encher um absorvente. — Observei o rosto da médica em busca de algum sinal, desesperada por ouvir uma notícia positiva. — Isso é bom, não é?

Ela ofereceu um sorriso doce.

— Sangramentos são comuns no primeiro trimestre — explicou. — Não quer dizer que sejam normais, mas acontecem com certa frequência. E as cólicas? Você pode descrever?

— Na verdade, são bem parecidas com as que sinto no meu período menstrual — relatei.

— Em uma escala de um a dez, sendo dez a mais intensa, como você descreveria?

— Talvez seis?

— Muito bom — ela disse. — Está bem, sr. e sra. Lawson, eu vou pedir um ultrassom para analisarmos melhor o que está acontecendo.

— Obrigado — Gabe agradeceu.

— Não por isso — respondeu a dra. Foster, abrindo a cortina. — Não me parece muito preocupante — acrescentou. — Tentem relaxar que eu já volto.

Depois que ela saiu e fechou a cortina, nos deixando a sós, Gabe se permitiu expirar demoradamente. Segurei sua mão e apertei com força.

— Vai ficar tudo bem — falei, com uma confiança que eu não sabia se era mesmo verdadeira, considerando a situação.

Eu sabia que os primeiros meses de gravidez podiam ser complicados. Uma das minhas colegas de trabalho, que tinha trinta e poucos anos e vinha tentando engravidar havia cinco, descobrira recentemente em um ultrassom que o bebê não tinha batimentos cardíacos. Meu ultrassom fora feito apenas alguns dias antes do dela, e a notícia me deixou com um medo terrível. Fiquei tão triste por ela, mas grata por não ser comigo.

E agora talvez fosse minha vez de descobrir quão trágica e injusta a vida podia ser.

Gabe beijou meus lábios rapidamente por três vezes e abriu um sorriso enorme. Vinte minutos depois, a médica estava com um aparelho de ultrassom portátil ao lado da maca. Eu tremia descontroladamente enquanto ela passava o gel frio em minha barriga, que ainda não mostrava nenhum sinal do que crescia ali dentro.

— Eu sei como é isso, sinto muito — solidarizou-se a dra. Foster. — O mais quentinho não está funcionando bem.

— Não tem problema — respondi, batendo os dentes um pouquinho.

Gabe tirou seu cachecol e colocou em meu pescoço. Mas eu sabia que não era o frio que estava me fazendo tremer; eram os nervos.

— Certo, vamos dar uma olhada.

Ela passou o aparelho em círculos, garantindo que estivesse bem coberto com o gel azul opaco, e observou atentamente a tela, que eu não conseguia ver de onde me encontrava.

Fiquei analisando o rosto da médica, esperando seus lábios abrirem e nos transmitirem boas notícias.

Por favor, por favor, por favor, esteja bem.

— Pronto — finalmente respondeu, levando uma das mãos à tela e a virando em nossa direção. — Sr. e sra. Lawson, aqui está o seu amendoinzinho perfeito.

Gabe soltou o ar, depois levou a mão até a boca. Eu abri um sorriso enorme em meio às lágrimas, impacientemente as secando para conseguir ver tudo com mais clareza. Levei os dedos aos lábios, delirando de alegria enquanto assistia ao nosso bebê dar chutes e socos e rolar na tela.

— Obrigada — sussurrei à médica.

Ela sorriu, certamente feliz por não ter de nos dar nenhuma notícia ruim.

— Parece que está tudo bem — prosseguiu a doutora. — Deve ter sido algum coágulo, mas, como você pode ver, o bebê está ótimo. Parece que ele vai gostar de lutar boxe.

Ela arqueou uma sobrancelha e eu dei risada.

— Isso quer dizer que é um menino? — Gabe perguntou, ligeiramente sem ar.

— Ainda é cedo demais para saber. Mas as meninas também podem lutar boxe, sabia? A minha segunda filha se movimentava assim no útero, e digamos que ela é capaz de derrubar o irmão mais velho na hora que quiser.

Gabe riu:

— Eu imagino.

A dra. Foster limpou o gel no meu abdome, ajeitou outra vez meu avental e puxou o cobertor.

— Eu quero que você fique aqui, em observação, por vinte e quatro horas, só para ter certeza de que a cólica e o sangramento vão passar. Mas eu vou ver se consigo uma cama no andar de cima, para que você possa dormir um pouco, pode ser?

— Muitíssimo obrigado — Gabe agradeceu, segurando minha mão com tanta força que quase tive de lhe pedir para soltar.

Depois que a médica saiu da sala, ele me abraçou e afundou a cabeça no meu pescoço.

— Está vendo? — falei, tentando mostrar meu alívio e respirar em meio a seu abraço. — Eu disse que ficaria tudo bem.

— Disse mesmo — Gabe confirmou, me soltando para poder puxar meu avental e beijar minha barriga descoberta. Encostei a mão em sua cabeça, aproveitando aquele momento para, em silêncio, expressar minha gratidão. Em seguida, ele me cobriu outra vez, alisou minha barriga e me beijou intensamente. — Preciso lembrar que você está sempre certa.

50

Para minha imensa surpresa, sobrevivo à descida do Haleakala sem cair uma vez sequer da bicicleta. Pelo caminho, há algumas paradas espontâneas para tirar fotos, cada uma mais pitoresca que a outra, mas, quando chego à base do vulcão, me sinto incrível e cheia de energia, as bochechas quentes e o cabelo grudado na pele por causa do suor e do capacete. Minhas pernas parecem de borracha, mas ao mesmo tempo me sinto forte. Como se pudesse fazer qualquer coisa.

— Olha só — Gabe diz depois que devolvemos as bicicletas e as roupas de chuva. — Nem um arranhãozinho sequer.

Dou risada, tentando criar algum volume no cabelo. Não consigo, então o prendo com o elástico que sempre carrego no punho. Meu cabelo cresceu muito nestas últimas semanas viajando, e agora o rabo de cavalo toca as omoplatas. Faz muito calor, então tiro o moletom e o amarro na cintura, feliz por estar com uma regata por baixo. A sensação da brisa tocando minha pele é incrível.

Meu estômago ronca e eu esfrego a mão na barriga, sobre o algodão fino da regata.

— Com fome? — Gabe pergunta.

— Morrendo — respondo. Olho para o relógio. — O café da manhã começa daqui a mais ou menos uma hora.

— Acho que vai dar tempo. Vem, vamos pegar nosso lugar na van.

Uma hora mais tarde, ainda com meu rabo de cavalo úmido depois de um banho, passamos pela porta do Banyan Tree. O interior é maior do que eu esperava, com o lado voltado para a praia completamente aberto, graças a um portão desses de fachada de loja, enrolado até o teto. Uma brisa fresca vinda do oceano desliza pelo ambiente, filtrada pelas folhas enormes e lustrosas da figueira-de-bengala. Aqui dentro há bastante movimento, então deslizo o olhar pelo espaço em busca do nosso grupo.

— Procurando uma mesa? — pergunta um homem com aproximadamente a idade do meu pai.

Ele tem a pele bem clara e olhos verdes exibindo marcas de expressão. Marcas produzidas por risadas, linhas que se tornam mais fundas quando ele sorri.

— Não... Quer dizer, sim... Mais ou menos — digo. Ele arqueia uma sobrancelha, ainda sorrindo. — Desculpe, não me expressei bem. — Dou risada. — O grupo da aula do Kai está aqui?

— Claro que sim — responde, um sorriso enorme no rosto enquanto segura alguns cardápios perto do peito. Ele usa uma camisa havaiana colorida, aberta na altura do pescoço, onde alguns pelos grisalhos saltam. — O Kai é meu filho. Sou Bud Edwards — apresenta-se, estendendo a mão.

— Ah, certo — aperto a mão dele.

Fico surpresa ao saber que o pai do instrutor não é havaiano, mas espero que minha surpresa não esteja evidente. Imagino que Kai deva ter herdado da mãe a cor de pele polinésia e me pergunto se ela também trabalha aqui.

— É um prazer conhecê-lo — Gabe, muito mais educado que eu, fala.

— Eu sempre gosto de conhecer os alunos do meu filho — Bud comenta, apontando para o degrau na porta da entrada. — Cuidado com esse degrau aqui. Vamos até a mesa do pessoal.

O grupo está sentado na área aberta, à sombra da figueira-de-bengala. Alguns abraços e mudanças de cadeira depois, todos ficamos à vontade. Sinto um leve cheiro de roupa de mergulho perto da mesa, mas não me importo, afinal agora esse cheiro me lembra a sensação de estar na água. Bud anota nosso pedido e pega uma cafeteira de inox.

— Café? — pergunta, erguendo a garrafa. — É o nosso café kona.

— Ah, sim, por favor — respondo, virando a caneca à minha frente.

— Para mim não — Gabe recusa. — Ainda estou acelerado depois do passeio.

— Se vocês não foram ao Haleakala, deveriam ir — aconselho, acrescentando um "obrigada" a Bud quando ele enche minha caneca com o café escuro e quente.

Levo a caneca à boca e inalo profundamente antes de acrescentar um toque de creme. Mas nada de açúcar. Entre os espressos na Itália e o fragrante café kona em Maui, finalmente entendi: se você precisa colocar açúcar no café, simplesmente não deveria beber café.

— Ah, foi o seu passeio de hoje? — Lauren, também conhecida como sra. Biquíni Dourado, pergunta. — A gente vai amanhã.

— Foi impressionante — Gabe reforça.
— Sem dúvida uma experiência imperdível, mas leve um bom agasalho. Acredite, lá em cima é muito frio antes de o sol nascer.
— Como está o seu braço? — Kai me pergunta.

Ele passa manteiga em uma fatia de pão de banana, me fazendo lembrar do meu pai, que até hoje é a única pessoa que conheço que gosta de uma espessa camada de manteiga sobre alimentos assados. Sinto um aperto no peito. Estou com saudade de casa. Mas não estou pronta para voltar. Ainda não.

Flexiono o braço algumas vezes enquanto afasto os pensamentos envolvendo Chicago.

— Ótimo. Como se fosse novo — respondo. — O dr. Darbinger disse que eu vou ficar bem.
— Nem uma careta de dor nesse rostinho lindo durante todo o passeio de hoje — Gabe conta.
— Fico feliz em saber. Essas feridas de corais podem doer muito — Kai explica. — Você perdeu uma aula legal agora de manhã. Achei que todo mundo surfou superbem. — Toma um gole de suco de laranja antes de acrescentar: — Hoje as ondas foram boazinhas com a gente.

Ouço algumas pessoas bufando pela mesa.

— Quem está sendo bonzinho é você — Roger, o marido de Lauren, brinca. — Acho que passei mais tempo debaixo da água do que em cima da prancha.

Todos dão risada e se servem dos palitos de abacaxi que Bud trouxe. O abacaxi é ao mesmo tempo ácido e doce, e tão suculento que algumas gotas chegam a escorrer pelo meu queixo. Bud diz que vai buscar o restante dos comes e bebes.

— Eu te ajudo, pai — Kai oferece, empurrando a cadeira para trás.
— Não, fique aí. — Bud acena para que o filho volte a se sentar. — A Nadia me ajuda a trazer os pratos.

Kai ignora seu pai e o segue rumo à cozinha, mas nos avisa que já volta.

— Ele é um cara legal — Gabe comenta.

Faço que sim, observando Kai atravessar as portas duplas da cozinha.

Depois do café da manhã — eu como rabanadas ao estilo de Maui: fatias generosas de pão de coco cobertas com açúcar mascavo e banana frita na manteiga —, o grupo começa a se dispersar e todos seguem para a sua próxima atividade de férias. Nós nos despedimos e dizemos que esperamos nos encontrar outra vez em breve, mais por educação do que qualquer outra coisa.

— Então, o que você acha de fazer aquela aula amanhã cedo, se o tempo estiver aberto? — Kai sugere.

Parece que a previsão é de chuva pesada para a noite, mas Bud garante que o tempo vai estar bom de manhã. Ele brinca que a ilha de Maui é seca, quente e ensolarada quando os turistas estão acordados, como se soubesse quando é hora de dar um show.

— Pode ser — Gabe responde. — Não temos nada planejado para amanhã cedo.

Eu concordo com a cabeça.

— A que horas?

— Que tal às nove? — Kai pergunta. — Podemos vir comer aqui depois. Amanhã eu venho ajudar o meu pai, porque o café fica uma loucura na hora do almoço.

— Perfeito — Gabe diz, e acho que ele não está percebendo o jeito como Kai me olha.

Já faz algum tempo que não recebo esse tipo de olhar de outra pessoa que não Gabe, e a situação ao mesmo tempo me deixa desconfortável e me faz sentir bem.

— Está bem. Até amanhã, então? — digo.

Estendo a mão para abrir a porta e esqueço o degrau ali na frente. Tropeço e acabo voando e caindo de lado.

— Tegan! — Gabe grita. — Você está bem?

Eu me levanto rapidamente e limpo a sujeira da regata, que antes era branca.

— Estou bem — afirmo e começo a rir. — P.S.: cuidado com esse degrau.

Kai está do meu outro lado, com a mão no meu braço, depois de me ajudar a levantar. Olho para meu braço, depois para sua mão, que ele baixa antes de dar um passo para trás. Limpo a garganta.

— Bom, pelo menos eu sei sair de cena, não é?

Gabe ri e eu só sinto vontade de dar o fora daqui. Não gosto de como estou me sentindo.

— Fica combinado, então — diz Kai, passando pela porta e entrando outra vez no café. Parece não estar à vontade, mas pode ser que eu só esteja projetando minha própria sensação. — Até amanhã?

— Até amanhã — Gabe responde, e eu sorrio.

— Agradeça ao seu pai pelo café da manhã delicioso — digo por sobre o ombro.

— Pode deixar. — Kai acena rapidamente antes de fechar a porta.

— Eu falei — Gabe soa convencido.

— Falou o quê?

— Ele está a fim de você.

— Não está, não — retruco, mas sinto as bochechas começando a ficar vermelhas. — Como você mesmo disse, ele só é um cara legal.

— Não estou com ciúme nem nada assim. — Seu tom de voz revela que suas palavras são verdadeiras. — Eu sei exatamente por que ele te olha daquele jeito. É como eu te olho.

É verdade. Gabe é capaz de fazer meus joelhos tremerem só pelo jeito como me olha.

Mas já faz muito tempo que ele não me olha assim.

E de repente me dou conta de como sinto falta daquele seu olhar.

51

— Eu sou professora — conto, sentindo os braços queimarem enquanto remo pelas ondas.

O curativo à prova d'água em meu cotovelo repuxa a pele a cada movimento, mas parece permanecer no lugar. Kai sugeriu uma roupa de mergulho de manga longa para hoje, só para garantir que a água do mar não entre em contato com o ferimento. Porém estou enfrentando muito mais dificuldade para movimentar os braços na água com uma roupa que desce até os punhos.

— Jardim de infância — acrescento, tentando ao máximo manter a respiração regular com o esforço.

— E uma excelente professora— Gabe afirma, o que me faz sorrir.

Alguns anos atrás, encontramos um antigo colega de escola dele em um festival de música, e o cara havia claramente passado tempo demais no bar. Ele começou a fazer, com a voz arrastada, comentários sarcásticos sobre como deve ser difícil dar "aula" no jardim de infância, que deve ser complicadíssimo lidar com "crianças usando os dedos para pintar e verões inteiros de férias". A experiência deixou Gabe muito mais irritado do que eu mesma fiquei e, a partir daquele dia, ele desenvolveu o hábito de defender de maneira proativa a minha escolha de carreira, mesmo quando não é necessário.

— É mesmo? Minha mãe também foi professora. Mas do oitavo ano — Kai comenta, olhando por sobre a prancha, sem deixar de remar com os braços. Ele sorri, mas seus olhos transmitem outra coisa, que é explicada um instante depois: — Ela faleceu há mais ou menos dez anos.

Gabe e eu dizemos aquilo que é esperado, a expressão "Sinto muito", que pessoalmente ouvi com frequência exagerada nos últimos meses. Mas eu entendo por que as pessoas dizem isso: é um jeito rápido de pôr fim em uma conversa desconfortável e emotiva que ninguém quer ter.

— Obrigado — Kai responde. — Foi rápido e ela não sofreu. É o melhor que se pode esperar em uma situação desse tipo, não é?

Olho em volta e tento afastar a náusea que ameaça expulsar meu café da manhã. Meus braços ficam mais lentos quando respiro fundo algumas vezes.

— Teg, o que foi? — Gabe pergunta, enquanto eu fico para trás.

— Nada — respondo baixinho, tentando trabalhar mais rápido. — Só estou sentindo o braço um pouco dolorido.

E me pego com culpa, especialmente porque prometi a Gabe que não faria mais isso Mas não estou a fim de explicar as coisas para Kai, que agora rema em sua prancha uns cinco metros à nossa frente. Ele se vira para trás com um olhar questionador.

Erguemos o polegar em sinal positivo e eu começo a movimentar os braços na água, tentando diminuir o espaço entre nós.

Remando em minha própria prancha, deixo a respiração voltar ao normal e sinto o estômago começando a se acalmar.

— Então, quando vai ser a volta para Chicago? — Kai indaga, mantendo os olhos atentos às ondas se formando.

Os músculos em seus antebraços se tensionam quando ele se ajeita na prancha, e de repente me lembro de como sua pegada foi forte quando me ajudou a levantar ontem. Rapidamente olho para as ondas.

— Daqui a alguns dias.

— Na verdade, três — Gabe especifica, e sou tomada por um choque.

Eu sabia que a viagem estava se aproximando do fim, mas é difícil acreditar que quase seis semanas se passaram. Não me sinto pronta para voltar para casa. Para dizer a verdade, tenho medo de voltar porque não sei quem vou ser quando chegar lá. Não sou a Tegan que todos conheciam antes do acidente, mas também não sou mais aquela casca sofrida de mim mesma que eu havia me tornado antes de partir.

Kai assente e mantém os olhos nas ondas.

— Voltar para outra visita é obrigatório agora — diz.

— Sem dúvida — Gabe responde.

— É claro — reforço.

E aí todos ficamos em silêncio.

As ondas empurram as pranchas um pouquinho de lado, e ocasionalmente temos de nos deitar e remar para voltar à posição. O sol está ficando mais forte e, conforme Bud previu, apesar da chuva torrencial na noite anterior, hoje de manhã tudo está limpo e seco. Pego o protetor labial no bolso da roupa de mergulho e aplico um pouco nos lábios e no nariz.

— Não se preocupe, é eco-friendly — explico quando percebo que Kai fica olhando. Viro o produto para ler o rótulo. — Na verdade, aqui diz que é golfinho-friendly. Acho que não estavam muito preocupados com as outras criaturas que vivem no mar.

Ele dá risada.

— Eu não fiquei preocupado com isso. Só pensei que usar esse produto é uma boa ideia. O sol está feroz hoje.

— Quer um pouco? — ofereço, estendendo o protetor em sua direção.

— Não, obrigado. Estou bem. A minha pele foi feita para esse sol.

— Já a da Tegan... — Gabe comenta, rindo. — Na última vez que viemos para Maui, ela ficou com os ombros tão queimados que não conseguiu usar sutiã até voltarmos para casa.

— Sério? — reprovo baixinho, mas com um sorriso no rosto. Quase consigo sentir a dor nos ombros só de lembrar da queimadura. Comprei óleo de coco em uma loja de presentes só para "começar a bronzear", depois fui andar por duas horas na praia em busca de conchinhas. Quando voltei à piscina, a pele oliva de Gabe havia absorvido lindamente o sol, ao passo que eu parecia uma lagosta frita. — Precisa ficar contando essas coisas?

Kai olha para mim.

— O quê?

— Nada — respondo, negando com a cabeça. Guardo o protetor labial outra vez no bolso. — Então, o que você está esperando aí?

— A onda perfeita. — A atenção de Kai está outra vez concentrada no mar. — As ondas têm um certo jeito de se formar, e, se você souber se preparar, vai pegar a melhor onda da sua vida.

— Há quanto tempo você surfa?

— Toda a minha vida. Minha mãe dizia que eu já saí dela com uma prancha.

— Nossa — digo, enquanto nós três rimos. — Coitadinha da sua mãe!

— Quando você é criado no Havaí, aprende a surfar assim que aprende a andar. Aliás, a minha mãe surfava quando estava grávida de mim, então, tecnicamente, acho que eu já surfava antes de nascer. Ah, olha, é aquela... — A voz de Kai falha e seus braços logo estão outra vez flexionados enquanto ele se ajeita na prancha. — Aí, hora de se preparar. Temos uma bela onda vindo.

Analiso o mar e não vejo nada diferente, mas sigo as instruções e viro a prancha, de modo que ela fique apontada para a areia. Em seguida, deito sobre ela e, quando ele começa a gritar "Agora, agora, agora!", remo como se estivesse tentando salvar minha vida. Uma sensação de velocidade começa a surgir, e não é porque estou remando. Quando ouço Kai gritar "Pule", ancoro as mãos na beirada da prancha e salto para ficar em pé. Um segundo depois, estou preparada, ombros voltados para a costa, como Kai ensinou.

A onda me alcança e eu grito quando a prancha começa a deslizar na crista. Ganho velocidade e, por um instante, penso estar prestes a perder o equilíbrio, mas logo relaxo os joelhos e sei que nada vai me derrubar daqui.

Eu me sinto forte, feliz e capaz — três coisas que não sentia há muito tempo.

— Uhuu! — grito o mais alto que consigo, mas por sorte fecho a boca antes de bater de cara na onda e afundar na água.

Cuspindo e comemorando, volto à superfície. Jogo um braço sobre a prancha e ergo o outro bem acima das ondas para sinalizar que está tudo bem.

— Tudo certo pra cacete! — grito, rindo, enquanto seco a água dos olhos.

A água salgada os faz queimar e o ferimento em meu cotovelo também arde, mas não estou nem aí.

Tudo o que quero é subir outra vez na prancha e surfar outra onda, e depois outra, e depois outras. Até a felicidade me preencher por completo, sem deixar espaço para mais nada.

52

DOIS ANOS E MEIO ANTES DO ACIDENTE

— O que é isso? — Gabe perguntou, olhando em volta.

Ele mantinha uma das mãos na porta. Tinha acabado de ajeitar no banco traseiro do conversível o ukulele que comprara no armazém. Eu já estava no carro, cinto de segurança preso, quando ouvimos o barulho agudo.

— Não tenho a menor ideia — respondi, me virando no banco. — Parece um bebê chorando.

Mas era difícil dizer do que exatamente se tratava, pois um barulho de motor de repente preencheu o ar. Puxei o cinto de segurança para ganhar um pouco de espaço e conseguir olhar para trás, seguindo a atenção de Gabe. Avistei pelo menos uma dúzia de motos subindo a colina, vindo em nossa direção. O barulho era ensurdecedor.

Aí ouvimos outra vez o choro agudo.

— Ali. — Gabe apontou para o centro do estacionamento.

E foi então que eu vi: um porquinho gordinho, minúsculo, preto e branco, correndo de um lado para outro do estacionamento, gritando aterrorizado.

— Ah, não, Gabe!

As motos estavam prestes a avançar pela entrada do estacionamento e o porco estava no caminho. Não sei se os motoqueiros tinham avistado o bichinho — com um colar de flores rosas e brancas em miniatura —, pois não era maior que um filhote de gato.

Gabe foi mais rápido que eu. Enquanto ele corria na direção do porquinho, eu gritava para que tomasse cuidado e tentava soltar o cinto de segurança.

— Porra, porra, porra! — gritei quando o cinto se recusou a abrir.

Enfim consegui soltá-lo e voei para fora do carro só para ver Gabe parado, de braços e pernas abertos, parecendo uma estrela-do-mar, gritando para os motoqueiros pararem. O porquinho continuava correndo em círculos, gritando, mas pelo menos Gabe agora o protegia.

Não tenho a menor ideia de como os motoqueiros conseguiram parar antes de atropelarem Gabe ou o porquinho, pois tudo aconteceu muito rápido. Mas eles conseguiram. Gabe jogou a cabeça para trás e uniu as mãos, olhando para o céu.

— Obrigado — falou, depois repetiu o agradecimento aos motoqueiros da frente, que ainda não entendiam por que ele havia bloqueado o caminho deles de um jeito tão dramático.

O contraste entre Gabe, no meio da poeira levantada pelas motos, usando bermuda cáqui, camisa polo verde e de rosto barbeado, e os motoqueiros, vestidos de couro preto da cabeça aos pés, com barbas longas o suficiente para trançar, era hilário. Agora, sem a preocupação de ver Gabe ser atropelado por um grupo de motoqueiros, dei risada, peguei o celular e tirei uma foto.

Com a ajuda de alguns motoqueiros, encurralamos o porquinho e Gabe conseguiu puxá-lo pelo colar de flores quando a criatura tentou desviar pela décima vez. Gritando, o porquinho se curvou para tentar escapar dos braços dele, que o segurava apertado enquanto agradecia mais uma vez aos motoqueiros.

Quinze minutos depois, com cinco pães de banana caseiros e a receita do pão, saímos outra vez da loja e voltamos ao nosso carro.

— A Petunia teve sorte por você ter vindo aqui hoje — comentei, enfiando a mão no bolso traseiro da bermuda de Gabe e o puxando para mais perto. — Apesar de você ter corrido o risco de morrer, aquilo foi supersensual.

Gabe arqueou uma sobrancelha.

— Sensual, é?

Assenti, recatada, prestes a apertar seu traseiro quando, de repente, ele sumiu.

— Porra! — gritou do chão. Estava sentado, uma perna estendida na frente do corpo, mas o pão de banana continuava intacto em sua mão. Retorceu o rosto e segurou o tornozelo com a outra mão. Vi um enorme buraco no chão ao seu lado. — Caralho, está doendo pra caramba!

Eu me ajoelhei à sua frente.

— Me deixe ver.

Tentei afastar seus dedos e percebi que o tornozelo já estava inchando.

— Não, não toque aí — disse, gemendo.

— Gabe, me deixe dar uma olhada — pedi outra vez, usando a voz firme, mas paciente, que em geral eu reservava aos meus alunos.

Seu rosto estava contorcido de dor, mas ele soltou o tornozelo e se deitou no estacionamento, os braços sobre os olhos, a sacola plástica de compras ainda na outra mão.

Com cuidado, tirei seu chinelo, me forçando a não comentar que eu havia sugerido que tênis seriam uma opção melhor para aquele dia, e mordisquei a parte interna da bochecha. Seu tornozelo estava enorme, tinha dobrado de tamanho, parecia abrigar uma bola de golfe sob a pele, que agora ostentava um tom azulado. A imagem não era nada animadora.

— Vamos precisar de gelo — falei, ciente de que era melhor nem tocar ali. Jase havia quebrado quase todos os ossos do corpo quando criança, e eu conhecia um osso quebrado quando me deparava com um. — Você acha que consegue levantar se eu ajudar?

Gabe assentiu, ainda com o braço cobrindo o rosto, e conseguiu ficar em pé, apoiado em uma perna só e pesadamente em mim. Seu rosto estava pálido; a boca, tensa. Dava para ver que sentia muita dor.

— Você está bem? — perguntei. Ele assentiu outra vez. — Certo. Vou te ajeitar no banco traseiro, aí você pode esticar a perna.

Ele foi saltitando, gemendo a cada passo, e, juntos, acomodamos sua perna no banco de trás do carro.

— Vou buscar um pouco de gelo e aí nós vamos procurar um hospital.

— Eu só torci — Gabe afirmou, mas eu sabia que era pior que isso. Ele havia torcido o tornozelo muitas vezes jogando basquete com os colegas de faculdade. — Não quero passar horas sentado em uma sala de espera.

— E eu não quero ouvir mais nem uma palavra — retruquei. — Vou te levar para o hospital assim que voltarmos para Lahaina. Mas antes vou arranjar um saco de gelo.

Ele olhou para o tornozelo e assentiu. E olhou outra vez para mim, rapidamente, chateado.

— Puta merda. As aulas de surfe.

— Não tem problema.

Eu me abaixei para beijá-lo.

— Você ainda pode ir sem mim — falou, mas não conseguiu esconder o beicinho.

— Esquece — respondi, acenando. — Nós temos a vida toda para aprender a surfar. Nem ferrando eu vou perder a chance de acabar com você em cima de uma prancha. Não seria uma luta justa.

— Desculpa. — Ele balançou a cabeça, aparentemente sem interesse em deixar a situação mais leve. — Não consigo acreditar. Que jeito de acabar com as férias!

— Não tem nada de que se desculpar — respondi. — Seria preciso muito mais do que você usar muletas para acabar com as minhas férias. Pare de falar e me deixe cuidar de você, está bem?

— Combinado — concordou.

Ele sorriu e se virou outra vez para a loja.

— Teg?

— Oi?

— Você acha que nós podemos contar para todo mundo que eu machuquei o tornozelo para salvar a Petunia?

Dei uma piscadinha para ele.

— Mas não foi exatamente isso que aconteceu?

— Eu te amo, Tegan Jane McCall — ele gritou enquanto eu me distanciava.

— Também te amo — respondi. E acrescentei: — Você é um herói, sabia? E não só da Petunia.

Abri um sorriso e entrei na loja para comprar um saco de gelo. Foi precisamente nesse momento que me dei conta de que, quando Gabe Lawson me pedisse em casamento, eu diria sim.

53

Kai está em frente a uma mesa no Banyan Tree, uma mão na cadeira diante de mim e a outra segurando uma corrente delicada na qual duas alianças e um pingente prateado balançam.

Um pingente do tamanho de uma moeda. Um centímetro de espessura. Minha corrente.

Minha mão vai automaticamente até o pescoço e, é claro, não encontra nada ali. Tento engolir, mas o pedaço de bolo de coco que acabei de morder gruda em minha garganta e eu só consigo tossir. Kai pergunta se estou bem, depois me dá alguns tapinhas até o bolo descer.

Como é que a minha corrente foi parar nas mãos dele?

Então eu lembro. Eu a tirei antes de irmos surfar hoje de manhã, como fiz todos os dias, e a coloquei no armário. Mas esqueci de trancá-lo, distraída com Kai me dizendo para usar uma roupa de mergulho de manga longa para proteger meu cotovelo ferido. Depois de surfar, ainda tomada pela adrenalina, esqueci totalmente o colar e saí sem ele. Andamos pelo centro de Lahaina, escolhendo algumas lembrancinhas, enquanto eu desfrutava do sol no rosto, sem a corrente. Sem notar sua ausência. Aí nós viemos para cá. E eu só pensava em quão faminta estava depois das compras e em meu desejo de comer bolo de coco.

Deixei o colar para trás.

E agora ele está na mão do Kai.

Só consigo me concentrar na corrente e preciso de um momento para perceber que ele está me fazendo uma pergunta.

— Tegan? É sua, não é?

Faço que sim, sentindo vertigem, embora não saiba ao certo por quê. Meu estômago arde, desconfortável com o bolo de coco, e de repente sei o que está por vir. O pânico me invade, trazendo consigo a sensação de desespero. Eu me levanto rapidamente, embora não saiba direito o que planejo fazer. Kai segura o pingente nos dedos e as alianças deslizam para a parte inferior da corrente. Prendo a respiração ao vê-lo estreitar os olhos na direção da superfície lisa, antes de me olhar com curiosidade, enquanto lê as palavras que escolhi meses atrás.

— Quem é Gabe? — pergunta.

A cafeteria gira e uma descarga elétrica percorre meu corpo com tanta rapidez que me sinto fraca. Eu devia ter ficado na cadeira, porque, um segundo depois, minhas pernas cedem.

Kai consegue me segurar antes que eu atinja o chão e me coloca outra vez na cadeira, onde desmorono. Seus braços seguram os meus com força, e eu sei que é ele quem está me mantendo ereta. Ele conversa comigo, mas não consigo entender as palavras, porque o sangue espanca meus ouvidos. Fecho os olhos, respiro rasamente. Alguém pergunta se não deveriam chamar uma ambulância. Percebo uma comoção à nossa volta, vozes demais ao mesmo tempo, mas nada disso importa.

Gabe.

Enquanto estou sentada na cadeira, com Kai tão perto que consigo sentir o cheiro de mar que sua pele exala, o mundo que criei meticulosamente ao longo dos últimos meses começa a se esfacelar. As linhas se esticam a ponto de a costura se tornar incapaz de manter as peças juntas. A imagem percorre minha mente, forte e dolorida, como flashes de luz na escuridão.

Eu sentada sozinha na ilha da cozinha, cortando os biscotti que, mesmo sofrendo, a mãe de Gabe continua a trazer pela força do hábito, embora ele nunca mais vá comê-los.

A minha mão, sozinha, mergulhando no vaso de vidro, escolhendo três pedaços de papel ali depositados em nosso passado.

O assento vazio ao meu lado no voo para Bangkok.

A foto em Torre dello Ziro, eu parada sozinha na muralha de pedra, o oceano azul brilhante e o céu criando um pano de fundo espetacular.

Minha mão segurando nada além do ar frio e brumoso enquanto assisto ao nascer do sol no Haleakala.

Só um passaporte escaneado, só uma mochila preparada, só um lado da cama ocupado.

Eu, sozinha em tudo isso.

Embora soe como se estivesse vindo de um túnel bem fundo, a voz de Kai enfim me alcança.

— Você está bem? — ele pergunta repetidas vezes, o tom grave, mas tomado de preocupação.

Há rostos demais à minha volta, e eu tento dizer para se afastarem. Mas tudo o que sai de mim é um gemido baixo.

Quanto mais me concentro em minha respiração, mais difícil fica respirar, e logo me pego sem ar. Fecho os olhos, atordoada pela falta de oxigênio, e tento acenar negativamente com a cabeça.

— Tegan? — Kai insiste, agora perto do meu ouvido. — Vou chamar uma ambulância.

Ele tenta me segurar enquanto leva a mão ao bolso da bermuda para pegar o celular. E eu agarro sua mão, negando com a cabeça.

— Não — consigo dizer, embora minha respiração continue instável. — Eu estou bem.

Mas percebo que ele não se convenceu.

Aí eu ouço a voz de Gabe.

Chegou a hora, Tegan.

— Não — respondo, fechando os olhos com bastante força. — Não... não é... a hora.

Meus pulmões lutam para se encher. Sugo o ar ao meu redor, desesperada, e me concentro no rosto de Gabe em minha mente. Nos olhos que conheço tão bem, cujas manchas azul-escuras que pontilham a íris clara como cristal eu seria capaz de desenhar. Na boca que conhece intimamente meus lábios, as curvas do meu corpo. Nas maçãs do rosto que eu esperava que nosso filho herdasse.

— Hora do quê? — Kai indaga, e eu abro os olhos para ver os seus, confusos, preocupados e muito próximos. — Respire fundo, Tegan. — Enquanto faço isso, ele diz: — Assim. Assim está melhor. Vá respirando mais devagar.

Forço meus pulmões a se encherem mais lentamente, e os pontos escuros no ar diminuem.

Mantenho os olhos fixos nos de Kai, percebendo, não pela primeira vez, como seus cílios são longos e escuros. São bonitos, como se ele usasse rímel. Certamente não é como um homem gostaria que alguém descrevesse seus olhos, mas são lindos mesmo assim. Depois de respirar fundo mais algumas vezes, peço um pouco de água. Alguém entrega um copo a Kai, e ele o encosta em meus lábios para que eu tome um golinho.

— O que aconteceu, Tegan? Você está bem?

Não consigo falar. Lágrimas escorrem pelo meu rosto.

— O que foi? — ele insiste, me segurando com mais força.

É então que percebo que estou tremendo. Balançando como uma folha que não se sustenta à leve brisa do outono.

Conte para ele, Gabe diz.

54

UMA SEMANA DEPOIS DO ACIDENTE

Havia algo errado com meus olhos. Eu queria abri-los, mas pareciam grudados com cola.

E não eram só os olhos. Todas as partes do meu corpo pesavam, como se minhas veias e ossos estivessem preenchidos com cimento. Tentei pensar, mas não conseguia me concentrar em um único pensamento por mais que alguns poucos segundos. Eu ouvia barulhos desconhecidos ao redor. Bipes e alarmes e um chiado grave incessante. Finalmente fiz minhas mãos se movimentarem e as levei ao rosto, onde senti um tubo plástico preso às minhas orelhas e entrando no nariz.

Onde foi que eu vim parar?

— Tegan, meu amor.

A voz da minha mãe. Confusa, mas sem dúvida perto de mim. Senti alguém segurar minha mão, afastando-a dos tubos em meu nariz, que agora eu tentava arrancar. Tudo parecia errado. Tudo errado.

— Rick, vá chamar o médico — minha mãe pediu.

Passos ecoaram, solas de borracha chiando a cada pisada. Ele se movimentava rápido, o meu pai, fosse lá aonde estivesse indo.

— Tegan, você está no hospital.

Hospital? Por quê?, tentei dizer, mas nenhum som passava pela minha garganta seca.

— Você... sofreu um acidente, filha. Mas está bem.

Acidente? O que aconteceu?

Imagens ressurgiram em minha mente. *Rockin' around the Christmas tree... have a happy holiday...* O cheiro forte de hortelã. Luzes piscando em todos os lugares. O vinho caindo do meu colo. Meu colo... A garrafa encostada na minha barriga de gestante...

Soltei um gemido e minha mãe me fez calar, segurando minha mão com mais força.

Com a outra mão, agarrei freneticamente a roupa de cama, o avental engomado que cobria meu corpo. Meus movimentos eram desajeitados, mas decididos.

— Tegan, pare. Está tudo bem, filha. Vai ficar tudo bem. — Minha mãe chorava e o medo dentro de mim ganhava força.

Um instante depois, consegui empurrar o avental para o lado e minha mão pousou no abdome, onde senti um grande pedaço de gaze. Não sabia o que a gaze estava cobrindo, mas o fato de minha barriga estar reta me contava tudo o que eu precisava saber.

Não havia mais um bebê dentro de mim.

— Tegan, olhe para mim. Olhe para mim — minha mãe pedia, com a voz firme, apesar de a emoção transparecer.

Olhei para ela. Seu rosto entrava e saía de foco. Ela estava aterrorizada.

— Aconteceu um acidente, meu amor. Um acidente de carro terrível — ela revelou. Respirou fundo, e eu também. Meu peito doía. — Você sofreu muitas lesões internas e teve que passar por uma cirurgia para salvar a sua vida.

Eu queria pedir para ela se apressar, chegar logo à parte que eu sabia que estava por vir. Mesmo assim, não conseguia encontrar minha voz.

— Tegan, o bebê... o bebê se foi.

O bebê se foi? As palavras faziam parecer que ele simplesmente tinha desaparecido, que tinha ido a algum lugar longe de mim e voltaria em algum momento. A frustração tomou conta do meu ser, acompanhada por uma sensação que eu jamais tivera antes — uma combinação horrível de raiva, tristeza e descrença.

Minha mãe estava pálida como um fantasma, agora já nem se importava mais em secar as lágrimas. Ela se sentou ao meu lado na cama, de alguma forma conseguiu encontrar um espaço entre os tubos que pareciam entrar e sair de vários pontos do meu corpo e encostou a mão na lateral do meu rosto.

— Eu preciso que você me ouça com atenção, meu amor. Vai ser muito difícil — disse, as palavras saindo com dificuldade. — Eu sinto muito por você ter que passar por isso.

Sua voz se transformou em um sussurro e eu me concentrei em seus lábios para não deixar passar nenhuma informação. Pareciam secos, com apenas um leve toque, no contorno, do batom vermelho que ela sempre usava.

— O Gabe, meu amor... O nosso Gabe... — Ela encostou o rosto no meu, e eu senti suas lágrimas descerem pelas minhas bochechas. — O Gabe morreu no acidente, Tegan. Eu... O Gabe se foi, meu amor.

Ela chorou, e eu cheguei a abrir a boca para dizer que aquela história era ridícula.

Eu queria dizer a ela que Gabe estava no final do corredor, pegando um café ou atendendo a um telefonema de trabalho. Que ele já voltaria e que ela devia parar de falar essas coisas horríveis, afinal ele não ficaria nada feliz se me visse tão abalada. *Você vai ver*, eu queria dizer. *Você está errada. Ele já vai voltar.*

Gabe não tinha morrido. Pouco tempo antes eu estava sentada ao lado dele no carro. Ele cantava a sua música de Natal preferida. A mão dele estava na minha perna. Nós estávamos rindo. Ele estava comendo bengalas doces.

Eu estava prestes a dizer que ela e meu pai podiam ir para casa agora, porque os dois certamente tinham muitas coisas para fazer. Que não precisava deles ali, porque Gabe já ia voltar.

Ele já ia voltar.

Abri a boca para dizer tudo isso a ela.

Mas, em vez de falar, comecei a gritar.

55

Eu não queria que acontecesse. Sabia que Gabe estava morto. Como não saberia? Seu lado da cama estava vazio, gelado. Suas roupas lavadas continuavam dobradas no cesto, sem ninguém para vesti-las.

Suas cinzas estavam na minha corrente.

Mas a tristeza, o desespero por ter ficado totalmente sozinha, era demais. Então eu simplesmente fingi que Gabe continuava ao meu lado. Em pouco tempo, quando o imaginava conversando comigo, eu ouvia sua voz claramente, e, quando pensava na sensação de seu toque, minha pele respondia. Não demorou muito para eu não ter mais que fingir.

Mantê-lo vivo em minha mente foi a única maneira que encontrei de não sucumbir. De não me unir a ele em um lugar do qual eu jamais poderia voltar.

Tempos depois, quando enfim confessei a verdade ao dr. Rakesh — que para mim Gabe era tão verdadeiro quanto sempre fora —, ele explicou que essa reação era uma espécie de ruptura psicótica provocada pelo sofrimento. Aparentemente não é incomum pessoas que sofreram tamanha perda tentarem recriar a vida com seus entes queridos — basicamente, fazê-los ressuscitar —, como um mecanismo de enfrentamento. Embora possa soar estranho se sentir grata por uma psicose, fico feliz que algo assim exista. Porque significava ter Gabe de volta, pelo menos por um período curto.

Acho que posso dizer que o sofrimento me deixou louca. Vê-lo, ouvi-lo, senti-lo... Era como se eu o tivesse ressuscitado.

Pelo menos até o momento em que Kai leu o nome gravado no meu pingente. Nesse instante, alguma coisa se desfez dentro de mim e eu me peguei incapaz de continuar ignorando a verdade.

Agora, Kai e eu estamos sentados em um tronco longo e liso na praia, a poucos metros do café. A superfície da madeira é tão polida pelo vento e pela maresia que parece quase feita por um artesão. É calorosa, banhada pelo sol, e eu apoio totalmente as palmas para tentar absorver parte do calor para minhas mãos trêmulas e suadas. A vertigem diminuiu, mas um vazio tomou seu lugar. É como se eu tivesse sido jogada nas ondas do mar à minha frente, deixada à deriva, sem âncora.

— Ah, meu Deus, Tegan — Kai exclama, expirando demoradamente quando lhe conto o que aconteceu.

Ele se ajoelha à minha frente e seca as lágrimas das minhas bochechas, quentes pelo sol. Diante desse gesto tão simples, eu me desfaço. As costuras, depois de terem sido puxadas por tanto tempo, agora se rasgam simultaneamente. Não tenho onde me esconder.

Gabe se foi. E nunca mais vai voltar.

— Eu nem pude me despedir — lembro, com a voz prestes a falhar.

Kai assente, mas não diz nada, me deixando à vontade para romper o silêncio quando estiver pronta. Ouço os pássaros cantando na enorme figueira-de-bengala que nos protege um pouco do sol e tento sentir a presença de Gabe. Seguro a corrente com força, esfregando o pingente como se fosse meu talismã da sorte. Ainda nada. Fico horrorizada por não poder mais ouvi-lo ou senti-lo. Não sei como enfrentar um mundo sem Gabe.

— Minha primeira reação foi ficar muito revoltada — conto. — Passei a odiá-lo de um jeito que nem achava possível quando a minha mãe me contou que eu tinha perdido o bebê. — Engulo em seco e as lágrimas escorrem. Não me importo em secá-las. Minha voz sai tão baixa que Kai precisa se aproximar para me ouvir. — E, por um momento... um terrível momento... eu desejei... desejei que o Gabe...

Não consigo continuar.

— Tudo bem, Tegan — Kai afirma com suavidade. — Estou aqui só para te ouvir.

— Eu desejei que o Gabe tivesse morrido no lugar do bebê — prossigo. — Mas depois, quando minha mãe me contou... Quando ela me contou que o Gabe estava morto, eu senti... — Aperto o pingente com força e respiro fundo. — Senti que, de alguma maneira, o fato de eu ter desejado tornou aquilo real.

O canto dos pássaros preenche o silêncio e algo se liberta dentro de mim, como um balão excessivamente cheio que começa a esvaziar. Coloco o colar no pescoço e puxo para ter certeza de que o fecho está preso.

— Depois disso, passei muito tempo odiando todo mundo. Não só o Gabe, por ter me deixado. Odiei a minha família e a do Gabe, e também os nossos amigos, embora eles também o tivessem perdido. Basicamente, eu odiava todos aqueles que continuavam vivos, que não tinham perdido tudo o que era importante para eles, entende?

— Eu entendo — Kai responde. — Fiquei muito revoltado quando a minha mãe morreu. Com o mundo, com os médicos, com Deus. Ela descobriu o câncer em janeiro e se foi três semanas depois. Nunca imaginei que passaríamos tão pouco tempo com ela.

— Eu sinto muito, Kai. Você certamente tem muita saudade dela.

Ele assente.

— Tenho, sim. Mas tento não pensar na tragédia do que aconteceu. Procuro me concentrar na sorte que foi tê-la como mãe pelo tempo que tive. E fico feliz por ela não ter sofrido quando chegou a hora. Ela simplesmente dormiu e nunca mais acordou. Disseram que foi a quimioterapia que fez o coração dela parar.

Kai seca o canto do olho. Estendo a mão para segurar a sua e aperto seus dedos com força. Ele sorri e retribui o gesto.

Respiro fundo e tremulamente e olho para o mar.

— Você acha que pode me ajudar com uma coisa?

— Com o que você precisar — ele responde.

Então conto para ele o que tenho em mente.

56

A água está morna, as ondas batem suavemente nas minhas canelas enquanto me sento na prancha, os pés balançando sob a superfície do mar. Giro as pernas em pequenos círculos, não porque esteja tentando chegar a algum lugar, mas porque o movimento ajuda a me concentrar.

Embora eu saiba que chegou a hora, me desprender não vai ser fácil. Preenchi a lacuna deixada por Gabe com uma lembrança dele, uma lembrança tão tangível que é quase como se ele tivesse voltado à vida. Como quando você lê uma frase na qual falta uma palavra, mas seu cérebro automaticamente preenche a lacuna porque sabe que a palavra deveria estar ali. Esses cinco meses de dor se passaram assim, com meu cérebro trabalhando duro para se convencer de que Gabe não foi embora. No começo, fingi que ele simplesmente estava no trabalho durante o dia. As noites eram mais complicadas, mas não demorei a me enganar e sentir sua presença. A me convencer de que Gabe não morreu no acidente, com nosso bebê e com qualquer esperança que eu tinha de um futuro.

Contudo, assim que contei a verdade a Kai, enxerguei o buraco com mais clareza. Vi a ligação perdida entre as partes da minha vida, e agora posso parar de me enganar com elas, tornando isso maior. Coisas começaram a cair nesse buraco, a desaparecer no vazio negro, como costuma ser. Está ficando mais difícil manter o sorriso de Gabe em minha mente, lembrar o som de sua voz. O toque suave de sua mão no meu pescoço.

Está acontecendo tão rápido o desaparecimento de Gabe que chego a ficar sem ar.

Protejo os olhos e me concentro na areia, onde Kai está sentado, me esperando voltar quando eu estiver pronta. Ele abriu a loja e me deixou usar sua prancha, uma que passou o último ano construindo. A superfície preta e branca é lustrosa e maravilhosamente lisa, exceto por duas linhas que percorrem a extensão, mais ásperas, como a língua de um gato. Textura suficiente para garantir que meus pés não deslizem com facilidade.

Kai veio comigo, remando em um caiaque, trazendo a garrafa de vidro que agora descansa em segurança entre minhas coxas. Com um sorriso caloroso que fez seu rosto se enrugar de um jeito que me fez lembrar de Gabe, Kai me deixou e voltou à areia.

A corrente está segura em minha outra mão. O pingente e as alianças afundam na pele sensível da minha palma. Tenho medo de que caiam na água antes da hora, antes de eu estar pronta, então seguro com mais força que o necessário. Esfrego o polegar na inscrição atrás do pingente, nas letras pequenas demais para serem decifradas. É o verso de um poema de Edgar Allan Poe que estudei em uma aula de inglês do colegial e me fez chorar na primeira vez que li.

Gabe,
Nós amamos com um amor que era mais que amor.

Enquanto as ondas preguiçosas levam a prancha para mais perto da costa, ainda bem longe, eu cantarolo. Nada específico, apenas notas para me ajudar a manter a cabeça vazia e oferecer ao meu cérebro alguma coisa em que me concentrar por alguns minutos. Os pássaros grasnam à minha volta, descendo eventualmente na direção da água em busca de pequenos peixes e outras criaturas marinhas. O sol baixa ainda mais, preparando-se para se despedir do dia.

Há tantas coisas que eu quero dizer.

Nada que eu possa dizer será perfeito o bastante.

— Nós amamos com um amor que era mais que amor — enfim sussurro, acrescentando: — Obrigada por me amar, Gabe.

As lágrimas descem rápidas e quentes pelas minhas bochechas, mas sua força não me abala. Elas simplesmente caem, e outras tomam seu lugar.

Deixo a mão afundar na água, depois a puxo outra vez e a levo ao peito.

— Merda! — Agora choro mais intensamente. — Eu não consigo, Gabe.

Segurando a corrente com as duas mãos, mantendo o queixo apoiado no peito, eu choro. Fico assim por alguns minutos, enfrentando o pânico que ameaça tomar conta de mim. Depois, com as mãos trêmulas, abro o fecho e deixo as alianças deslizarem pela corrente, na minha palma, e as coloco outra vez no dedo, onde é seu lugar. Pelo menos por enquanto.

Contudo, agora entendo que essa corrente não vai manter Gabe comigo. Nada pode mantê-lo comigo. Ele se foi. E se foi há muito tempo.

Deixo a mão baixar outra vez, a água alcançar meu punho. Minha respiração fica rápida, instável. O pingente continua na minha mão e eu fecho os olhos, disposta a permitir que meus dedos se abram. A me desprender. *Desprenda-se, Tegan. Desprenda-se.*

Eu me desprendo.

A corrente desliza pelos meus dedos e desaparece tão rapidamente que mal tenho tempo de absorver o momento. Meu coração bate pesado no peito, como se marchasse no ritmo do grasnar frenético das aves famintas à minha volta. Sinto uma vertigem e me agarro às laterais da prancha até ter certeza de que não vou desmaiar.

Alguns minutos depois, minha frequência cardíaca diminui, meus pensamentos estão mais equilibrados e eu me sinto mais forte. Seguro a garrafa com as duas mãos, na qual coloquei, enrolados, os papéis da nossa lista de desejos — "Comprar uma obra de arte pintada por um elefante… na Tailândia"; "Uma aula de culinária autêntica em Ravello, na Itália, para Tegan"; "Pegar onda em Maui" — e a folha contendo a canção que Gabe usou para me pedir em casamento. Beijo a garrafa tampada com uma rolha e a lanço nas ondas, onde ela afunda rapidamente, graças ao punhado de pedras que Kai sugeriu que eu despejasse no fundo.

Fico mais algum tempo sentada na prancha, até os pássaros se aquietarem e o céu assumir um tom rosa intenso e laranja queimado. Mais um fim de dia perfeito em Maui.

E então sigo remando de volta à areia.

PARTE 5

Chicago

57

— Eu soube que amava o Gabe assim que nos conhecemos, mas foi quando ele preparou pela primeira vez suas panquecas holandesas, receita do pai dele, que eu me dei conta de que seria louca se não me casasse com ele.

Olho para o público, um mar de ternos pretos e rostos tristes, e me concentro no pai de Gabe, sentado na primeira fila, em frente ao púlpito. Ele sorri para mim e eu esfrego a palma das mãos, sentindo a camada de suor que nelas surgiu por causa do nervosismo. Meus sapatos pretos de salto, comprados especialmente para hoje, beliscam os dedos dos pés. Eu queria estar usando minhas sapatilhas de bailarina, guardadas no armário de casa.

— Ontem teria sido o nosso primeiro aniversário de casamento. — Sou incapaz de olhar para as pessoas enquanto pronuncio essas palavras. — E, embora eu preferisse que nós estivéssemos em um evento diferente hoje, me sinto honrada por celebrar a vida do Gabe com todos vocês.

Minhas mãos tremem enquanto posiciono o microfone, ajustando-o à minha altura. Ele chia com o movimento, e é então que noto como a igreja está silenciosa, apesar do grande número de presentes.

— Em primeiro lugar, eu quero agradecer à família do Gabe pela paciência, por ter esperado eu estar pronta para esta cerimônia.

Miro os olhos de Rosa, que me oferece um sorriso estoico, mas ainda assim noto suas lágrimas. Ela as deixa cair, mesmo tendo um lenço na mão. Lucy está com a família ao lado da mãe, e meus pais e irmãos completam o restante da fileira. Deslizo o olhar pelo rosto de cada um, silenciosamente agradecendo por amarem Gabe, por me amarem. Agora estamos todos mais fortes. O tempo é o único capaz de curar, mas a dor permanece como uma ferida aberta.

— Não sei se os nossos pais sabem disso — prossigo, olhando para o pequeno bloco de anotações à minha frente. Não preciso delas, porque essencialmente conheço as palavras de cor, mas saber que elas estão ali, só por precaução, me traz certo conforto. — Mas o nosso primeiro encontro não foi exatamente dentro da lei ou, vamos dizer, tradicional.

Abro um sorriso e olho para Anna, que está rindo atrás da mão cuidadosamente colocada sobre a boca. Samuel, o novo namorado por quem ela se apaixonou loucamente em questão de semanas, segura sua outra mão bem apertado. Embora parte de mim sinta inveja por Samuel estar com ela enquanto Gabe descansa em uma urna ao meu lado, também fico grata por Anna ter a chance de viver o que eu vivi com o amor da minha vida. Todo mundo merece isso.

— Foi no nosso primeiro ano na Northwestern, e estava acontecendo uma festa no meu dormitório. Basicamente, cada andar servia um tipo diferente de drinque. E, sim, pai, eu sei que nós éramos menores de idade. — Olho para meu pai, que ri discretamente. — Enfim, a bebida do meu andar era Purple Jesus.

Engulo em seco, desconfortável, percebendo que talvez não seja apropriado dividir isso, já que estamos na igreja e tudo o mais. Imagino Gabe rindo da minha gafe, mas dizendo: "Agora que você começou, por favor termine". Sorrio e faço justamente isso.

— O Gabe trombou comigo e a bebida espirrou para todo lado, em nós dois. Logo em seguida, eu estava tomando shots com ele no banheiro feminino. Ficou muito claro que ele estava tentando me embebedar... — Olho outra vez para minhas anotações, fazendo uma pausa necessária, e um leve murmúrio de risadas se espalha pela até então silenciosa igreja. — Assim foi o nosso primeiro encontro. Dezoito anos e tomando shots no chão de linóleo do banheiro asqueroso do meu dormitório, com um garoto que eu tinha acabado de conhecer.

Mais uma onda de risadas discretas ecoa pela multidão.

Respiro fundo e movimento meus pés, sentindo o sangue voltar a correr por meus dedos apertados.

— Essa não é a história que eu queria contar para os nossos netos quando nós dois estivéssemos velhos e grisalhos e eles perguntassem quando e como nos conhecemos — prossigo, olhando outra vez para cima. — Então eu falei para o Gabe que nós precisávamos inventar outra. Um primeiro encontro ideal, cheio de grandes acontecimentos para as próximas... — Minha voz falha e eu limpo a garganta. — Desculpem. Para as próximas gerações. O Gabe adorou o desafio, o que não deve surpreender nenhum de vocês — continuo, sorrindo outra vez.

Por mais estranho que pareça, eu me sinto animada ao contar a história, apesar do vestido preto, dos sapatos apertados e do terrível motivo que me faz estar aqui.

É uma oportunidade de estar outra vez com ele, outra vez em um tempo em que ser feliz era fácil, mesmo que só por alguns minutos.

— Estávamos conversando por telefone uma manhã, mais ou menos um mês depois do episódio dos shots no banheiro, e eu disse a ele que achava que não daria certo...

58

OITO ANOS ANTES DO ACIDENTE

Gabe não respondeu. Tentei abafar a risada, afastando o telefone da boca, cobrindo o aparelho com a outra mão.

— Ah, eu entendo... — ele finalmente falou, e eu uni os lábios, pensando em quão malvada eu estava sendo ao enganá-lo assim. — Mas o que aconteceu?

Ele parecia confuso e surpreso, o que fazia total sentido, porque até agora nossas conversas eram permeadas por brincadeirinhas românticas. Para piorar, eu tinha saído da cama dele poucas horas antes.

— Ah, desculpa. É que eu não sou esse tipo de garota — falei, depois afastei outra vez o telefone da boca para ele não ouvir minha risada.

— Que tipo de garota? — Gabe estava perplexo.

— O tipo de garota cujo primeiro encontro começa com shots num banheiro e termina comigo voltando para o meu dormitório com a mesma roupa na manhã seguinte — esclareci, com um tom leve de provocação. — É uma história que eu não vou poder contar para os meus netos.

Gabe expirou, aliviado.

— Netos, é? Você não acha que está se antecipando demais, McCall?

Eu sorri e retorci uma mecha de cabelo em volta do dedo.

— Você acha que eu estou me antecipando, sr. Lawson?

Uma breve pausa e, em seguida:

— Não, não.

Meu estômago revirou.

— Tudo bem. Então nós chegamos a um acordo — falei. — Precisamos recomeçar.

— Ah, fico feliz de recomeçar. Repetir aquela noite várias e várias vezes...

— Pare com isso — eu o censurei, rindo. — Eu quero uma história de primeiro encontro que continue romântica daqui a cinquenta anos, quando nós formos velhos a ponto de não enxergar nada sem óculos fundo de garrafa ou cirurgia de catarata e nossas roupas cheirarem a naftalina.

Gabe deu risada.

— Você vai ficar linda de óculos — comentou. — Com uma daquelas cordinhas de bibliotecária para pendurar no pescoço? Maravilhosa.

Revirei os olhos.

— Você tem algum fetiche envolvendo bibliotecárias que eu deva saber?

— Nunca pensei nisso antes, mas, agora que você falou... Você, com uma saia bem curta, em cima de uma escadinha, tentando pegar um livro na prateleira...

— Ei, senhor, foco. Podemos voltar para o verdadeiro problema? Você me oferecendo um primeiro encontro de babar?

— Um encontro "de babar"? Sim, acho que eu posso cuidar disso.

Soltando a cabeça no travesseiro, abri um sorriso. Queria tanto vê-lo agora, me arrastar para dentro do telefone e deixá-lo me abraçar como me abraçou na noite anterior, e então... Meu corpo formigou quando me sentei, tentando me refrescar um pouco.

— Perfeito. E quando eu devo estar pronta?

Imaginei qual vestido usar. Provavelmente o preto, de alcinha. Ou o de seda vermelha, cuja saia parava bem acima dos joelhos e abraçava meu corpo como uma segunda pele. Nós teríamos um jantar à luz de velas, com algum corte de carne bem caro e uma carta de vinhos encadernada em couro, embora ser menor de idade significasse ter de pedir água com gás e limão. Talvez Gabe preparasse o jantar para mim em sua casa, assim poderíamos provar algo mais forte com a carne, se ele conseguisse expulsar seus colegas de quarto naquela noite. Talvez dançássemos um pouco ou andássemos pelo píer, onde namoraríamos perto da água, sob as estrelas, e depois...

— Consegue estar pronta em uma hora?

— O quê? — indaguei, o sonhar acordada se desfazendo como mágica. Olhei para o relógio em minha mesa. Eram oito da manhã. Eu tinha aula às nove. E, mais importante, estava totalmente desarrumada, de moletom e rabo de cavalo. — Uma hora? Tipo, daqui a uma hora?

— Sim — respondeu Gabe, rindo. — Vista uma roupa confortável. E tênis, pode ser?

Confortável? Tênis? Franzi a testa. Não era exatamente o primeiro encontro romântico que eu tinha em mente.

— Ah, combinado — respondi. — Vou estar pronta às nove. Mas o que nós vamos...

— Nã-nã-não. Sem perguntas — falou Gabe. — Eu te pego daqui a uma hora. E esteja pronta para babar!

Desliguei o telefone e peguei meu nécessaire, correndo para o banheiro para ocupá-lo antes da hora do rush matinal. Cinquenta e cinco minutos depois, eu estava sentada no banco em frente ao dormitório, cabelo lavado, seco e escovado, usando um suéter longo azul-escuro com gola olímpica, jeans e tênis. O ar de outubro era frio, mas era um dia de céu azul. Coloquei os óculos de sol assim que Gabe estacionou.

Saltei do banco e corri para a porta do passageiro, mas ele já tinha saído do carro — um presente que seus pais lhe deram por ter terminado o colegial, um veículo muito melhor que qualquer um que meus pais já tiveram na vida, mas decidi não usar isso contra ele — e rapidamente dado a volta para abrir minha porta. Gabe a segurou aberta para mim, e eu sorri, lhe dando um beijo antes de entrar.

— Veja só, é um bom começo. — Travei o cinto de segurança.

— Uma das teorias de vida do meu pai — Gabe contou, se aproximando e verificando se meu cinto de segurança estava mesmo fechado. Então deu uma piscadinha para mim. — Quando você para de abrir a porta do carro, é porque desapaixonou.

Fiquei vermelha, provavelmente enxergando informações demais em suas palavras.

— E aí, aonde vamos? — perguntei quando Gabe deu a partida.

— Primeiro, para a minha casa — respondeu, mantendo os olhos concentrados no trânsito.

— Ah, é? — Descansei a mão em sua coxa, seus músculos tensos sob meu toque. — É assim que você planeja me fazer babar nesta manhã?

— Pare de pensar naquilo — falou Gabe. — Este não é um encontro desse tipo. Lembre-se: nós temos que poder contar o dia de hoje para os nossos netos.

Segurou minha mão e a apoiou em seu colo, e eu fingi estar irritada, cruzando os braços e bufando.

— As coisas boas são aquelas pelas quais vale a pena esperar — ele falou.

E eu parei de fingir e sorri. Não poderia concordar mais.

59

Por um instante, perdida na memória do nosso "primeiro" encontro, esqueço onde estou. Depois alguém tosse e meus olhos voltam a focar na fileira de pessoas à minha frente. Roupas pretas. Semblantes de luto. A urna dourada, ainda ao meu lado. Uma onda de tristeza nauseante toma conta de mim, e eu olho para meus sapatos, me esforçando para não ceder. De repente, sinto dedos se entrelaçando aos meus e ergo o olhar para encontrar Anna ao meu lado, segurando minha mão com força. Ela sorri e dá um passo para mais perto, seus dedos são calorosos e fortes. Meus pulmões se enchem de ar outra vez e eu sussurro um agradecimento a ela antes de prosseguir.

— Primeiro, ele fez as panquecas holandesas do pai dele para mim, que, para aqueles que nunca provaram, são maravilhosas. Parecem um crepe, recheadas com calda de bordo de verdade. — Sorrio ao lembrar o momento em que dei a primeira mordida na panqueca e pensei: *Não vá estragar tudo desta vez, Tegan*. — Acho que eu comi umas cinco, sem brincadeira. Logo depois, ele me entregou um envelope. Abri e ali dentro achei uma lista de caça ao tesouro com dez coisas que eu tinha que encontrar no centro da cidade. Ele falou que tinha organizado tudo na correria, então pegou a primeira lista de caça ao tesouro que achou no Google, no site de alguma revista sobre criação de filhos. "Tentei facilitar, para ter certeza de que você vai receber o prêmio no final", ele falou.

Minha mãe seca os olhos e assente para mim, sorrindo docemente. É sua história favorita envolvendo Gabe, aquela que ela repetiu orgulhosa tantas vezes, afirmando que foi naquele momento que ela percebeu que sua filha tinha encontrado "o cara".

— Nós passamos as horas seguintes correndo pela cidade em busca das pistas. É claro que ele sabia exatamente onde tudo estava e criou um sistema em que uma demonstração muito pública de afeto, como um beijo demorado no meio da calçada, me rendia outras pistas.

Viro um dos meus papéis com a mão livre, embora não seja necessário. Não estou acompanhando as anotações, só precisava de um momento para me recompor. Anna aperta outra vez minha mão, e eu retribuo o gesto, pensando que, de todos os momentos em que ela esteve ao meu lado, este vai ser aquele que jamais vou esquecer.

— A última foi no Bean. Eu tinha que tirar uma foto com exatamente vinte e uma pessoas, todo mundo sorrindo. Gabe ficou gargalhando enquanto eu corria de um lado para o outro, implorando para algumas pessoas posarem para a foto e pedindo a outras para darem um passo para o lado. Por fim, consegui reunir as vinte e uma pessoas dispostas a ajudar, e ali ficamos, em grupo, eu gritando para todos sorrirem e berrando com alguns invasores para saírem do ângulo da fotografia. O Gabe foi tirar a foto e...
— Minha garganta trava, mas eu continuo: — Nada aconteceu. A câmera estava sem bateria. — Risadas se espalham pela igreja e eu os acompanho, secando as lágrimas com o lenço embolado na mão. — Então ele perdoou a falta da foto, e digamos que o prêmio valeu todo o esforço.

Olho para o lenço amarrotado em meus dedos e fecho os olhos, precisando de um segundo sozinha com meus pensamentos e com Gabe.

Ergo o rosto, disposta a terminar o discurso sem me entregar.

— Nós não tivemos tempo suficiente juntos — conto. — Nem perto disso.

Aperto os lábios e sinto as lágrimas escorrerem no rosto. Anna chora baixinho ao meu lado, e eu uso meus dedos para massagear os dela. Embora minha dor seja como se a casca de um ferimento tivesse sido arrancada antes da hora, é bom não estar sozinha com esse sentimento.

— Mas eu não mudaria nada. Sou grata por ele ter sido meu. Grata por ter sido escolhida pelo Gabe. — Agora todos estão em silêncio, e eu prefiro manter o olhar distante dos rostos à minha frente. — Obrigada a todos vocês por me ouvirem.

Anna segura meu braço, me guia pelo cotovelo, e nós descemos do púlpito.

Deixo meus olhos se concentrarem na urna por alguns momentos, depois me sento ao lado da minha mãe. Ela me abraça, e ali eu choro o mais baixinho que consigo por muito tempo.

⁓

— Ele era perfeito — digo, com a cabeça deitada no colo do meu pai, como ficávamos quando eu era criança. Estamos no sofá da biblioteca dos Lawson, bem distantes de onde os amigos e a família de Gabe desfrutam de canapés e vinhos e lembram histórias dele. — Nunca mais vou encontrar alguém assim.

Meu nariz está tapado; meus olhos, inchados. Foi um longo dia. Depois da cerimônia, fomos ao cemitério, onde a urna foi enterrada debaixo de uma lápide no jazigo da família Lawson. Ao lado da lápide de Gabe, há outra. Uma pequena placa de mármore com as palavras: "Harrison Gabriel Lawson, amado filho de Tegan e Gabe Lawson". Também há um espaço vazio ao lado dessa placa, que sei para que Rosa pediu, embora jamais tenhamos discutido isso abertamente. Lucy me contou que Rosa disse que, embora torça para eu encontrar a felicidade outra vez, ela quer que eu saiba que sempre vou fazer parte da família deles. E, por mais mórbido que possa parecer ter uma área no cemitério dedicada a mim com vinte e sete anos, sinto certo conforto por saber que ela existe.

Meu pai nega com a cabeça e afasta o cabelo do meu rosto.

— Ah, Tee, meu amor. Ele não era perfeito — diz. — Só era jovem.

— Você está errado. — Eu me sento e olho para ele. — Mesmo que nós dois tivéssemos passado a vida toda juntos, eu ainda pensaria isso.

— Não tenho dúvida de que, um ano ou cinquenta depois do casamento, você amaria o Gabe tanto quanto quando se casou com ele. Eu amo a sua mãe desde que nos conhecemos. Mas naquela época eu não a conhecia como agora. — Ele me oferece um sorriso gentil. — Você entende o que estou dizendo?

— Acho que sim — respondo, embora no fundo eu realmente não entenda.

Estou cansada demais, exausta demais para me concentrar em qualquer coisa além de não desmoronar.

— Eu não amo a sua mãe menos do que amava todos esses anos atrás, mas o jeito de amá-la mudou.

Fecho os olhos e respiro fundo algumas vezes. Só quero tirar esse vestido preto desconfortável e dormir uma semana inteira.

— Todos nós temos defeitos, Tegan, e você e o Gabe… — Meu pai faz uma pausa e suspira demoradamente. — Bem, vocês só não tiveram tempo de descobrir quais defeitos eram esses.

Olho surpresa para ele.

— É triste não termos descoberto os defeitos um do outro?

Ele dá risada.

— Não foi exatamente isso que eu quis dizer. É mais como se essas falhas se tornassem parte de vocês como casal. E elas fazem os seus pontos fortes brilharem mais, o que permite que o amor mude. É conhecer alguém profundamente e amar, mesmo com as coisas que nos deixam loucos. E isso, minha doce menina, leva tempo.

Faço que sim e baixo a cabeça. Meu pai leva a mão à mesinha lateral e pega alguns lenços para mim.

— Eu sou seu pai e, mais do que qualquer coisa, detesto o fato de isso ter acontecido com você, de a sua vida estar sendo muito mais difícil do que deveria e eu não poder fazer nada para consertar isso. — Ele limpa a garganta, e sei que está segurando as lágrimas. — Mas sou grato ao Gabe. Pela presença dele na sua vida, por mais breve que tenha sido. Porque, independentemente do que acontecer de agora em diante ou de quem vai ser a pessoa a quem você decida entregar o seu coração, o Gabe ajudou a definir quem você é. E você tem um coração lindo, Tegan. O coração de uma sobrevivente.

— Eu não me sinto uma sobrevivente — sussurro, apoiando a cabeça no ombro do meu pai.

O tecido de seu terno é áspero ao toque da minha pele, mas não me mexo.

— Eu sei, filha, eu sei. — Ele beija a minha bochecha e encosta a cabeça na minha. — Isso também leva tempo.

60

O canal do tempo diz que podemos ter neve esta noite. Mas ainda é 9 de novembro, o que deixa minha mãe indignada.

— Neve antes do Dia de Ação de Graças? — ela diz, revoltada, quando apareço para um café com ela e meu pai. Esse já se tornou um ritual das manhãs de sábado desde que voltei para casa, e Connor e Jason frequentemente participam com a gente. — Isso não está certo. É esse plástico todo que estamos usando. Rick, lembra daquele documentário que nós assistimos outro dia? Sobre a questão do plástico e do aquecimento global?

Minha mãe me entrega o café kona do Banyan Tree. Comprei tantos pacotes que tive de pagar uma taxa extra porque minha bagagem estava pesada demais.

— Sim, eu lembro — meu pai responde calmamente, ainda lendo seu jornal.

Seus óculos estão empoleirados no nariz. Ele me olha nos olhos e me oferece um sorriso cúmplice. Lembro a nossa conversa na cerimônia de Gabe, quando falamos sobre amar os defeitos das pessoas. Meu pai sabe claramente o que está por vir.

— Bem, eu vou parar de comprar coisas de plástico — anuncia minha mãe, sentada à mesa da cozinha, com o café nas mãos. — De agora em diante, só papel ou vidro.

Escondo o sorriso atrás da xícara, adorando minha mãe por achar que, se ela parar de comprar plástico, não vai nevar antes do Dia de Ação de Graças.

Meu pai sussurra:
— Está bem, Janet.
E eu tento ajudar, mudando de assunto:
— Eu vou ao cemitério hoje.

Tomo um gole do café, que me leva de volta a Maui. Sinto saudade dos arco-íris e do brilho infinito do sol.

— Ah, é? — diz minha mãe, com um tom leve.

Não vou ao túmulo desde a cerimônia, há mais de um mês.

— Tem algumas coisas que eu quero mostrar para o Gabe — explico. — Da viagem.

Meu pai dobra o jornal e olha para mim por sobre suas lentes bifocais.

— Quer companhia?

Nego com a cabeça.

— Não, obrigada. Preciso ir sozinha.

— É claro — minha mãe responde, estendendo a mão para segurar a minha. — O seu pai e eu fomos na semana passada e deixamos flores para o Gabe e o Harrison.

Meu coração incha ao ouvir os nomes. Ainda assim, fico grata à minha mãe por não evitar pronunciá-los. Não quero que sejam esquecidos, mas percebi que as pessoas não gostam mais de falar muito de Gabe. Pelo menos comigo. Como se evitar o nome dele ou de nosso filho de alguma forma facilitasse as coisas para mim, quando, para ser sincera, o oposto é a verdade.

— Elas provavelmente precisam ser trocadas. Rick, por que você não dá um pulinho no mercado e compra mais flores para a Tegan levar?

— Ótima ideia — elogia meu pai. — Precisa de mais alguma coisa?

— Um litro de leite — responde minha mãe. — Mas nada de garrafa de plástico. Compre aquele que vem em garrafa de vidro. Fica na seção de orgânicos.

Meu pai sorri, beija a bochecha da minha mãe e a minha e passa pela porta.

— Preciso me desculpar com você, Tegan — ela diz quando estamos sozinhas.

Olho em seu rosto.

— Por quê?

— Nunca pensei que aquela viagem fosse uma boa ideia — ela revela, acrescentando um pouco mais de creme ao café. — Mas todo mundo me dizia que aquilo era justamente o que você precisava. Que você era forte o bastante para fazer aquela viagem. E eu peço desculpa por não ter confiado em você. — Ele ergue o olhar na minha direção. — Por não ter acreditado em você.

— Mãe, está tudo bem — respondo, encostando a mão na dela. — Eu também não sabia se conseguiria. Para ser sincera, ainda fico impressionada por ter ido.

Ela assente e sorri para mim, com alívio no rosto.

— Bem, eu só queria dizer isso. Porque tenho orgulho de você e de como você enfrentou toda essa situação. Acho que eu não teria sido tão... — Ela faz uma pausa e me olha nos olhos. — Corajosa. Você tem sido muito corajosa, Tegan.

— Obrigada.

Bebemos nosso café conversando sobre o Dia de Ação de Graças, e minha mãe pergunta se eu gostaria de convidar a família de Gabe para jantar. Digo que acho uma boa ideia, e logo meu pai volta com as flores e a garrafa de leite, quando eu me despeço.

Vinte minutos depois, pego a sacola retornável pesada no porta-malas do carro e atravesso a grama bem aparada até chegar à lápide de Gabe.

— Desculpa por ter demorado um tempo para voltar aqui — começo, me agachando para tirar as coisas da sacola. — Mas eu precisei de algumas semanas para aperfeiçoar isso.

Ergo uma vasilha de plástico e a ajeito ao meu lado. Também puxo uma garrafa pequena e alguns outros itens da sacola, incluindo uma grande toalha de lã para piqueniques, que estendo no chão em frente às lápides.

Eu me sento de pernas cruzadas sobre a toalha e puxo uma tela enrolada de dentro de um tubo de papelão.

— Primeiro, o mais importante — anuncio, abrindo a tela e a virando de modo que fique de frente para a lápide. — Uma pintura feita por um elefante chamado Phaya, na Tailândia. — Olho para a obra, o autorretrato do elefante. — Acho que era exatamente o que você tinha em mente. Já comprei a moldura e bati o prego na parede. Bem ao lado da porta, para que eu veja todos os dias.

Enrolo a pintura e a guardo outra vez no tubo.

— Você tinha que ter visto o que aqueles elefantes são capazes de fazer com um pincel. Você não estava mesmo de brincadeira... Eles são incríveis. Depois veio a Itália — sigo relatando enquanto destampo a vasilha. Ali dentro, longos fios de espaguete nadam no espesso molho de tomate preparado de acordo com a receita que aprendi em Ravello. — E você estava certíssimo sobre a Itália e Ravello. Foi mágico. Mas é claro que você já sabe disso. — Levo um pouco do macarrão à boca. — E esse molho? — Puxo um fio rebelde de macarrão e mastigo antes de engolir. A massa está morna agora, mas o paladar não é alterado por ela ter esfriado um pouco. O molho é saboroso e intenso, com o equilíbrio perfeito de alho, manjericão e um toque de ardência. Inclino o corpo na direção da lápide, baixando a voz para sussurrar: — Acho que ficou melhor que o da sua mãe. Mas é um segredo nosso, combinado?

Com a vasilha outra vez tampada, limpo as mãos em um guardanapo de papel e pego uma garrafa pequena e bem tampada ao meu lado. Agito a garrafa e os grãos dourados de areia flutuam na água salgada ali dentro. Abro a tampa e jogo o conteúdo na grama crescendo na base da lápide.

— Eu queria que você sentisse isso — falo, balançando a garrafa para ter certeza de que toda a areia vai sair. — É da praia em Maui onde eu peguei a minha primeira grande onda.

Fecho a tampa e coloco a garrafa vazia de volta na sacola, com a pintura, o prato de macarrão e o guardanapo.

Deixo a sacola ao lado das lápides e pego um envelope amassado — do tamanho de um cartão, com uma fita adesiva mantendo a aba fechada.

— Era para ser o seu presente de Natal. Na verdade, era para ser épica a brincadeira que eu planejei. Ainda tenho o outro presente, que comprei para a gente dar risada, e talvez eu traga da próxima vez. Mas eu queria que você ficasse com isso. — Apoio o envelope na lápide de Gabe e deixo meus dedos cuidadosamente acariciarem as beiradas do papel, suavizadas por meus toques diários ao longo dos últimos meses. — Espero que você cante para ele, está bem? Não sei se tem uma guitarra onde você está agora. Espero que sim.

Deitada na toalha, viro o rosto para o céu. Ajeito um pouquinho o corpo para que minha cabeça fique perto da lápide. Estendo o braço direito e o apoio na grama ao meu lado, onde nosso filho descansa. O chão é frio ao tocar em minhas costas, mesmo coberto com a lã.

— A propósito, eu dei a ele o nome de Harrison — conto, com a voz leve. — Harrison Gabriel Lawson.

Um pássaro pia em uma árvore próxima, no momento perfeito, me fazendo sorrir.

— Eu sei, eu sei. Não era a sua primeira escolha, mas acho que você acabaria gostando. E, se você se sente melhor assim, a Anna admitiu que concordava com você, pelo menos quando o assunto é o nome Harry. — Observo algumas nuvens flutuando rápidas no céu. Sinto frio e levo um braço ao peito, abraçando a mim mesma bem apertado. Mas mantenho o outro na grama ao meu lado. — Espero que você esteja com ele, Gabe, onde quer que vocês estejam agora.

Aliso os fiapos de grama com a ponta dos dedos e imagino Gabe segurando um bebê envolto em uma manta. Segurando Harrison em seus braços fortes.

— Embora eu saiba que não era real, você esteve comigo esse tempo todo. Todos os dias. — Minha garganta aperta e o pássaro assobia mais uma nota. Um chapim, a julgar pelo som. — Talvez um dia não doa tanto pensar em você. Imaginar como a nossa vida poderia ter sido. Mas eu nunca vou esquecer quanto te amo.

Seco os olhos e me sento, abrindo meu casaco para puxar mais um envelope do bolso interno — este novo e totalmente branco. Agora estou tremendo, mas não fecho o casaco. Ajoelhando-me na sepultura de Gabe, deixo o envelope fechado encostado à pedra, ao lado do outro.

— Escrevi uma carta para você. — Eu me apoio outra vez nos tornozelos. — Na verdade, para você e o Harrison. Você pode ler para ele? — Arrumo a posição do envelope e o afundo um pouquinho na grama, para ter certeza de que não vai voar com o vento. Na parte externa há uma citação de um cartão que Rosa me entregou depois da cerimônia na igreja.

"A morte deixa uma dor que ninguém consegue curar. O amor deixa uma lembrança que ninguém é capaz de roubar."

Ela me contou que era de uma lápide na Irlanda, e para mim essas palavras dizem tudo.

Passo os dedos mais uma vez pelos nomes gravados em relevo nas placas, então substituo as flores pelas que meu pai comprou, pego minha sacola e volto para o carro.

PARTE 6

Casa

(DOIS ANOS DEPOIS)

61

— Você tinha que ver a prancha — digo, meus pés fazendo círculos preguiçosos na água. Passo as mãos pela superfície áspera da prancha de surfe, os dedos desenhando esboços com as gotas de água. — É branca, com flores rosa e douradas incríveis. Eu me sinto uma estrela quando estou em cima dela.

Sorrio, olhando outra vez para a praia, onde Kai me espera. Um cisco andando pela areia, preparando as pranchas da escola para que estejam prontas para a aula de amanhã.

O sol começa a perder força, as sombras das palmeiras na praia já se alongam.

— O Kai fez para o meu aniversário.

Completei vinte e nove anos na semana passada. Além da prancha de surfe, Kai fez uma festa surpresa para mim no Banyan Tree. Meus pais, os Lawson, Anna e seu noivo, Samuel, vieram para me fazer surpresa. E foi difícil me despedir deles esta manhã, quando chegou a hora de irem embora.

— Você não vai acreditar, mas a sua mãe disse que eu vou comandar o jantar da próxima vez que for para Chicago. — Dou risada. — O seu pai falou que o meu molho de macarrão é melhor que o dela, e a Lucy concordou. Parece que finalmente estou sendo aceita na família italiana.

O vento sopra em meus ouvidos e o mar ondula debaixo da prancha. Olho para as ondas, estudando-as enquanto se formam, do jeito que Kai me ensinou. Agora parece instintivo reconhecer as melhores para surfar. Sem encontrar o cenário que espero, volto a atenção à água azul e quente na qual minhas pernas brincam.

— Seus pais estão superbem — continuo. — Eu até consegui colocar a sua mãe em cima de uma prancha. — Rosa enfim concordou em fazer aulas de surfe quando percebeu que todo mundo ia fazer, e tenho que lhe dar os créditos pelo seu comportamento. Quase nem fez careta ao sentir o fedor das roupas de mergulho quando fechei o zíper para ela. — Não foi exatamente uma imagem bonita, mas ela fez a aula toda sem reclamar. Você teria ficado muito orgulhoso.

O vento faz minha prancha sair da posição, então me deito de barriga para ajeitá-la antes de sentar outra vez.

— O meu pai está com uma aparência ótima — conto. — Perdeu tanto peso que parece dez anos mais novo. A minha mãe também. E a Anna, ah, a minha querida Anna. Ela se tornou uma espécie de noiva neurótica. — Rio outra vez e balanço a cabeça, me lembrando da reunião para definir as coisas do casamento, na qual ela insistiu em me incluir via videoconferência. Só a escolha dos arranjos florais levou pelo menos duas horas. — Não sei se a nossa amizade vai sobreviver aos próximos cinco meses.

É claro que estou brincando. Eu faria qualquer coisa que Anna quisesse, até mesmo usar um vestido frente única amarelo-limão com saia de tafetá e tule... no meio da temporada de neve do mês de março em Chicago.

— Este ano, os meus alunos são ótimos — continuo. — Eles fizeram um cartão de aniversário lindo para mim, usando a marca das mãos como flores acompanhadas por mensagens escritas em linhas que formavam os caules. Muito criativos.

A turma atual do jardim de infância é a minha preferida de todos os tempos. E vai ser triste me despedir deles no fim do ano letivo.

— Ah, quase esqueci a melhor notícia — prossigo, estapeando a prancha com a palma da mão. — O pai do Kai incluiu as suas panquecas holandesas no cardápio do Banyan! Eu preparei para ele há mais ou menos um mês, e ele adorou. O seu pai não se cabe. Ficou todo cheio de si, parecendo um pavão, quando viu o cardápio. Aqui elas foram batizadas de "panquecas doces do Gabe", e parece que estão fazendo o maior sucesso.

Falar sobre as panquecas me faz perceber que já se passou quase um mês desde a última vez que conversei com Gabe aqui, em nosso lugar favorito. Ainda sonho com ele frequentemente, mas agora, quando acordo, me sinto feliz por ter passado a noite em sua companhia, e não triste por lembrar o que perdi. E também sei que, onde quer que ele esteja, tem o nosso filho ao lado. E isso me acalma de um jeito que é difícil expressar em palavras. E me faz conseguir continuar, com um pouquinho mais de facilidade, a cada dia.

Olho outra vez para as ondas, contando silenciosamente as cristas. Então avisto o que estou esperando: uma onda dupla. Eu me deito na prancha e olho para trás, remando com os braços para me manter alinhada.

— Até mais, amor — eu me despeço, mexendo os braços como se fossem moinhos de vento para me antecipar à onda. Agora sou forte, e meus braços musculosos e bronzeados se movimentam com facilidade dentro da água. — Eu volto logo.

Fico em pé com a elegância discreta de quem já surfou ondas suficientes para saber o que está fazendo, e grito ao sentir a elevação do oceano levar minha prancha.

Quando surfo, sempre penso nele. Como se pegar onda tivesse sido a primeira coisa que fizemos juntos, embora jamais tenhamos surfado juntos. Quando me mudei para Maui, há mais de um ano, passei muito tempo no lugar onde soltei minha corrente, em uma prancha que Kai me emprestava sempre que eu precisava. Às vezes ficava sentada, flutuando por dez minutos, com pouco a dizer. E outras vezes ficava tanto tempo que meus dedos chegavam a enrugar. Embora Gabe esteja enterrado em Chicago, sob uma bela lápide de granito cinza, é aqui que me sinto mais próxima dele. Na água onde me despedi.

Gabe não me responde mais, mas não tem problema.

Eu sei que ele está ouvindo.

Agradecimentos

A ideia que norteou esta história surgiu durante uma conversa no velório do meu tio (obrigada, Dana Sinclair) e ganhou força graças ao meu marido, Adam, e a uma noite na Indie Ale House.

Mas ela não estaria onde está hoje sem muita ajuda. Obrigada à minha agente, Carolyn Forde, pelo apoio e determinação, e por responder aos meus (muitos) e-mails com entusiásticos pontos de exclamação. A Michelle Meade, minha editora: você fez parecer tão fácil — obrigada por amar esta história tanto quanto eu. Ao restante da equipe da MIRA: sua animação e trabalho árduo foram impressionantes. Quando dizem que dá muito trabalho, não estão brincando.

Escrevi grande parte desta obra entre cinco e sete da manhã, e não conseguiria ter feito isso sem meu grupo #5amwritersclub no Twitter e quantidades absurdas de café. Aos primeiros leitores críticos e colegas, Kim Foster, Roselle Kaes, Abby Cavenaugh, Kristi Shen, Rachel Goodman, Julie Green — seu olhar analítico e suas belas palavras fizeram toda a diferença. Obrigada, Chris, pelas conversas regadas a café, e Scotty, pelas panquecas. À minha comunidade de escritores e amigos, me belisquem: o dia finalmente chegou! E, como vocês sempre me disseram que posso fazer tudo o que eu quiser e que seriam os primeiros a se inscrever no meu fã-clube, obrigada, mãe, pai e o restante da família. Nana, vou deixar uma cópia autografada para você na minha estante.

Por fim, ao meu marido e à minha filha. Tudo o que faço é por vocês.

Impresso no Brasil pelo Sistema Cameron da Divisão Gráfica da
DISTRIBUIDORA RECORD DE SERVIÇOS DE IMPRENSA S.A.